译文经典

永别了,武器
A Farewell to Arms
Ernest Hemingway

〔美〕海明威 著

林疑今 译

上海译文出版社

译本序

海明威的小说《永别了，武器》初版于一九二九年，译成中文时初版书名为《战地春梦》，经人屡次影印翻版，到了解放初期，修订一次，改名《永别了，武器》。八十年代末再修订一次，距离原文初版，已有六十年了。其实海明威这个姓在一百多年前就已为国人所熟悉。海明威的嫡亲叔父威罗毕，百年前就来我国山西省传教行医，并且创办了有名的学府铭贤书院，造就了不少人才，特别是在财政金融界。威罗毕童年时代在农忙中右手食指不慎给玉米脱粒机轧断，经过八年艰苦奋斗，刻苦锻炼，终于成为一名技艺高超的外科医师。这件事在海明威家乡广为流传，甚至传说这位叔父曾经为西藏活佛达赖喇嘛治过病。所以海明威十二岁时，也曾一度梦想继承叔父和父亲的事业，当名医生。[1]

《永别了，武器》是一部自传色彩很浓的长篇小说，为了帮助读者了解这位文学大师，特写几句概述他生活的时代和社会背景，他的思想感情和艺术风格。

欧内斯特·海明威于十九世纪末生于美国芝加哥市西郊的橡树园镇。当时美国虽已取得了政治和经济独立，但是在历史文化传统方面还半依赖于英国。著名作家如欧文、霍桑、爱伦·坡等，尽管作品题材不同，写作技巧及表达方式却始终摆脱不了英国的影响：书卷气重，文句复杂冗长。就以亨利·詹姆斯为例吧。他是现代文学史上第一位横跨英美文坛的大师，但是他所继承的似乎还是乔治·艾略特和霍桑的心理小说的传统，描写细腻入微，为了分析及反映人物的复杂心理，采用了从不同角度出发的写法，繁琐庞杂，引经据典，词汇中夹杂着拉丁文或法语。

海明威继承的是马克·吐温的现实主义传统，为美国文学闯出了一条新途径。他中学毕业后就当上了记者，为人比较天真，比较富有感情，一时为政客的豪言壮语所迷惑，志愿参加第一次世界大战。当时还有一些未成名的青年作家，例如福克纳、多斯·帕索斯、菲茨杰拉德等，都投入了战争。后来他们对民主理想幻灭，反应至为激烈，甚至超过英国作家，尽管战争是在欧洲进行的，英国的财产损失和青年人的牺牲都超过美国。

海明威战后寄居巴黎，感觉一切理想都破碎了。他在女作家格特鲁·斯坦因的熏陶下，另辟蹊径，终于写成了《太阳照常升起》和《永别了，武器》。他在第一次世界大战期间遭遇到两件终生难忘的大事。一是大腿中弹，几乎成为残废，当时的思想是痛恨政客在报刊杂志上的宣传，认为什么"神圣"、"光荣"等等，全是骗人的鬼话。又一件大事是初恋。他在意

---

① 参见卡洛斯·贝克编《海明威书信选，1917—1961》（斯克里布纳出版社，1981），第244页。

大利疗养时期，结识了一位比他大几岁的美国护士，战后她嫁了他人，海明威觉得受了人家的玩弄。这一经历影响了他后来小说中有关女性的塑造，甚至他的第一个妻子，也是比他大几岁。

《永别了，武器》初稿写于一九二二年，手稿在巴黎不幸被小偷扒走，只好重新创作，于一九二九年出版。自一九二二年到一九二九年间，他除发表了小说《太阳照常升起》外，结了两次婚，他父亲患高血压和糖尿病，医治无效，饮弹自尽。这些遭遇变化，更使他感觉人生变幻无常，好像随时随地都潜伏着毁灭的危机。他战时受伤，曾从身上取出几百片榴弹炮弹片，长期失眠，黑夜上床必须点着灯，入睡后被噩梦折磨，旧病发作起来，理性失去控制，无法制止忧虑和恐惧。由于他反复思考第一次世界大战的经历，对于一般事物的认识也比较敏锐透彻，所以常常把自己的感情和经历倾注于艺术创作中。例如在《永别了，武器》第二部分中，他把在瑞士的乡居生活写得犹如处身世外桃源，就是结合他第一次结婚后的生活体会。再如女主角凯瑟琳的难产，也是他第二个妻子难产的切身经历，她结果剖腹生下第二个儿子。

海明威是第一次世界大战后迷惘的一代的代表作家。这些人悲观、怀疑、绝望。他们志愿参军，在战争过程中，他们的身体和心灵大多遭受到无可挽回的创伤。他们怀疑一切，厌恶一切，鄙视高谈阔论，厌恶理智，几乎否定一切传统价值，认为人生一片黑暗，到处充满不义和暴力，总之，万念俱灰，一切都是虚空。①

其实海明威还不好算是否定一切的虚无主义者。他小说中的人物自有一套严格的道德行为准则。在他所描写的社会中,他也认识到有压迫者和被压迫者的两个世界。此外,他还认真探讨人与大自然的关系。

海明威的人生哲学,近于接受弱肉强食、优胜劣败的理论。他认为人生无比残酷,和平时期只是战争的延续,同样残酷、冷漠。但是他又相信世界上还有一些天然美好的事物,可以作为减轻悲痛的调剂。即便是战争的血腥大屠杀,其间还可以穿插爱情,作为短暂地解除疼痛的良药。尽管个人愁肠千万结,但可以通过狩猎、钓鱼等活动,借助于大自然,进行精神治疗,不然也可以借酒消愁,解除痛苦。即使这一切都失效了,或者被剥夺光了,还可以表现高度的勇敢和毅力,在重大压力下保持一定的优雅风度。

海明威信奉的行为准则,在他的含蓄的笔下,往往通过置身于几个知心朋友中间的普通小人物表现出来。第一次世界大战后,西方的传统道德价值全面崩溃了,然而这些普通人,虽非英雄,但为着生存下去,还保持着一定的价值观念,例如诚实、道义、勇敢、毅力、忍耐和人格的完整。这些普通人很少参与伟大事业或者政治运动。唯一的例外是《丧钟为谁而鸣》的主角乔丹,一个教西班牙语的知识分子。这些普通的小人物,往往抱着不介入的人生态度,只是凭着一种近于原始人的

---

① 海明威的这种虚无主义思想,相当接近于美国自然主义作家斯蒂芬·克莱恩在短篇小说《蓝色旅馆》中流露的思想。

本能，遵循一种近乎待人如己的基本原则，保持了做人的尊严。他们的人生哲学很少讲究逻辑性，因为他们生活的现实世界，根本是一团糟，一片荒原，一片混乱，没有合理的逻辑。

海明威笔下的人物，往往使人感觉到有一种对立的紧张性，甚至在写全景的段落中，如雨、雪、高山、大河等等，读者也可以觉察到。对于这世界的邪恶不义，作者显然是站在被压迫者和被剥削者这一边。海明威本人也许不一定熟悉列宁关于每个民族文化里都有两种民族文化的经典理论，但是他所写的小说中，明显地具有两个对立、对抗的世界。作为一个艺术家，他对这世界上的邪恶人物深恶痛绝，对被压迫者则寄予同情，特别是一个小圈子里的小人物往往体现着一定的道德品质。

这些人提倡诚实、勇敢，要顶得住痛苦的折磨，喜乐哀愁，不露声色，朋友间可以讨杯酒喝，但要避免醉后失态；可以借个地方住住，但是不能伸手讨钱，遇挫折时不能伤感，不能玩弄卑鄙伎俩；女人可以追，但是女人不要你时不能死缠着不放；不能把事情搞得一团糟，应当有所克制。一句话，要做个有骨气的硬汉。

关于海明威的艺术风格，六十年来，西方文坛争议不休。概括地说，有人强调他的象征主义，有人强调他的讽刺，有人主张是象征主义和讽刺的结合；有人说是自然主义，有人说是批判现实主义。下文只作些简单的介绍。

一个作家，凡是对现实世界的认识越是明确，感情越是真实，就越可能把他的思想感情融合于鲜明有力的艺术形象中。

海明威不仅描绘当代事物的现象，而且力图反映当代的现实，特别是时代的精神。作为作家来讲，海明威非常热衷于记录及报道事物的现象：战争、狩猎、钓鱼、斗牛、赛马、拳击、酗酒、恋爱等等。这些题材在他较优秀的作品中非常生动逼真，使读者如同亲眼目睹大军的溃退、渔人与大鱼的格斗、妇女难产的痛苦，也许还可以亲耳听到窗外霏霏的细雨声。但是作者曾说，真正的艺术不能局限于准确描写事物的面貌，不能满足于仅仅反映时代的现象，还得反映这些现象的内在意义。海明威精心选择暴力题材，企图从中探索、发掘精神上的真理。作者并不是单单喜爱这种题材，而是想通过对这些暴力事件的描写，强烈暗示时代的特征：精神混乱，流离失所。作者必须力求写作的真实，既找到了艺术的真实，就应该把它转化为精确的形象，使得读者感同身受。作者为了传达人物心中的紧张情绪，创造了一种崭新的艺术风格，也许可以概括为下列这几点。

海明威采用两种表达方式来展示他精心选择的生活材料。第一是新闻报道风格。他从年轻时代起就开始当记者，受到严格的写作训练，具备巧妙地撰写电文的真功夫，简略扼要、浓缩紧凑。为了取得更大的艺术效果，他还采用不带个人感情色彩的平淡而克制的陈述。他过去太天真幼稚，遭到政客的欺骗，经过现实生活的教育后，最害怕什么神圣、光荣、牺牲等等抽象词儿，所以写作时尽量避开抽象形容词，甚至省略动词，喜欢用名词，例如具体的地方名、河流名、部队的番号、具体的年月日期等等。那些电文的字句本身有时违背传统的语法规则，况且海明威通常选用简单的短句和日常用语——就是英语中最富有生命力的旧盎格鲁-撒克逊语。作者运用简单句子和有限的词汇进行有克制的陈述，渲染气氛，暗示文字表面下藏有更重要的普遍意义，启迪读者去体会和联想。作者平淡客观的陈述，真实而富有戏剧性，多少带有反讽刺的意味。

海明威第二种表达方式是采用有节奏的句子结构，重复、排比、反比等，好像是音乐旋律，旨在召唤一种心理印象。所谓印象主义的手法，通常是指作者对于精心选择的事物，描写时致力于捕捉模糊不清的转瞬即逝的感觉印象，达到情景交融。

海明威本人对他自己的艺术风格也有一定的看法。他于1961年在家饮弹自尽前不久，曾应加利福尼亚州的智慧基金协会之邀写下一些他本人对人生、艺术、爱情、死亡等等的体会。这些体会刊载于美国《花花公子》杂志的1963年1月号上。现将有关风格的部分译出如下：

"我的大部分工作就是在我头脑里进行的。我开始创作前，一定要先把我的意念、思想理顺。我作品中的对话，在创作过程中，我经常亲自朗读几段；耳朵是良好的检查员。每一句句子又务必表达得一清二楚，人人明白，才能写于纸上。

"然而，我有时觉得我的风格，与其说是直接的，倒不如说是暗示的。读者往往得开动想象力，才能抓住我思想的最微妙的部分。

"我工作非常艰苦，再三重写改正，不厌其烦。我非常关心我作品的效果。我着手开采时非常小心，精心琢磨，一直到磨成宝石。有许多作家满足于留下粗糙的大块文章，我则精雕细琢，磨成一颗小小的宝石。

"一个作家的风格应该是直接的、个人的;他作品中的形象是丰富多彩的,有人情味的;他的文字简洁有力。最伟大的作家生来具有卓越的简洁,他们是苦干者,辛勤的学者,又是胜任的风格家。"

林疑今

主要人物表

雷那蒂（简称雷宁）——意大利中尉级军医。
弗雷德里克·亨利——美国青年，志愿参加意大利军队的救护车队。
凯瑟琳·巴克莱——英国籍护士。
海伦·弗格逊（简称弗基）——苏格兰籍护士。
马内拉——意大利救护车队司机。
帕西尼——意大利救护车队司机。
弗兰哥·高迪尼——意大利救护车队司机。
贾武齐——意大利救护车队司机。
华克太太——米兰美国医院的老护士。
范坎本女士——米兰美国医院的监督。
盖琪——米兰美国医院的护士。
拉夫·西蒙斯（简称西姆）——美国青年，在意大利学习唱歌。
爱多亚·摩里蒂——意大利军官。
吉诺——意大利医疗队军官。
阿尔多·博内罗——意大利救护车队司机。

路易吉·皮安尼——意大利救护车队司机。

巴托洛梅奥·艾莫——意大利救护车队司机。

葛雷非伯爵——意大利老外交家。

戈丁根——瑞士房东。

第一部

第一章

那年晚夏，我们住在乡村一幢房子里，望得见隔着河流和平原的那些高山。河床里有鹅卵石和大圆石头，在阳光下又干又白，河水清澈，河流湍急，深处一泓蔚蓝。部队打从房子边走上大路，激起尘土，洒落在树叶上，连树干上也积满了尘埃。那年树叶早落，我们看着部队在路上开着走，尘土飞扬，树叶给微风吹得往下纷纷掉坠，士兵们开过之后，路上白晃晃，空空荡荡，只剩下一片落叶。

平原上有丰饶的庄稼；有许许多多的果树园，而平原外的山峦，则是一片光秃秃的褐色。山峰间正在打仗，夜里我们看得见战炮的闪光。在黑暗中，这情况真像夏天的闪电，只是夜里阴凉，可没有夏天风雨欲来前的那种闷热。

有时在黑暗中，我们听得见部队从窗下走过的声响，还有摩托牵引车拖着大炮经过的响声。夜里交通频繁，路上有许多驮着弹药箱的驴子，运送士兵的灰色卡车，还有一种卡车，装的东西用帆布盖住，开起来缓慢一点。白天也有用牵引车拖着走的重炮，长炮管用青翠的树枝遮住，牵引车本身也盖上青翠多叶的树枝和葡萄藤。朝北我们望得见山谷后边有一座栗树树林，林子后边，在河的这一边，另有一道高山。那座山峰也有争夺战，不过不顺手，而当秋天一到，秋雨连绵，栗树上的叶子都掉了下来，就只剩下赤裸裸的树枝和被雨打成黑黝黝的树干。葡萄园中的枝叶也很稀疏光秃；乡间样样东西都是湿漉漉的，都是褐色的，触目秋意萧索。河上罩雾，山间盘云，卡车在路上溅泥浆，士兵披肩淋湿，身上尽是烂泥；他们的来福枪也是湿的，每人身前的皮带上挂有两个灰皮子弹盒，里面满装着一排排又长又窄的六点五毫米口径的子弹，在披肩下高高突出，当他们在路上走过时，乍一看，好像是些怀孕六个月的妇人。

路上时有灰色小汽车疾驰而过，驾驶员座位边每每有一位军官，车子的后座上还坐着几位军官。这些小汽车溅泥泼水，比军用大卡车还要厉害。如果车子后座上有一个小个子，坐在两位将军中间，矮小得连脸都看不见，只看得见他的军帽顶和他那细窄的背影，而且车子又开得特别快的话，那么那小个子可能就是国王。他住在乌迪内①，几乎天天这样子来视察战况，无奈战况不佳。

冬季一开始，雨便下个不停，而霍乱也跟着雨来了。瘟疫得到了控制，结果部队里只死了七千人。

---

① 乌迪内在意大利东北部，当时意军的总司令部所在地。

第二章

第二年打了好几场胜仗。山谷后边那座高山和那个有栗树树林的山坡,已经给拿了下来,而南边平原外的高原上也打了胜仗,于是我们八月渡河,驻扎在哥里察①一幢房子里。这房屋有喷水池,有个砌有围墙的花园,园中栽种了好多茂盛多荫的树木,屋子旁边还有一棵紫藤,一片紫色。现在战争在好几道高山外进行,而不是近在一英里外了。小镇很好,我们的屋子也挺好。小镇后边是河,前边是些高山,高山还由奥军占据着。这小镇打下来时打得漂亮,奥军大概希望战后再回小镇来住,所以现在从山顶上开起炮来,除了小规模的军事例行行动以外,并不乱轰,这情况叫我心情愉快。镇上照常有人居住,有医院和咖啡店,有炮队驻扎在小街上,有两家妓院,一家招待士兵,一家招待军官,加上夏季已过,夜凉如水,战争又在镇外的丛山间进行。这儿有一座弹痕累累的铁路桥,有河边炸毁的地道——从前这儿争战过——有绕着广场周围的树木,而通向广场的路上,又有一长排一长排的树木;此外,镇上又有姑娘,而国王乘车经过时,有时可以看到他的脸,他那长脖子的小身体,和他那一簇好像山羊髯一般的灰须;这一切,再加上镇上有些房屋，因被炮弹炸去一道墙壁，内部突然暴露，倒塌下来的泥灰碎石，堆积在花园里，有时还倒塌在街上，还有卡索②前线，一切顺利，凡此种种，使得今年秋天比起去年困居乡下的秋天，大不相同。况且战局也好转了。

小镇外高山上的橡树林，现在没有了。我们初到小镇时，正在夏日，树林青翠，但是现在已只剩有断桩残干，地面上则给炮弹炸得四分五裂。这一年秋末的一天，我正在原来有树林的地点徘徊，看见一块云朝山顶飞来。云块飞得好快，太阳转眼成为晦暗的黄色，样样东西都变成灰的，天空已被乌云遮蔽住，接着云块落在山上，突然间落到我们身上，那时候才知道原来是雪。雪在风中横飞斜落，掩盖了赤裸的大地，只有树木的残干突了出来。大炮上也盖上了雪，而战壕后边通向便所去的雪地上，已有人走出了几条雪径。

后来我回到小镇。我跟一个朋友坐在军官妓院里，两只酒杯，一瓶阿斯蒂③，望着窗外下得又迟缓又沉重的大雪，我们知道今年战事是结束了。河上游那些高山，并没有攻打下来；河对面的峻岭，一座也没有打下来。那都得等到明年再说。我的朋友看见我们同饭堂的那个教士④小心地踏着半融的雪，打街上走过，于是便敲敲窗子，引起教士的注意，教士抬起头来。他看见是我们，笑了一笑。我的朋友招手叫他进来。他摇摇头，走了。那天夜晚，在饭堂里吃到实心面这一道菜，人人

---

① 哥里察在意奥边境上，大战前原属奥匈帝国，1916年8月被意军攻克。
② 卡索高原在意大利东北部，1917年发生重要战役。哥里察就在卡索高原上。
③ 阿斯蒂原是意大利西北部古城名，这里指那地方出产的白葡萄酒。
④ 教士亦可译为神父。

吃得又快又认真，用叉子高高卷起面条，等到零星的面条都离开了盘子才朝下往嘴里送，不然便是不住地叉起面条用嘴巴吮，吃面的时候，我们还从用干草盖好的加仑大酒瓶里斟酒喝；酒瓶就挂在一个铁架子上，你用食指一扳下酒瓶的脖子，又清又红的带单宁酸味的美酒便流进你用同一只手所拿的杯子里。大家吃完面后，上尉便找教士开玩笑取乐。

教士年纪轻，脸嫩容易红，穿的制服跟我们大家一样，只是他那灰制服胸前左面袋子上，多了一个深红色丝绒缝成的十字架。上尉据说是照顾我，叫我完全听得明白，免得有什么遗漏，所以故意说着不纯粹的意大利语。

"教士今天玩姑娘，"上尉说，眼睛看着教士和我，教士笑一笑，脸孔泛红，摇摇头。这上尉时常逗他。

"你否认？我今天亲眼看见的，"上尉说。

"没有这回事，"教士说。别的军官都觉得逗得很有趣。

"教士不玩姑娘，"上尉说下去道，"教士从来没跟姑娘来过。"他这样解释给我听。他给我倒了一杯酒，说话时眼睛一直看着我的面孔，不过眼角总在瞄着教士。

"教士每天夜晚五个姑娘。"饭桌上的人都笑了起来。"你懂吗？教士每天晚上五对一。"他做个手势，纵声大笑。教士一声不吭，当它是笑话。

"教皇希望奥军打胜仗，"少校说。"他爱的就是法兰兹·约瑟夫[①]。教皇的钱就是敌人捐献的。我是个无神

[①] 法兰兹·约瑟夫是当时奥匈帝国的皇帝。教皇指天主教教皇，当时奥国贵族多信奉天主教。

论者。"

"你看过《黑猪猡》那部书吗?"中尉问我。"我给你找一本来。那书动摇了我的信仰。"

"那是一部卑鄙龌龊的书,"教士说。"你不会当真喜欢它的。"

"是部很有价值的书,"中尉说。"它把教士所有的黑幕都拆穿了。你一定喜欢它,"他对我说。我向教士笑笑,而教士在烛光下也对我笑笑。"你可别看它,"他说。

"我给你找一部来,"中尉说。

"有思想的人都是无神论者,"少校说。"不过我也不相信什么共济会①。"

"我可相信共济会,"中尉说。"那是个高尚的组织。"有人进来了,门打开时,我看得见外面在下雪。

"雪一下就不会再有进攻了,"我说。

"当然没有啦,"少校说。"你应当休假玩一玩。你应当到罗马,那不勒斯,西西里——"

"他应当到阿马斐去,"中尉说。"我给你写些介绍卡,去找我家里的人。他们一定会把你当亲儿子看待。"

"他应该到巴勒摩去。"

"他得到卡普里去。"

"我希望你去观光阿布鲁息②,探望一下我在卡勃拉柯达的家属,"教士说。

---

① 共济会是一种秘密团体,最初可能是中世纪石匠间的一种互相救济的组织。天主教严禁教友参加这种组织。
② 阿布鲁息为意大利中东部一古地区名。

"听啊,他连阿布鲁息都提出来啦。那儿的雪比这儿还要大。他又不是想看农民。让他到文化和文明的中心地去吧。"

"他应当玩玩好姐儿。我给你一些那不勒斯的地址。美丽年轻的姐儿——由做母亲的陪着。哈!哈!哈!"上尉摊开全部手指,拇指向上,其他手指展开着,好像是在灯光下在墙上演手影戏似的。现在墙上有了他的手影。他又用不纯粹的意大利语讲话了。"你去的时候像这个,"他指着拇指,"回来时像这个,"他指着小指,人人大笑。

"看啊,"上尉说。他又摊开手。烛光又把他的手影打在墙上。他开始从拇指数起,按着指头,逐一喊出它们的名字,"'索多—田兰'(拇指),'田兰'(食指),'甲必丹诺'(中指),'马佐'(无名指),'田兰—科涅罗'(小指)。① 你去的时候索多—田兰!回来时田兰—科涅罗!"大家大笑。上尉的指戏很成功。他看着教士嚷道:"每天晚上教士五对一!"大家又是一场大笑。

"你应该立刻就休假,"少校说。

"我倒希望可以陪你一道去,做个向导,"中尉说。

"回来时带台留声机来吧。"

"还要带好的歌剧唱片。"

"带卡鲁索②的唱片。"

"不要他的。他乱叫乱嚷。"

"你巴不得能像他那么演唱吧?"

---

① 他是用意大利语讲这些军衔的:"索多—田兰"是少尉,"田兰"是中尉,"甲必丹诺"是上尉,"马佐"是少校,"田兰—科涅罗"是中校。
② 卡鲁索(1873—1921):意大利著名男高音歌唱家。

"他乱叫乱嚷。我还是说他乱叫乱嚷！"

"我希望你到阿布鲁息去，"教士说。其他人还在大声争吵。"那儿打猎最好。那儿的人你一定喜欢，气候虽然寒冷，倒是清爽干燥。你可以上我家里去住。家父是个有名的猎手。"

"走吧，"上尉说。"我们趁早逛窑子去，否则又要碰上人家关门了。"

"晚安，"我对教士说。

"晚安，"他说。

第三章

我回到前线的时候,原来所属的部队还驻在那小镇上。附近乡下,炮比从前多了好些,而春天也到了。田野青翠,葡萄藤上长出小青芽,路边的树木吐了叶子,海那边有微风吹来①。我看见那小镇和小镇上边的小山和古堡,众山环绕,仿佛是只杯子,背后便是些褐色高峰,山坡上稍有青翠。小镇里炮更多,还有一些新的医院,街上可以碰到英国军人,有时还有英国妇女,此外炮火所毁的房屋也多了一些。天气暖和如春,我在树荫小巷里走,全身给墙上反射过来的阳光晒得暖洋洋的;原来我们还住在那幢老房子里;这房子看起来跟我离开时没有多少分别。大门开着,有个士兵坐在外边长凳上晒太阳,边门口停有一部救护车,而我一踏进门,便闻到大理石地板和医院的气味。景物如旧,只是春天到了。我向大房间的门里张望一下,看到少校正在办公,窗子打开着,阳光晒了进来。他没看见我,而我则不晓得现在就进去报到好呢,还是先上楼洗刷一下。我决定还是先上楼去。

我和雷那蒂中尉合住的房间,窗子朝着院子。现在窗子开着;我床上铺好了毯子,我的东西挂在墙壁上,我的防毒面具放在一个长方形的白铁罐子里,钢盔仍旧挂在那钉子上。床脚放着我那只扁皮箱,而我的冬靴,涂过油擦得亮光光的,搁在皮箱上。我那根奥军狙击兵的步枪,则挂在两张床的中间,枪铳是蓝色的八角形,枪托是可爱的黑胡桃木,可以靠在颊骨上射击。跟那根枪配套用的望远镜,我记得是锁在皮箱里的。中尉雷那蒂本来睡在他的床上。他听见我的声响便醒了,坐起身来。

"你好,"他说。"玩得怎么样啊?"

"好极了。"

我们握握手,他抱住我的脖子吻我。

"噢,"我说。

"你身上脏,"他说。"你该洗一洗。你到过什么地方,做了什么事?立刻都告诉我。"

"我什么地方都去过。米兰、佛罗伦萨、罗马、那不勒斯、维拉·圣佐凡尼、墨西拿、塔奥米那——"

"你好像在背火车时间表。有没有什么艳遇?"

"有。"

"哪儿?"

"米兰、佛罗伦萨、罗马、那不勒斯——"

"够了。只要实实在在把最得意的告诉我。"

"在米兰。"

"那是因为你首先到那地方。你在哪儿碰见她的?在科

---

① 这里的海指亚得里亚海,在意大利的东面,是地中海的一部分。

伐①？你们上哪儿去玩？你觉得怎么样？立刻都告诉我。你们是睡整夜的吗？"

"是的。"

"那也没有什么。我们这儿现在有美丽的姐儿。新来的姐儿，从来没上过前线的。"

"那太好了。"

"你不相信吗？我们今天下午就看看去。镇上还有美丽的英国姑娘。现在我爱上了巴克莱小姐。我带你去望望她。说不定我要和巴克莱小姐结婚哩。"

"我得洗刷一下去报到。难道现在谁也不工作吗？"

"自从你走以后，没有什么大病重伤，只是些冻伤，冻疮，黄疸，白浊，自己弄的伤，肺炎，硬性和软性下疳。每星期总有人给石片砸伤。真正的伤员当然也有几个。战争下星期又要开始了。或许已经开始了。人家是这么说的。照你看，我跟巴克莱小姐结婚行不行——婚期自然得在停战以后。"

"绝对行，"我说，在脸盆里倒满了水。

"今天晚上你得把一切都告诉我，"雷那蒂说。"现在我得多睡一会儿，养好精神，漂漂亮亮的，去见巴克莱小姐。"

我脱下制服和衬衫，用脸盆里的冷水抹身。我一边用毛巾摩擦身子，一边对房间环视了一下，望望窗外，望望眼睛闭着睡的雷那蒂。他人长得很好看，年龄跟我不相上下，是阿马斐②人。他当军医觉得很开心，我们俩是好朋友。我望着他

---

① 米兰歌剧院附近的著名咖啡馆。意大利文"科伐"有"休息地"的意思。
② 阿马斐在意大利的西南部。

时,他睁开眼来。

"身边有钱没有?"

"有。"

"借我五十里拉吧。"

我揩干手,从挂在墙上的制服里掏出皮夹子来。雷那蒂接过钞票,折好塞在裤袋里,人依然躺在床上。他笑着说:"我得在巴克莱小姐面前装阔佬。你是我的亲密的好朋友,我经济上的保护人。"

"活见鬼,"我说。

那天晚上在饭堂里,我坐在教士的旁边。教士对于我没到他故乡阿布鲁息去很失望,仿佛突然伤了心似的。他给他父亲写信,说我要去,他们也预备好一切等待我。我自己也像他那样不好过,想不出我当时为什么竟没有去。其实我本来打算去的,我就说明给他听,本来打算去,后来一事又是一事,终于拖得没有去成。到末了他也看出我实在是本来打算去的,于是他才无所谓了。我喝了许多酒,过后又喝了咖啡和施特烈嘉酒①,带着酒意说,我们并不做我们想做的事,我们从来不这样做。②

我们俩谈话的时候,别人正在争辩。我本来有意思要到阿布鲁息去的。我并没有到路面冻得像铁那么坚硬的寒地去,那儿天气晴朗,又冷又干燥,下的雪干燥像粉,雪地上有野兔走过的脚迹,庄稼人一见到你就脱帽喊老爷。可惜我去的地方都

---

① 一种橘子味的甜酒,金黄色。
② 参见《圣经·罗马书》第7章第15节,"……我所愿意的,我并不作……"

是烟雾弥漫呛人的咖啡馆,一到夜里,房间直打转,你得盯住墙壁,才能使房子停止旋转。夜间醉了酒躺在床上,体会到人生的一切都是这样,醒来时有一种奇异的兴奋,不晓得究竟是跟谁在睡觉,在黑暗中,世界显得都是不实在的,而且这样令人兴奋,所以你不得不又装得假痴假呆、糊里糊涂,认为这就是一切,一切的一切,天不管,地不管。有时候,你会突然间又非常警惕起来,怀着这样的心情从睡梦中醒来,早晨一到,一切消逝,触目都是尖锐的、苛刻的、清楚的现实,有时甚至还争吵价钱过于昂贵。有时早上醒来愉快、甜蜜、温暖,还一同吃了早饭和中饭。有时一点快感都没有,急于早点走开上街去,但是有另一天的开始,接下来的就有另一天的夜晚。我想把夜里的情况,以及日夜的区别告诉那教士,说明为什么白天倘若不是很清爽很寒冷的话,还是黑夜好。但是我这番意思说不出来,就像我现在讲不出来一样。但是如果你有过这种经验,你就明白了。他没有这种经验,但是他也明白我本来想到他故乡去的意思,虽然我没去成,我们俩还是朋友,有好些共同的兴趣,也有些分歧。我所不明白的事往往他都明白,有时我也懂了,只是后来总是忘掉。关于这一点,我当时不晓得,后来才明白。当时我们大家都在饭堂里,晚饭已吃完,旁人还在争辩。我们俩一停止谈话,上尉便嚷道:"教士不开心。教士没有姐儿不开心。"

"我开心的,"教士说。

"教士不开心。教士希望奥地利打胜仗,"上尉说。旁的人在听。教士摇摇头。

"不对,"他说。

"教士要我们永远不进攻。你不是要我们永远不进攻吗?"

"不是。既然有战争,我们总得进攻吧。"

"总得进攻。要进攻!"

教士点点头。

"由他去吧,"少校说。"他这人不错。"

"他究竟也是没法子想啊,"上尉说。于是大家离桌散席。

第四章

早晨我给隔壁花园里的炮队开炮吵醒了,看见阳光已从窗外进来,于是就起了床。我踱到窗边望出去。花园里的沙砾小径是潮湿的,草上也有露水。炮队开炮两次,每开一次,窗户震动,连我睡衣的胸襟也抖了一下。炮虽然看不见,但一听就知道是在我们上头开。炮队挨得这样近,相当讨厌,幸亏炮的口径并不太大。我望着外边花园时,听得见一部卡车在路上的开动声。我穿好衣服下楼,在厨房里喝了一点咖啡,便向汽车间走。

有十部车子并排停在长长的车棚下。都是些上重下轻、车头短的救护车,漆成灰色,构造得像搬场卡车。机师们在场子里修理一部车子。还有三部车子则留在山峰间的包扎站。

"敌人向那炮队开过炮吗?"我问一位机师。

"没开过,中尉先生。有那座小山的掩护。"

"这里情形怎么样?"

"不太坏。这部车子不行,旁的都开得动。"他停住工作笑一笑。"你是休假才回来吧?"

"是的。"

他在罩衫上揩揩手,露齿而笑。"玩得好吗?"其余的机师都露齿而笑。

"好,"我说。"这车子怎么啦?"

"坏了。不是这个就是那个出毛病。"

"现在是什么毛病呢?"

"得换钢环。"

我由他们继续修理这部好不难看的空车,现在车子的引擎敞开着,零件散放在工作台上。我走到车棚底下,给每一部车子检查一下。车子相当干净,有几部刚刚洗过,其余的积满了尘埃。我细心看看车胎,看看有没有裂痕或是给石头划破的。一切情况相当满意。我人在不在这儿看管车子,显然没多大关系。我本来自以为很重要,车子的保养,物资的调配,从深山里的包扎站运回伤病员到医疗后送站,然后根据伤病员的病历卡,运送入医院,这一切顺利进行,大多是靠我一人。现在我才明白,有我没我并没有多大关系。

"配零件有什么困难没有?"我问那机械中士。

"没有困难,中尉先生。"

"现在油库在什么地方?"

"老地方。"

"好,"我说,回到屋子里,又上饭堂去喝一杯咖啡。咖啡淡灰色,甜甜的,因为冲着炼乳。窗外是一个可爱的春天早晨。鼻子里开始有一种干燥的感觉,这天天气一定会很热。这天我上山峰间去看看车站,回镇时已经很晚。

一切都很好,我人不在这儿,仿佛情形反而好一点。总攻击又要开始了,我听人家说。我们所属的那个师,将从河上游某地点进攻,少校叫我负责进攻时期的各救护车站。进攻部队将由上游一条窄峡上渡河,然后在山坡上扩大阵地。救护车的车站得尽量挨近河边,同时又要有天然的保障。车站地点当然是由步兵选定的,不过实际筹划执行,还得依靠我们。这样一来,我居然也有了布阵作战的错觉。

我满身尘埃污秽,就上我房间去洗刷一下。雷那蒂坐在床上看《雨果氏英语语法》①。他穿戴好了,脚穿黑靴,头发亮光光的。

"好极了,"他一看见我就说。"你陪我去见巴克莱小姐吧。"

"不去。"

"要去。你得帮我给她一个好印象。"

"好吧。等我弄一弄干净。"

"洗一洗就行,用不着换衣服。"

我洗一洗,梳梳头,就跟他走。

"等一等,"雷那蒂说。"还是先喝一点才去吧。"他打开箱子,拿出一瓶酒来。

"别喝施特烈嘉,"我说。

"不。是格拉巴。②"

"好吧。"

他倒了两杯酒,我们伸出了食指碰碰杯。酒性好凶。

"再来一杯?"

---

① 雨果语言学院设于伦敦,编有外国语速成法丛书多种,附设有外语函授班。
② 一种意大利白兰地。

"好吧,"我说。我们喝了第二杯格拉巴,雷那蒂放好酒瓶,我们这才下楼。上街穿镇而走,本来是很热的,幸亏太阳开始下山,走来倒很愉快。英国医院设在一座德国人战前盖的大别墅里。巴克莱小姐在花园里。另外一位护士和她在一起。我们从树缝间望得见她们的白制服,于是朝她们走去。雷那蒂行了礼。我也行了礼,不过不像他那样过于殷勤。

"你好,"巴克莱小姐说。"你不是意大利人吧?"

"噢,不是。"

雷那蒂在跟另外一位护士说话。他们在笑。

"你真怪,怎么进了意大利军队。"

"也不是真正的军队。只是救护车队罢了。"

"不过还是很怪。你为什么这样做?"

"我也不知道,"我说。"并不是每件事都有解释。"

"噢,没有解释?我的教养却告诉我是应该有解释的。"

"那倒是怪舒服的。"

"我们非这么顶嘴不行吗?"

"可以不必,"我说。

"这样可松一口气。不是吗?"

"你那根东西是什么?"我问。巴克莱小姐长得相当高。她身上穿的好像是护士制服,金黄的头发,皮肤给阳光晒成黄褐色,灰色的眼睛。我认为她长得很美。她手里拿着一根细藤条,外边包了皮,看起来好像是小孩子玩的马鞭。

"这根东西的主人去年阵亡了。"

"非常抱歉,问得太冒昧了。"

"他是个很好的孩子。他本来要和我结婚,但他在索姆战役①中牺牲了。"

"那是一场可怕的恶战。"

"你也在场吗?"

"不。"

"我也听人家说过,"她说。"这里可没有那样的恶战。他们把这根东西送来给我。是他母亲送来的。人家把他的东西送回家去。"

"你们俩订了婚多久?"

"八年。我们是一块儿长大的。"

"那你们为什么不结婚呢?"

"我不知道为什么,"她说。"当时我不结婚真傻。我本来迟早要给他的。不过当时我想,给他对于他反而不好。"

"原来如此。"

"你爱过人吗?"

"没有,"我说。

我们在一条长凳上坐下,我看看她。

"你的头发长得很美,"我说。

"你喜欢吗?"

"很喜欢。"

"他死后我本想一刀剪掉。"

"那何苦呢。"

---

① 索姆是法国北部河名,于1916年和1918年发生剧烈战役。这里指1916年战役,英法联军初次运用新武器——坦克——进攻德军,以解除德军围攻凡尔登的压力。

"我当时想为他做点什么。你知道,我对于那事情本来无所谓,他要,我都可以给。早知道的话,他要什么我什么都可以给他。这一切道理我现在才明白。但是他当时要去为国作战,而我又不明白这些道理。"

我一句话都没有说。

"当时我什么都不懂。我以为给了他反而会害他。我以为给了他以后他会熬不住,后来他一死,什么都完了。"

"我不知道。"

"唉,完了,"她说。"什么都完了。"

我们望望雷那蒂,他和那护士在谈话。

"她叫什么?"

"弗格逊。海伦·弗格逊。你的朋友是位医生吧?"

"是的。他人很好。"

"那好极了。这么挨近前线,很难找到好人。我们是挨近前线的吧?"

"相当近了。"

"这是一条胡闹的战线,"她说。"但是风景很美。他们不是要发动总攻击吗?"

"是的。"

"那么我们就有事做了。现在没有工作。"

"你当护士好久了吧?"

"从一九一五年年底起。他一参军我就当护士。记得当时有一个傻念头,想象有一天他会到我的医院来。我想象是个刀伤,头上包着绷带。或是肩头中了枪。总是个有趣的场面。"

"这里倒是个有趣的前线,"我说。

"你说得对，"她说。"人家还不晓得法国是什么样子呢。一晓得的话，恐怕仗就打不下去了。他受的不是军刀砍伤。人家把他炸得粉碎。"

我一声也不响。

"照你想，这战争永远打不完吗？"

"不会的。"

"有什么可以叫它停止呢？"

"总有个地方会撑不住的。"

"我们撑不住。我们在法国就撑不住。像索姆这样搞几次，就非垮不可。"

"这里不会垮的。"

"你这样想吗？"

"是的。他们今年夏天打得很不错。"

"他们可能垮的，"她说。"什么人都可能垮的。"

"德国人还不是一样。"

"不，"她说。"我可不这样想。"

我们向雷那蒂和弗格逊小姐那边走去。

"你爱意大利吗？"雷那蒂用英语问弗格逊小姐。

"相当爱。"

"不懂，"雷那蒂摇摇头。

我把"相当爱"译成意大利话。他还是摇头。

"这不行。你爱英格兰吗？"

"不怎么爱。你知道，我是苏格兰人。"

雷那蒂茫然看着我。

"她是苏格兰人，所以她爱苏格兰甚于英格兰，"我用意大利话说。

"但是苏格兰正是英格兰啊。"

我把这句话翻译给弗格逊小姐听。

"还不好算,"弗格逊小姐说。

"真的?"

"从来不是。我们不喜欢英格兰人。"①

"不喜欢英格兰人?不喜欢巴克莱小姐?"

"噢,这就不同了。你可别这样咬文嚼字。"

隔了一会儿,我们说了晚安就分手了。在回家途中,雷那蒂说:"巴克莱小姐比较喜欢你,超过了我。这是很清楚的。那位苏格兰小姑娘可也很不错。"

"很不错,"我说。其实连她的人长得怎么样我都没有留心。"你喜欢她吗?"

"不,"雷那蒂说。

---

① 苏格兰人和爱尔兰人,因为受了英格兰人的并吞和压迫,在情感上始终有相当距离。

第五章

第二天下午,我又去拜访巴克莱小姐。她不在花园里,于是我就从停救护车的别墅的边门走了进去。我在别墅里见到护士长,护士长说巴克莱小姐正在上班——"这是作战时期,你知道。"

我说我知道。

"你就是那位参加意大利军队的美国人吧?"她问道。

"是的,小姐。"

"你怎么会这么做?你为什么不参加我们的部队?"

"我不知道,"我说。"现在我可以参加吗?"

"现在恐怕不行啦。告诉我,你为什么参加意大利军队?"

"我当时人在意大利,"我说,"并且我会讲意大利话。"

"噢,"她说。"我也在学。这是一种美丽的语言。"

"有人说学两星期就应该学会。"

"噢,我可不成。我已经学习了好几个月了。你要来的话,七点钟以后来看她吧。那时她下班了。但是千万别带来一大帮意大利人。"

"就是为听听美丽的语言也不行吗?"

"不行。就是漂亮的军装也不行。"

"晚安,"我说。

"回头见,中尉。"

"回头见。"我行了礼,走出去。要像意大利人那般向外国人行礼,可真不行,一学起来就好窘。意大利人的行礼大概永远不预备出口的。

这天天气炎热。我曾到上游①普拉伐桥头堡那儿去一趟。总攻击将从那儿开始。去年没法深入河的对岸,因为从山隘到浮桥只有一条路,路上受敌人机枪扫射和炮击的地段,约有一英里长。况且路不宽,既不足以运输全部进攻部队,同时奥军又可以把它变成屠宰场。但是现在意军已经渡了河,占据了对岸的敌人地带约有一英里半长。这是个怪讨厌的地点,奥军本不应该让意军占领的。照我想,大概是彼此让步,因为我们这边河上,奥军在下游地带也保留有一座桥头堡。奥军的战壕就挖在山坡上,距离意军阵地只有几码远。那儿本来有一个小镇,现在已成为一片瓦砾。只剩下一个残毁的火车站和一座被炸坏的铁路桥——这条桥现在无法修理和使用,因为它就暴露在敌人眼前。

我沿着窄路开车朝河边驶去,把车子留在山下的包扎站上,步行走过那座有个山肩掩护的浮桥,走进那些在废镇上和山坡边的战壕。人人都在掩蔽壕里。那儿搁着一排排的火箭,万一电话线被割断的话,这些火箭可以随时施放,请求炮队的帮助或者当作信号。那儿又静,又热,又脏。我隔着铁丝网望

---

① 指伊孙左河,在意奥边境上,长约75英里。

望奥军的阵地。一个人也看不见。我跟一位本来认识的上尉,在掩蔽壕里喝了一杯酒,就沿原路回桥。

有一条宽阔的新路正在修造,盘山而上,然后曲曲折折通向河上的桥。这条路一修好,总攻击就要开始了。新路下山时穿过森林,急峭地转折下山。当时的布置是,进攻部队充分利用这条新路,回程的空卡车、马车和载有伤员的救护车,则走那条狭窄的旧路回去。包扎站设在敌军那边河上的小山边,抬担架的人得把伤员抬过浮桥。总进攻开始时,我们就将这么行动。照我目前所能观察到的,这条新路的最后一英里,就是刚从高山转入平原的那一长段,会遭到敌军不断的猛轰。可能搞得一团糟。幸亏我找到一个可以躲躲车子的地方,车子开过那一段危险地带后可以在那儿歇一歇,等待伤员抬过浮桥来。我很想在新路上试试车,可惜路还没修好,不能通行。新修的道路相当宽阔,斜度也不坏,还有那些转弯处,从大山上森林空隙处露出来的,看来也相当动人。救护车装有金属制的刹车,况且下山时还没装人,大概不至于出毛病。我沿着窄路开车回去。

两个宪兵拦住了车子。原来有颗炮弹刚刚落下,而当我们等待的时候,路上又掉下来三颗炮弹。那些炮弹都是七十七毫米口径的,落下来时发出一股嗖嗖响的急风,一阵又有力又明亮的爆裂和闪光,接着路上冒起一股灰色的烟。宪兵挥手叫我们开走。我的车子经过炮弹掉下的地方时,避开地上的那些小坑,鼻子闻得到一股强烈的炸药和一股夹杂有炸裂的泥石和刚刚击碎的燧石等的味道。我开车子回到哥里察我们住的别墅,后来就去拜访巴克莱小姐,她正在上班,不得会面。

晚饭我吃得很快，就赶到英军医院所在地的别墅去。别墅实在又大又美好，里边长有很好的树木。巴克莱小姐正坐在花园里一条长椅上。弗格逊小姐和她在一起。她们见到我，似乎很喜欢，一会儿弗格逊小姐便借口要走了。

"我让你们俩呆在这儿，"她说。"你们俩没有我也是很行的。"

"别走，海伦，"巴克莱小姐说。

"我还是走吧。我得写几封信去。"

"晚安，"我说。

"晚安，亨利先生。"

"你可别写什么给检查员找麻烦的话。"

"你放心。我不过写写我们住的地方多美丽，意大利人多勇敢。"

"你这样写会得奖章的。"

"那敢情好。晚安，凯瑟琳。"

"我等一会就来，"巴克莱小姐说。弗格逊小姐在黑暗中走了。

"她人很好。"

"噢，她人很好。她是个护士。"

"难道你自己不是吗？"

"噢，我不是。我是个所谓的志愿救护队队员。我们拼命工作，可是人家不信任我们。"

"为什么不信任？"

"没有事情的时候，他们不信任我们。真正有事情要做的时候，他们就信任我们了。"

"到底有什么分别呢?"

"护士就好比是医生。要经过长期的训练。志愿队可只是一种短期训练班。"

"原来如此。"

"意大利人不让女人这么挨近前线。所以我们在这儿,行为还得特别检点。我们不出门。"

"我倒是可以进来的。"

"噢,那当然。我们又不是出家的。"

"我们丢下战争不谈吧。"

"那倒很困难。要丢也没地方丢它。"

"丢下就算了。"

"好的。"

我们在黑暗中对看着。我心里想,她长得实在美丽,我抓住了她的手。她的手由我抓住,我就抓住了,并伸出手臂去抱她。

"不要,"她说。我就把手臂放在原处。

"为什么呢?"

"不要。"

"要的,"我说。"求求你啦。"我在黑暗中往前靠拢去吻她,一下子感到火辣辣的刺痛。她狠狠地打了我的脸。她的手打在我鼻子和眼睛上,反应之下,泪水立刻涌上眼来。

"真对不起,"她说。我觉得我占有某种优势。

"你做得对。"

"非常对不起,"她说。"我就是受不了不当班护士被人调情这一套。我并没存心伤害你。我可是打疼了你吧?"

她在黑暗中看着我。我很生气,不过自己很有把握,好像是在下棋,所有步数,早已看得清清楚楚。

"你打得实在对,"我说。"没有关系。"

"可怜的家伙。"

"你知道,我这一向就在过着一种奇怪的生活。连英语都不讲。而且你又是长得这么美丽。"我望望她。

"无聊的话少说。我已经道歉过了。我们俩还混得下去。"

"对啦,"我说。"况且我们已把战争丢下不谈了。"

她笑了起来。这是我第一次听见她笑。我注视她的脸。

"你真讨人喜欢,"她说。

"不见得吧。"

"是的。你是个可爱的人儿。假如你不介意的话,我倒喜欢吻吻你。"

我一边看着她的眼睛,一边伸出胳臂像方才那样搂她,吻着她。我狠狠地吻她,紧紧地搂着她,逼着她张开嘴唇;她的嘴唇紧闭着。当时我还在生气,而当我这么搂她的时候,想不到她突然全身颤抖了一下。我搂住她,让她紧紧靠在我身上,我感觉到她的心在跳动,于是她的嘴唇张开了,她的头往后贴在我手上,接着竟扑在我肩上哭泣起来。

"噢,亲爱的,"她说。"你要好好地待我,答应吗?"

该死,我心里在想。我抚摸她的头发,拍拍她的肩头。她还在哭。

"你答应不答应?"她抬起头来望望我。"因为我们将要过一种奇异的生活。"

过了一会儿,我陪她走到别墅的门口,她走进去,我走回家。我回到我住的别墅,上楼走进房间。雷那蒂正躺在床上。他看一看我。

"原来你和巴克莱小姐的关系有进展了?"

"我们是朋友。"

"瞧你那副发情的狗似的好模样。"

我起初听不懂"发情"这字眼儿。

"什么好模样?"

他解释了一下。

"你呢,"我说,"你自己就好比一条狗——"

"算了吧,"他说。"再说下去你我就要损人了。"他大笑起来。

"晚安,"我说。

"晚安,小哈巴狗。"

我把枕头扔过去,扑灭了他的蜡烛,在黑暗中上了床。

雷那蒂捡起蜡烛,点上了,又继续看书。

第六章

我上前线救护站忙了两天。回来时已经太晚，所以到第三天晚上才去找巴克莱小姐。她不在花园里，我只好在医院办公室里等待她下来。办公室的墙边上有许多油漆过的木柱子，上边摆着好些大理石的半身像。甚至办公室外边的门廊上，也有一排排雕像。这些雕像有大理石那种完完整整的品质，看起来千篇一律。雕刻这玩艺儿我总觉得沉闷——不过，铜像倒还有点道理。但是大理石的半身像，简直就像片坟山。坟山中也有一个好的——在比萨①的那一个。要看坏的大理石像，最好上热那亚②。这医院本来是某德国大富豪的别墅，这些石像一定花了他不少钱。我倒想知道雕刻师是谁，他赚了多少钱。我看看那些雕像，不晓得是不是属于一个家族的；可惜雕刻得古典一律。多看也看不出什么名堂来。

我坐在一把椅子上，手里拿着帽子。照规矩我们就是回到了哥里察还得戴钢盔，虽则戴起来怪不舒服，而且太装腔作势，因为镇上的老百姓根本尚未撤退。我上前线各站去时，只好戴它一顶，同时还带了一个英国制造的防毒面罩。我们现在开始搞到一些面罩了。地道的面罩。照规矩我们还得佩带手枪;就是军医和卫生人员也不能例外。我现在就感觉得到手枪正顶在椅背上。并且还得把枪佩戴在人家看得见的地方,否则有被捕的可能性。雷那蒂佩着一只手枪皮套,里面装的可尽是大便用的卫生纸。我佩带的倒是一支真枪,所以自己大有枪手的感觉,后来试放几下,才知道不行。那是支 7.65 口径的阿斯特拉牌手枪,枪筒短,开起来跳动得非常厉害,别想打中任何目标。我练习了一个时期,尽量往靶子的下边打,想尽方法克服短枪筒那种滑稽的颤跳,到了后来,终于能够在二十步外打中离靶子一码远的地方了,后来我常常感到佩带手枪的荒唐滑稽,但不久也就忘记了它,随便吊在腰背上,一点感觉都没有,除非是偶尔碰到讲英语的人,才多少感到有点儿不好意思。我现在坐在椅子上,有一个勤务模样的人坐在一张台子后边,不以为然地盯着我,而我则看着大理石地板、摆有雕像的柱子和墙上的壁画,等待巴克莱小姐。壁画还算不错。任何壁画,只要开始剥落,总是行的。

我看见凯瑟琳·巴克莱走下门廊来,便站起身。她朝我走来的时候并不显得怎么高,不过很可爱。

"晚安,亨利先生,"她说。

"您好!"我说。那个勤务在办公桌后边听着。

"这儿坐坐呢,还是到花园去?"

"还是到外边去遛遛吧。外边阴凉多了。"

我跟在她后边走进花园,那个勤务在后边望着我们。我们

---

① 比萨是意大利中西部的古城。
② 热那亚是意大利西北部地中海边的城市。

走到铺沙的车道上时,她说,"你去过哪儿?"

"我到救护站去了。"

"你难道不能捎张字条儿给我吗?"

"不行,"我说。"不很方便。当时我以为当天就回来的。"

"你总得通知我一声啊,亲爱的。"

我们走下车路,在树荫里走着。我抓住她的手,停下了步,吻她。

"有没有我们可以去的地方?"

"没有,"她说。"我们只好在这儿散步。你去了好久了。"

"这是第三天。现在我可回来了。"

她望着我:"你是爱我的吧?"

"是的。"

"你说过你爱我的吧?"

"是的,"我撒谎。"我爱你。"这话我以前没说过。

"你还叫我凯瑟琳吧?"

"凯瑟琳。"我们走了一会,在一棵树底下停住。

"说,'我夜晚回来找凯瑟琳。'"

"我夜晚回来找凯瑟琳。"

"噢,亲爱的,你是回来了吧?"

"回来了。"

"我是那么的疼你,疼得难受。你不会离开我吧?"

"不会。我总会回来的。"

"噢,我是多么疼爱你。请你再把手放在这儿。"

"并没有挪开过啊。"我把她扭过来,以便吻她时看得到她的脸,想不到她双眼都是闭着的。我亲一亲她那一对合拢的眼睛,心里想,她大概有点疯疯癫癫吧。就是有点神经也没有关系,我何必计较这个。这总比每天晚上逛窑子好得多——窑子里的姑娘陪着别的军官们一次次上楼去,每次回来,往你身上一爬,把你的帽舌拉到脑后,便算跟你有特别的交情了。我知道我并不爱凯瑟琳·巴克莱,也没有任何爱她的念头。这是场游戏,就像打桥牌一般,不过不是在玩牌,而是在说话。就像桥牌一般,你得假装你是在赌钱,或是为着什么别的东西在打赌。没有人提起下的赌注究竟是什么。这对我并没有什么不方便。

"希望有个什么地方我们可以去,"我说。我正在经历男性站着求爱无法坚持长久的困难。

"没地方去啊,"她说。她回话前不晓得在想什么心事。

"我们就在这儿坐一会儿吧。"

我们坐在扁平的石制条凳上,我握着凯瑟琳的手。但她不让我用胳臂搂她。

"你很疲乏吗?"她问。

"不。"

她低头看着地上的草。

"我们演的这场戏坏透了,可不是吗?"

"什么戏?"

"别装傻啦。"

"我倒不是故意装的。"

"你是个好人,"她说。"你总算尽你的能力在演。不过这场戏坏透了。"

"人家心里的事你总知道的吗?"

"那也不一定。不过你一转念头,我总知道。你犯不着假装爱我。晚上这场戏已经演完了。你还有什么别的话要说吗?"

"我可是真心爱你啊。"

"在不必要的时候你我还是少撒谎吧。今天晚上我已经演了一出小小的好戏,我现在行了。你知道,我并没有神经病,并不发疯。只是有时候稍微有一点点。"

我紧紧握住她的手:"亲爱的凯瑟琳。"

"现在凯瑟琳这个名字听起来好滑稽。你叫这名字的声调并不很一致。不过你的人不错。你是个很好的孩子。"

"教士也是这么说。"

"是的,你这人很不错。你再来看我吧?"

"当然。"

"你也不必说你爱我。这暂且算结束了。"她站起身,伸出手来。"晚安。"

我想要吻她。

"不,"她说。"我累死了。"

"不过还得吻吻我,"我说。

"我累死了,亲爱的。"

"吻我。"

"你当真这么急吗?"

"真的。"

我们亲嘴,接着她突然挣开了身。"不。晚安,求求你,亲爱的。"我们走到门口,我看着她进去,走进门廊。我喜欢看她走动时的样子。她顺着门廊一直走。我回家去。那天夜里天气热，山峰间军事活动频繁。我望着圣迦伯烈山①上炮火的闪光。

我在玫瑰别墅的前边歇下脚来。百叶窗都已经上了，不过妓院里边好像还很热闹。还有人在唱歌哩。我走回家去。我正在脱衣服的时候，雷那蒂走进来。

"啊哈！"他说。"看情形不大妙啊。你这小乖乖，一副为难的脸孔。"

"你上哪儿去了？"

"玫瑰别墅。很有启发，乖乖。大家都唱了歌。你呢？"

"拜访英国人去了。"

"感谢天主，我犯不着跟英国人纠缠在一起了。"

---

① 圣迦伯烈山在哥里察的东南，控制着卡索高原。

第七章

第二天下午,我打山中的第一救护站回来,把车子停在后送站门口,伤病员就在那儿按照各人的病历卡,分门别类,送往不同的医院。那天由我开车,我坐在车子里等,叫司机拿着病历卡进去。那天天气炎热,天空非常明亮青碧,道路干燥得变成白色,满是尘沙。我坐在菲亚特牌汽车的高座上,什么事都不想。路上有一团兵走过,我看着他们经过我身边。士兵们热得汗水直淌。有的还戴着钢盔,但是大部分的人则把钢盔斜吊在各人的背包上。钢盔大多太大,戴着它的人,差不多连耳朵都给遮住了。军官们都戴钢盔;大小比较合适。这些士兵是巴西利卡塔①旅的一半兵力。这是我从他们领章上的红白条纹辨识出来的。这一团兵开过好久后,还有些散兵——跟不上队伍的人们。他们一身是汗和灰尘,十分疲乏。有的看模样很不行。掉队的人走完后,还来了一个士兵。他跛着脚走。他停下了,在路边坐下来。我下车走近他。

"怎么啦?"

他望望我,站起身来。

"我要朝前走的。"

"你哪儿不舒服?"
"——妈的战争。"
"你的腿怎么啦?"
"不是腿的问题,是疝气发了。"
"那你为什么不搭运输车?"我问。"你为什么不上医院?"
"人家不让我这么做。中尉说我故意把疝带搞丢了。"
"我来摸摸看。"
"滑出来了。"
"在哪一边?"
"这儿。"

我摸到了。

"咳嗽,"我说。
"我怕越咳会越大。现在比今儿早上大一倍了。"
"坐下,"我说。"等伤员的病历卡一弄好,我就带你上路,把你交给你们的医务官。"
"他会说是我故意搞丢的。"
"他们不能拿你怎么样,"我说。"这又不是伤。你这是老毛病,从前可不就发过吗?"
"但是我把疝带搞丢了。"
"人家会送你上医院的。"
"我可不可以就待在这儿,中尉?"
"不行,我没有你的病历卡。"

---

① 巴西利卡塔是意大利南部一地区名。

司机走出门来,带来了车上伤员们的病历卡。

"四个到105。两个上132,"他说。这两家医院都在河的另一边。

"你开车吧,"我说。我扶着那个发疝气的士兵上了车,跟我同那开车的坐在一起。

"你会讲英语吗?"他问。

"当然啦。"

"你对这该死的战争觉得怎么样?"

"坏透了。"

"真是坏透了,耶稣基督,真是坏透了。"

"你到过美国吗?"

"到过。在匹兹堡呆过。我知道你是美国人。"

"难道我的意大利语还不到家吗?"

"反正我知道你是美国人。"

"又是个美国人,"司机用意大利语说,望着那个发疝气的士兵。

"听着,中尉。你非把我送回我那个团不行吗?"

"只好这么做。"

"团里的上尉级医官早知道我有疝病。我故意丢掉了那条该死的疝带,希望病状恶化一点就可以不必上前线了。"

"原来如此。"

"你没法子送我到旁的地方去吗?"

"倘若更贴近前线的话,我可以送你上急救站。但是在这儿,你非有病历卡不可。"

"我如果往回走,人家就会给我动手术,等我病好了,就会叫我经常呆在前线了。"

我考虑了一下。

"你也不想经常呆在前线吧?"他问。

"是的。"

"耶稣基督,难道这不是场该死的战争?"

"听着,"我说。"你还是下车,在路边想法子在头上撞出一个疙瘩,我车子回来时就送你上医院。我们在这儿停一下吧,阿尔多。"我们在路边停住车。我扶他下了车。

"我就在这儿等,中尉,"他说。

"回头见,"我说。车子继续上路,朝前开了约摸一英里就追上了那团士兵,随后过了河。河水混浊,掺杂有雪水,在桥桩间疾流着。车子沿着平原上的路驶去,把伤员送交那两家医院。回去的时候由我开车,空车子开得快,要赶回去找那个到过匹兹堡的士兵。我们首先碰到的又是那团士兵,他们现在走得更热更慢了;接着便是那些掉队的散兵。随后我们看到有一辆救护马车停在路边。有两个人正抬着那患疝病的士兵上车。他所属的部队派人来接他回去了。他对我摇摇头。他的钢盔已经掉了,额上的头发的边沿在流血。他的鼻子擦破了皮,流血的伤口和头发上都有尘土。

"中尉,你看这疙瘩!"他叫道。"没有用。他们赶回来找我了。"

我们回到别墅的时候已经是五点钟了,我到洗车子的地方洗了个淋浴。随后我回房去打报告,坐在敞开的窗前,只穿着长裤和汗衫。进攻将于后天开始,我得带上一批车子到普拉伐去。我已经好久没写信回美国,心里明知道该写信,只是已经拖了那么长久,现在就是想写,也差不多不晓得该从哪儿写起了。没什么可写的。我寄了几张战区明信片去,什么都不写,只说我身体平安。这些明信片大概可以敷衍亲友一下。这些明信片到了美国一定行;又新奇又神秘。这战区是又新奇又神秘的,不过比起过去跟奥军打的那几次战役,已经算是更有效率,更凶残的了。奥军的存在,本是方便拿破仑打胜仗的;随便哪一个拿破仑都行。我希望我们现在最好也有一位拿破仑,可惜我们只有卡多那大将军①,又肥胖又得发,还有国王维多利奥·埃马努埃莱,一个长着细长脖子和山羊须的小个子。坐在他们右边的是亚俄斯塔公爵。也许他长得太漂亮,不像个大将军,但是他可像个人。许多意大利人希望他来当国王。他的样子就像国王。他是国王的叔叔,现任第三军总指挥。我们是属于第二军的。第三军里有些英国炮队。我在米兰曾碰到两个英国炮兵。他们俩很不错,我们那天晚上玩得好痛快。他们俩个子大,很害臊,忸怩不安,凡事体贴人意。我倒希望能够跟英国军队在一起。那样的话,事情就简单多了。不过那就有死亡的危险。干救护车这种工作是不会死的。不,那也说不定。英国救护车的驾驶员有时也有阵亡的。哼,我知道我是不会死的。不会死于这次战争中。因为它与我根本就没有什么关系。照我看来,这次战争对我的危险性,就好比是电影中的战争。但愿战争就结束。也许今年夏天就会结束。也许奥军会垮掉。他们以前打仗,岂不是次次都垮的吗?这次战争出了什么毛

---

① 卡多那(1850—1928),意大利将军,出身贵族。

病？人人都说法军不济事了。雷那蒂说法军哗变了，转向巴黎进军。我问他后来怎么样了，他说："噢，人家拦住了他们。"我很想在太平时代到奥地利去一趟。我想去黑森林①。我想上哈尔兹山②。哈尔兹山究竟在哪儿啊？他们正在喀尔巴阡山作战。喀尔巴阡山其实我本来就不想去。不过那地方也许也不错。假如没有战争的话，我可以到西班牙去。太阳在下山了，天气凉了一点。晚饭后找凯瑟琳去。我希望她现在就在这儿。我希望我和她现在就在米兰。在科伐咖啡店吃一顿饭，顺着曼佐尼大街散步以消磨这炎热的夏晚，然后过桥去，沿着运河和凯瑟琳·巴克莱一同走进旅馆。也许她肯的。也许她会把我当做那个阵亡的爱人，我们于是一同走进旅馆的前门，看门人连忙摘帽，我找掌柜的拿钥匙，她则站在电梯边等，随后我们一同走进电梯，电梯开得很慢，的的嗒嗒地过了一层又一层，到了我们那一层时，小郎打开门，站在一边，她走出去，我走出去，一同顺着走廊走，我拿钥匙去开门，门开了，我们进去，拿下电话机，吩咐他们送一瓶装在放满冰块的银桶子里的卡普里白葡萄酒来，你听得见走廊上有冰块碰着提桶的响声，小郎敲敲门，我就说请放在门外。因为我们一丝不挂，因为天气太热；窗子打开着，燕子在人家屋顶上飞掠，后来天黑了，你走到窗口去，几只很小的蝙蝠在屋顶上找东西吃，低低地贴着树梢飞，我们喝卡普里酒，门儿锁上了，天气炎热，只盖一条单被，整个夜晚，整夜相亲相爱，在米兰度过一个炎热

---

① 德国南部风景区。
② 德国中部名山。

的夜晚。这样子才对劲啦。我还是快点吃饭,早一点找凯瑟琳·巴克莱去吧。

饭堂里人们话说得太多。我喝了一点酒,因为我不喝一点的话,人家会说我不够亲热友爱。我和教士谈起大主教爱尔兰①的事,他似乎是位高尚的人物,他在美国受了冤枉,作为美国人的我,对于这种冤枉行为也是有份的,这些事我根本听都没有听见过,教士既在说,我只好装做知道的样子。教士长篇大论地解释主教受迫害的原因,怎样遭到人家的误解,我听了以后再说完全不知道,未免不够礼貌了。我觉得这大主教的姓氏倒也不错,而且还是从那个名字很好听的明尼苏达州来的:明尼苏达州的爱尔兰,威斯康星州的爱尔兰,密执安州的爱尔兰。这姓氏念起来很像爱兰②,因此特别好听。不,不是这样。没有那么简单。是,神父。真的,神父。也许是吧,神父。不,神父。嗯,也许是吧,神父。你知道的比我多,神父。教士是个好人,可是没趣。军官们不是好人,也很没趣。国王是个好人,同样没趣。酒并不好,但不会使人感到没趣。酒剥掉牙齿上的珐琅,把它留在上颚上。

"后来教士给人家关了起来,"罗卡在说,"因为人家在他身上搜出了一些利息三厘的公债券。这当然是在法国啦。要是在这儿,人家不会逮捕他的。关于三厘公债,他说他完全不晓得。这件事发生在贝齐埃尔③。我恰巧也在那儿,看到了报上的报道,就跑到监牢去,说要会会那教士。公债明明是他

---

① 美国天主教教士约翰·爱尔兰(1838—1918)于1888年升任大主教。
② 原文为island,是"岛"的意思。
③ 贝齐埃尔,法国南部一城市,为酿酒业的中心。

偷的。"

"我完全不相信你的话,"雷那蒂说。

"那就听便,"罗卡说。"反正我是讲给我们这位教士听的。很有教育意义。他既是教士,一定会有体会的。"

教士笑笑。"说下去吧,"他说。"我在听着。"

"有些公债自然是不知去向了,但是他们在教士身上搜到了全部的三厘公债和一些地方债券,究竟是哪一种债券我现在也忘了。方才说到我到监牢里去,这就是故事的精彩地方,我站在他的牢房外,好像要向神父忏悔似的,我说,'祝福我,神父,因为你犯罪了。'"

人人大笑。

"那么他怎么说呢?"教士问。罗卡不理睬教士所提的问题,只是继续对我讲着这个笑话。"你懂了吧?"他的意思好像是说:倘若你真懂的话,这故事是非常好笑的。他们又给我倒了一些酒,于是我讲了一个人家叫英国小兵被逼冲淋浴的故事。少校讲了一个十一个捷克斯洛伐克兵和一个匈牙利下士的故事。再喝了一些酒后,我又讲了一个骑师寻到铜板的故事。少校说意大利也有这么一个故事,讲公爵夫人夜里睡不着。这当儿教士走了,我就讲了一个旅行推销员的故事,说他于清早五时到达马赛,当时正刮着又干又冷的北风。少校说他听人家讲我很能喝酒。我否认。他说我一定能喝,凭酒神巴克斯的尸体起誓,我们来试试看。不要凭巴克斯,我说。不要巴克斯。要巴克斯,他说。我得和菲利波·文森柴·巴锡一杯一杯比酒。巴锡说不行,他不能比,他已经比我多喝了一倍啦。我说他撒谎不漂亮,什么巴克斯不巴克斯,菲利波·文森柴·巴锡或是巴锡·菲利波·文森柴今天晚上都没喝过一滴酒,再说,他的姓名究竟怎么叫啊?他说我的姓名究竟是费德里科·恩里科①还是恩里科·费德里科?我说别管他什么巴克斯,比过算数,少校于是拿大杯来倒红酒。比赛到一半,我忽然不干了。我想起我还得去找凯瑟琳。

"巴锡赢了,"我说。"他比我行,我得走了。"

"他真的有事,"雷那蒂说。"他有个约会。我都知道。"

"我得走了。"

"那么改天晚上再比吧,"巴锡说。"改天晚上精神好点时再比吧。"他拍拍我的肩膀。桌上点着几支蜡烛。军官们都很开心。"晚安,诸位先生,"我说。

雷那蒂跟我一道出来。我们在门外小草地上站了一会,他说:"喝醉了,你还是别去吧。"

"没有醉,雷宁。真的没有醉。"

"你还是嚼一点咖啡再去吧。"

"胡说。"

"我给你找一点来,乖乖。你来回走走吧。"回来时他带来一把烘焙过的咖啡豆。"乖乖,嚼嚼这些东西,但愿天主与你同在。"

"巴克斯,"我说。

"我送你走一趟去。"

"我完全没有问题。"

我们一同穿过市镇,我嘴里咀嚼着咖啡豆。到了直通英国

---

① 这是本书主人公弗雷德里克·亨利的姓名的意大利文的读法。

别墅的车道口,雷那蒂向我道晚安。

"晚安,"我说。"你为什么不一同进去。"

他摇摇头。"不,"他说,"我喜欢简单一点的乐趣。"

"谢谢你的咖啡豆。"

"甭说了,乖乖。甭说了。"

我向车道上走去。车道两旁的松柏,轮廓十分鲜明。我回头望望,看见雷那蒂还站在那儿望着我,便向他招招手。

我坐在别墅的会客厅里,等待凯瑟琳·巴克莱下来。有人在走廊上走来。我站起身,但是来人不是凯瑟琳。是弗格逊小姐。

"你好,"她说。"凯瑟琳叫我对你说对不住,她今天晚上不能够见你。"

"很遗憾。但愿她没有生病。"

"她不太舒服。"

"请你转告她我很关心。"

"好的。"

"照你看,我明儿再来一趟行不行?"

"行。"

"多谢多谢,"我说。"晚安。"

我走出门,突然觉得寂寞空虚。我本来把来看凯瑟琳当做一件很随便的事,我甚至喝得有点醉了,差不多完全忘掉要来看她了,但是现在我见不到她,心里却觉得寂寞空虚。

第八章

第二天下午,我们听说当天夜里将在河的上游发动进攻,我们得派四部救护车前往指定地点。关于进攻这事,大家什么都不知道,尽管人人讲来,口气极为肯定,胡乱搬弄战略知识。我乘第一部车子,我们经过英国医院大门口时,我叫司机停一停。其余的车子也都跟着停下了。我下了车,叫后面三部车子继续朝前开,如果我们追不上,请他们在通库孟斯去的大路的交叉点等待。我匆匆跑上车道,走进会客厅,说要找巴克莱小姐。

"她在上班。"

"可不可以见她一会儿?"

他们派了一名勤务员进去问问,接着她就跟着勤务员回来了。

"我路过这儿,问问你可好一点了。他们说你在上班,我说还是想见你一下。"

"我现在很好,"她说,"昨天大概是天气太热,把我热坏了。"

"我得走了。"

"我陪你到门外走一会儿吧。"

"你完全复原了没有?"我到了外边问。

"好了,亲爱的。你今天夜里来不来?"

"不。我现在要到普拉伐河上游赶一场戏去。"

"一场戏?"

"照我想,没有什么了不起的。"

"你会回来吧?"

"明天。"

她从脖子上解下一件东西来,放在我的手里。"是个圣安东尼①像,"她说。"你明天晚上来。"

"难道你是天主教徒?"

"不是。但是人家说圣安东尼像很灵验。"

"那我来替你保管吧。告别了。"

"不,"她说,"别说告别。"

"好。"

"做个好孩子,自己保重。不,在这里你不可以吻我。你不可以。"

"好吧。"

我回过头去,看见她还站在台阶上。她对我招招手,我吻吻我的手,送一个飞吻过去。她又招招手,接着我走下医院的车道,爬上救护车的座位,我们起程了。圣安东尼像装在一只白色小铁匣里。我打开匣子,让它滚到手掌上。

"圣安东尼像?"司机问。

---

① 圣安东尼为公元3—4世纪中的埃及隐士,为基督初期的第一所修道院的创办人。

"是的。"

"我有一个。"他的右手离开驾驶盘,解开制服上一个纽扣,从衬衫里面掏出来给我看。

"看见吗?"

我把我的圣安东尼像仍旧放在小铁匣里,卷上那条细细的金链子,往我胸袋里一塞。

"你不戴上吗?"

"不。"

"还是戴上吧。本是用来戴的。"

"好吧,"我说。我解开金链子的扣子,把它挂在我的脖子上,扣上扣子。圣像吊在我的军装外,我解开制服的领子,解开衬衫的领头,把它塞在衬衫里面。车子开着走时,我感觉到那小铁匣撞在我的胸膛上。随后我便完全忘掉它了。后来我受伤,它也丢了。大概是在一个包扎站里给人家拿走了。

我们过了桥,把车子开得很快,不一会儿,就看见前面路上那三部救护车的滚滚黄尘。路拐了个弯,我们看到那三部车子,很小,车轮上冒起尘埃,洒落在树木间。我们追上他们,越过他们,拐上一条上山的路。结队开车,只要你开的是带头的车子,倒也没有什么不愉快的;我安坐在车座上,观看田野风景。我们的车子在挨近河这一边的丘陵地带行驶,路越爬越高,望得见北面的一些高山峻岭,峰巅还有积雪。我回头看,望见那三部车子都在爬山,每部车子间隔着一段尘埃。我们越过一大队驮着东西的驴子,赶驴子的在旁边走,头上戴着红色的土耳其帽①。原来是意大利狙击兵。

赶过驴子的行列后，路上就空荡荡了。我们爬过一些小山，沿着一长道山冈的山肩，开进一个河谷。路的两边都有树木，从右边一排树木间，我望得见河，河水又清又急又浅。河面很低，河里有一片片沙滩和圆石滩，中间窄窄的一泓清水，有时河水泛流在圆石子的河床上，晶莹发光。挨近了河岸，我看见有几个很深的水潭，水蓝如天。河上有几座拱形的石桥，那儿也就是大路接连一些小径的起点；我们经过农家的石屋，几棵梨树的杈桠贴在屋子朝南的墙上，田野上砌有低矮的石墙。大路在河谷里盘旋了好久，随后我们转了弯，又开始爬山而上。山路峻峭，一会儿上，一会儿下，穿过栗树林，进入平地，终于沿着一个山脊而行。穿过树木间，我低头望见远处山下阳光照耀着的那条河流，它隔开了敌我二军。我们在崎岖的新军路上走，沿着山脊的巅峰，我朝北眺望，望见两道山脉，又青又黑，直到雪线，雪线上则一片雪白，阳光下皎然可爱。接着，路沿着山脊上升蜿蜒，我看见第三道山脉，那是更高的雪山，看起来呈粉白色，上有皱褶，构成各种奇异的平面，随后看到在这些高山后面还有不少山峰，望上去不知是真是假。这些高山峻岭都是奥地利人的，我们这边可没有。前面路上有个朝右的转弯，从那儿下望，我看见路在树木间向下倾斜地延伸。这条路上有部队、卡车和驮着山炮的骡子，而当我们挨着路边往下开去时，我望见在下面很远地方的那条河、沿河的铁轨和枕木、铁道渡到对岸去的古桥，

---

① 一种没有帽檐的有黑穗的毡帽。

还有对岸山脚下那一片断墙残壁的小镇——那就是要抢夺的地点。

我们的车子驶上平原,拐上河边那条大路时,天已快黑了。

第九章

　　大路上很拥挤，两边都有玉蜀黍茎秆和草席编成的屏障，头顶也盖有席子，这一来，仿佛走进了马戏场或是一个土著的村子。我们的车子在这草席搭成的隧道里慢慢地行走，一走出来，却是一块清除了草木的空地，那儿本来是个火车站。这儿的路比河岸还要低，在这一段下陷的路上，路边的整段河岸上都有些挖好的洞穴，步兵们就待在那里边。太阳正在下去，我抬头朝河岸上窥望，望得见奥军的侦察气球飘浮于对岸的小山上，在落日残照中呈黑色。我们把车子停在一个造砖场的外边。砖窑和一些深洞已改造为包扎站。那里有三个医生我认得。我找少校军医谈话，他告诉我进攻一开始，我们的车子就装着伤员往后送，走的路线就是那条用草席遮蔽的路，然后转上沿着山脊走的大路，到达一个救护站，那儿另有车辆转送伤号。他希望那条路不至于拥挤不通。所有的交通全靠这条道路。路上用草席掩蔽，因为不掩蔽的话，就将成为对岸敌军清楚的目标。我们这个砖场有河岸掩护，不至于受到来复枪和机枪的射击。河上本有一座桥，现在已给炸坏了。炮攻一开始，意军准备再搭一座桥，有的部队则打算在上游河湾水浅的地点渡河。少校是个小个子，长着向上翘的小胡子。他曾在利比亚①作战过，制服上佩着两条表明受过伤的条章。他说倘若战事顺利的话，他要给我弄一个勋章。我说希望战事顺利，又说他待我太好了。我问他附近有没有大的掩蔽壕，可以安置司机们，他便派一名士兵领我去。那士兵领我到一个掩蔽壕，地方很不错。司机们很满意，我就把他们安顿在那儿。少校请我同其他两名军官一同喝酒。我们喝的是朗姆酒，大家觉得很和谐。外面的天在黑下来了。我问他进攻什么时候开始，他们说天黑就发动。我踅回去找司机们。他们正坐在掩蔽壕里聊天，我一进去，他们闷声不响了。我递给他们每人一包马其顿香烟，烟草装得松，抽的时候要把烟卷的两头扭紧一下。马内拉打着了他的打火机，挨次递给大家。打火机的形状像是菲亚特牌汽车的引擎冷却器。我把听到的消息告诉了他们。

"我们方才下坡时怎么没看见那救护站？"帕西尼问。

"就在我们拐弯的地方过去一点。"

"那条路一定会弄得一团糟，"马内拉说。

"他们准会把我们轰得妈的半死的。"

"也许吧。"

"什么时候吃饭，中尉？一进攻我们可就没机会吃饭啦。"

"我现在就去问问看，"我说。

"你要我们呆在这里，还是让我们去四处溜溜？"

"还是待在这儿吧。"

---

① 利比亚当时为意属殖民地。

我回到少校的掩蔽壕,他说战地厨房就要来到,司机们可以来领饭食。倘若他们没有饭盒子,可以在这里借。我说饭盒子他们大概是有的。我回去找司机们,告诉他们饭一来我就通知大家。马内拉说希望在炮攻前开饭。接着,他们又闷声不响了,一直到我出去了才又谈起话来。他们都是机械师,憎恨战争。

我走出去看看车子和外边的情况,随后回到掩蔽壕,跟四名司机坐在一起。我们坐在地上抽烟,背靠着土墙。外边的天几乎全黑了。掩蔽壕里的泥土又暖又干,我让肩头抵在泥墙上,把腰背贴着地,放松休息。

"哪一部队发动进攻?"贾武齐问。

"意大利狙击兵。"

"都是狙击兵?"

"大概是吧。"

"如果发动一次真正的进攻,这儿的军队是不够的。"

"这儿或许是虚张声势,真正的进攻可能不在这儿。"

"士兵们知道由哪一部队发动进攻吗?"

"大概不知道吧。"

"他们当然不知道,"马内拉说。"如果知道的话,便不肯出击了。"

"他们还是会出击的,"帕西尼说。"狙击兵尽是些傻瓜。"

"人家勇敢,纪律又好,"我说。

"谁也不能否认他们长得胸围特大,身体健康。不过他们还是傻瓜。"

"掷弹兵也长得高,"马内拉说。这是个笑话。大家都笑了。

"中尉,那次你也在场吗?他们不肯出击,结果就每十人中枪决一人。"

"不在。"

"事情是真实的,事后人家叫他们排好队伍,每十人中挑一个出来。由宪兵执行枪决。"

"宪兵,"帕西尼轻蔑地往地上唾了一口说。"但是那些掷弹兵个个身高六英尺以上。他们就是不愿出击。"

"如果人人不愿出击,战争就会结束,"马内拉说。

"掷弹兵倒不见得是反对战争。无非是怕死罢了。军官的出身都太高贵了。"

"有些军官单独冲出去了。"

"有名军曹枪决了两位不肯上阵的军官。"

"有一部分士兵也冲出去了。"

"这些冲出去的,倒并没被人家从每十人中挑一人出来枪决啊。"

"我有个老乡也被宪兵枪决了,"帕西尼说。"在掷弹兵中他倒是个机灵鬼,长得又高又大,常常呆在罗马。常常跟娘儿们混在一起。常常和宪兵来往。"他哈哈大笑。"现在他家门口经常有名卫兵持着上了刺刀的步枪把守着,不许人家去探望他的母亲、父亲和姐妹,他父亲还给剥夺了公民权,甚至不许投票选举。现在他们都不受法律的保护。随便谁都可以抢夺他们的财产。"

"倘若家里人不会遭遇这种惩罚的话,那就再也没人肯出击了。"

"还是有人会肯出击的。阿尔卑斯山部队就肯。那些志愿兵也肯。还有某些狙击兵。"

"狙击兵也有临阵脱逃的。现在大家都装做并没有那么回事似的。"

"中尉,你可别让我们这样子谈下去。军队万岁,"帕西尼挖苦地说。

"我知道你们是怎样说话的,"我说。"但是只要你们肯开车子,好好地——"

"——还有,只要讲的话别给旁的军官听到,"马内拉接着替我讲完。

"照我想,我们总得把这仗打完吧,"我说。"倘若只有单方面停止战争,战争还是要继续下去的。倘若我们停手不打,一定会更糟糕。"

"不会更糟糕的,"帕西尼用恭敬的口气说。"没有比战争更糟糕的事情了。"

"战败会更糟糕。"

"我不相信,"帕西尼还是用恭敬的口气说。"战败算是什么?你回家就是了。"

"敌人会来追捕你的。占领你的家。奸污你的姐妹。"

"我才不相信呢,"帕西尼说。"他们可不能对人人都这么做。让各人守住各人的家好啦。把各人的姐妹关在屋子里。"

"人家会绞死你。人家会捉住你,叫你再去当兵。不让你进救护车队,却拉你去当步兵。"

"他们可不能把人人都绞死啊。"

"外国人怎能逼你去当兵,"马内拉说。"打第一仗大家就会跑光。"

"就像捷克人那样。①"

"你们大概是一点也不明白被征服的痛苦,所以以为不打紧。"

"中尉,"帕西尼说。"我们晓得你是让我们谈的。那么请听。世界上再没有像战争这么坏的事了。我们待在救护车队里,甚至连体会到战争的坏处都不可能。人家一觉悟到它的恶劣,也没法停止战争,因为觉悟的人发疯了。有些人从来不会发觉战争的坏处。有些人怕军官。战争就是由这种人造成的。"

"我也知道战争的坏处,不过总是要使它打完的。"

"打不完的。战争没有打完的。"

"有打完的。"

帕西尼摇摇头。

"战争不是靠打胜仗取胜的。就算我们占领了圣迦伯烈山,那又怎么样?我们就是打下了卡索高原、蒙法尔科内和的里雅斯德,②又怎么样?你今天没看见那些遥远的山峰吗?你想我们能够把那些山都抢过来吗?这得奥军停战才行。有一方面必须先停战。我们为什么不先停呢?敌军倘若开进意大利来,他们一呆腻就会走的。他们有他们自己的土地。现在彼此

---

① 第一次世界大战初期,捷克军团临阵不肯作战,这是奥匈帝国平日压迫少数民族的结果。当时捷克军团相继投降俄军。
② 蒙法尔科内和的里雅斯德都是奥国边境上的重镇,人民则大多是意大利人,这也是意大利参加大战的重要原因之一。

都不让步，于是战争就发生了。"

"你倒是位演说家。"

"我们思想。我们看书读报。我们不是庄稼人。我们是机械师。但是即使是庄稼人，也不见得会相信战争的。人人都憎恨这战争。"

"一个国家里有个统治阶级，他们愚蠢，什么都不懂，并且永远不会懂得。战争就是这样打起来的。"

"而且他们还借此发财哩。"

"他们中的大部分也不见得如此，"帕西尼说。"他们太愚蠢了。他们打仗是没有目的性的。只是出于愚蠢。"

"我们别多说了，"马内拉说。"即使在这位中尉跟前，我们也讲得太多了。"

"他倒喜欢听呢，"帕西尼说。"我们能把他感化过来的。"

"现在我们可得住嘴了，"马内拉说。

"开饭的时候到了没有，中尉？"贾武齐问。

"我看看去，"我说。高迪尼也站起身，跟我走出去。

"可要我帮什么忙吗，中尉？有什么我可以帮帮忙的？"他是四人中最安静的一个。"你要来就跟我来吧，"我说，"我们看看去。"

外面天已黑了，探照灯长长的光柱正在山峰间晃动着。在这条战线上，有装在大卡车上的大型探照灯，你有时夜间赶路看得见，就在近前线的后边，卡车停在路旁，有名军官在指挥灯的移动，他的部下则很惊慌。我们穿过砖场，在包扎总站前停下。入口处上面有绿色树枝的小屏障，在黑暗中，夜风吹动太阳晒干的树枝,发出一片沙沙声。里边有灯光。少校坐在一只木箱上打电话。一名上尉级的军医说,进攻的时间提前了一小时。他请我喝一杯科涅克白兰地。我望望那几张板桌、在灯光下发亮的手术器械、脸盆和拴好的药瓶子。高迪尼站在我后边。少校打好电话,站起身来。

"现在开始了,"他说。"并没有提前。"

我望望外面,只见一片黑暗,奥军的探照灯光在我们后边的山岭上移动着。先是安静了一会儿,随后我们后边的大炮都响了起来。

"萨伏伊①部队,"少校说。

"关于饭食的事,少校,"我说。他没听见。我又说了一遍。

"还没有送来。"

一颗大炮弹飞来,就在外边砖场上爆炸。接着又是一声爆炸,在这大爆炸声中,同时还听得见一种比较细小的声响:砖头和泥土像雨一般往下坍落。

"有什么可吃的?"

"我们还有一点面条,"少校说。

"有什么就给我什么好了。"

少校对一名勤务吩咐了几句,勤务走到后边去,回来时带来一铁盆冷的煮通心面。我把它递给高迪尼。

"有没有干酪?"

---

① 萨伏伊为一公国名,原是意大利西北部的一部分,第一次世界大战时期,意大利的王室就是统治该公国的萨伏伊王朝。

少校很勉强地对勤务吩咐了一声,勤务又钻到后边的洞里去,出来时带来四分之一只白色干酪。

"多谢你,"我说。

"你们最好别出去。"

外边有人在入口处旁边放下了一件什么东西。来的是两个抬担架的人,其中一个向里面张望。

"抬进来,"少校说。"你们怎么啦?难道要我们到外面去抬他?"

抬担架的两人一人抱住伤员的胁下,一人抬腿,把伤员抬了进来。

"撕开制服,"少校说。

他手里拿着一把钳子,钳子头上夹着一块纱布。两位上尉级军医各自脱掉了外衣。"你们出去,"少校对抬担架的两人说。

"走吧,"我对高迪尼说。

"你们还是等炮轰停下了再走,"少校掉过头来对我说。

"他们要吃东西,"我说。

"那就随你便。"

一到外边,我们冲过砖场。一颗炮弹在河岸附近爆炸了。接着又是一颗,不过我们没有听见,直到猛然有一股气浪逼过来才知道。我们两人连忙扑倒在地上,紧接着爆炸的闪光和撞击声,还有火药的味道,我们听见一阵弹片的呼啸声和砖石的倾落声。高迪尼跳起身朝掩蔽壕直跑。我跟在后边,手里拿着干酪,干酪光滑的表皮上已蒙上了砖灰。掩蔽壕里的三名司机正靠壁而坐,抽着烟卷。

"来了,你们诸位爱国者,"我说。

"车子怎么样?"马内拉问。

"没事。"

"中尉,你受惊了吗?"

"妈的,你猜得不错,"我说。

我拿出小刀,打开来,揩揩刀口,切掉干酪肮脏的表皮。贾武齐把那盆通心面递给我。

"你先吃,中尉。"

"不,"我说。"放在地上。大家一道来。"

"可没有叉子。"

"管他妈的,"我用英语讲。

我把干酪切成一片片,放在通心面上。

"坐下来吃吧,"我说。他们坐下了,等待着。我伸出五指去抓面,往上一提。一团面松开了。

"提得高一点,中尉。"

我提起那团面,把手臂伸直,面条终于脱离了盆子。我放下来往嘴巴里送,边吮边咬,咀嚼起来,接着咬了一口干酪,咀嚼一下,喝一口酒。酒味就像生锈的金属。我把饭盒子还给帕西尼。

"坏透了,"他说。"搁得太长久了。我一直把它搁在车子里。"

他们都在吃面,人人都把下颌挨在铁盆边,脑袋仰向后边,把面条全部吮进嘴里。我又吃一口,尝一点干酪,用酒漱漱口。有件什么东西落在外面,土地震动了一下。

"不是四二零大炮便是迫击炮,"贾武齐说。

"高山上怎么会有四二零,"我说。

"人家有斯科达大炮①。我见过那种炮弹炸开的大坑。"

"那是三零五。"

我们继续吃下去。外边有一种咳嗽声,好像是火车头在开动的声音,接着又是一声震撼大地的爆炸。

"这不是个很深的掩蔽壕,"帕西尼说。

"那是一门巨型迫击炮。"

"是的,中尉。"

我吃完我那份干酪,灌了一口酒。在旁的声响中间我听见了一声咳嗽,接着是一阵乞—乞—乞—乞的响声——随后是一条闪光,好像熔炉门突然扭开似的,接着是轰隆一声,先是白后是红,跟着一股疾风扑进来。我努力呼吸,可是没法子呼吸,只觉得灵魂冲出了躯体,往外飘,往外飘,一直在风中飘。我的灵魂一下子全出了窍,我知道我已经死了,如果以为是刚刚死去,那就错了。随后我就飘浮起来,不是往前飘,反而是溜回来。我一呼吸,就溜回来了。地面已被炸裂,有一块炸裂的木橡就在我头前。我头一颤动,听见有人在哭。我以为有人在哀叫。我想动,但是动不了。我听见对岸和沿河河岸上的机枪声和步枪声。有一声响亮的溅水声,我看见一些照明弹在往上升,接着炸裂了,一片白光在天上飘浮着,火箭也射上去了,还听见炸弹声,这一切都是一瞬间的事,随后我听见附近有人在说:"我的妈啊!噢,我的妈啊!"我拼命拔,拼命扭,终于抽出了双腿,转过身去摸摸他。原来是帕西尼,我一

---

① 斯科达是捷克著名的兵工厂的名字,当时捷克属于奥匈帝国。

碰他，他便死命叫痛。他的两腿朝着我，我在暗中和光中看出他两条腿的膝盖以上全给炸烂了。有一条腿全没了，另一条腿还由腱和裤子的一部分勉强连着，炸剩的残肢在抖着扭着，仿佛已经脱节似的。他咬咬胳臂，哼叫道："噢，我的妈，我的妈啊，"接着是"天主保佑您，马利亚。保佑您，马利亚。噢耶稣开枪打死我吧基督打死我吧我的妈我的妈噢最纯洁可爱的马利亚打死我吧。停住痛。停住痛。停住痛。噢耶稣可爱的马利亚停住痛。噢噢噢噢"，接着是一阵窒息声，"妈啊我的妈啊。"过后他静了下来，咬着胳臂，腿的残端在颤抖着。

"担架兵！"我两手合拢在嘴边做成一个杯形，大声喊道。"担架兵！"我想贴近帕西尼，给他腿上缚上一条带子来止血，但是我无法动弹。我又试了一次，我的腿稍微挪动了一点。我能用双臂和双肘支着身体往后拖。帕西尼现在安静了。我坐在他旁边，解开我的制服，想把我的衬衫的后摆撕下来。衬衫撕不下来，我只好用嘴巴咬住布的边沿来撕。这时我才想起了他的绑腿布。我穿的是羊毛袜子，帕西尼却裹着绑腿布。司机们都用绑腿布，但是帕西尼现在可只剩一条腿了。我动手解下绑腿布，在解的时候，发觉已不必再绑什么止血带，因为他已经死了。我摸了他一下，可真是死了。还有那三名司机得找一找。我坐直了身子，这一来才觉得我脑袋里有什么东西在动，就像洋娃娃会转动的眼睛后面附着铁块，它在我眼珠后面冲撞了一下。我的双腿又暖又湿，鞋子里边也是又湿又暖。我知道我受了伤，就俯下身子去摸摸膝盖。我的膝盖没了。我的手伸进去，才发觉膝盖原来在小腿上。我在衬衫上擦擦手，当时又有一道照明弹的光很慢很慢地往下落，我看看我的腿，心里着实害怕。噢，上帝啊，我说，救我离开这里吧。不过我晓得还有三个司机。本来一共是四个。帕西尼死了。剩下了三个。有人从胁下抱起我来，又有一人抬起了我的双腿。

"还有三个，"我说。"一个死了。"

"我是马内拉。我们出去找担架，找不着。你可好，中尉？"

"高迪尼和贾武齐在哪儿？"

"高迪尼在急救站，在包扎中。贾武齐正抬着你的腿。抱牢我的脖子，中尉。你伤得很厉害吗？"

"在腿上，高迪尼怎么啦？"

"他没事。这是颗大型的迫击炮弹。"

"帕西尼死了。"

"是的。他死了。"

一颗炮弹在附近掉下，他们俩都扑倒在地上，把我扔下了。"对不起，中尉，"马内拉说。"抱牢我的脖子。"

"可别把我再摔下啦。"

"那是因为我们惊慌失措了。"

"你们都没受伤吗？"

"都只受了一点点伤。"

"高迪尼能开车吗？"

"恐怕不行了。"

我们到急救站之前，他们又把我摔下了一次。

"你们这些狗娘养的，"我说。

"对不起，中尉，"马内拉说。"我们以后不敢了。"

在救护站外，我们这许多伤员躺在黑暗中的地面上。人家把伤员抬进抬出。包扎站的幔子打开,把伤员抬进抬出时,我看得见里边的灯光。死去的都搁在一边。军医们把袖子卷到肩膀上,一身是血,活像屠夫一般。担架不够用。伤员中除了少数在哼叫外,大多数默然无声。在包扎站门上作为遮蔽物的树叶子给风刮得沙沙响,黑夜越来越寒冷了。时有担架员走进来,放下担架,卸下伤员,接着又走了。我一到包扎站,马内拉就找来一名中士军医,他给我两条腿都扎上绷带。他说伤口上的污泥太多,所以血并不流得太厉害。他说等他们一有空就来医治我。他回到里边去了。马内拉说,高迪尼开不了车子。他的肩头中了弹片,头上也受了伤。他本来不觉得怎么样,现在肩头可绷紧起来了。他正坐在附近一道砖墙边。马内拉同贾武齐各自开车运走了一批伤员。幸喜他们俩还能开车。英国救护队带来三部救护车,每部车上配备有两个人。其中有一名司机由高迪尼领着向我走过来,高迪尼本人看去非常苍白,一副病容。那英国人弯下身来。

"你伤得厉害吗?"他问。他是个高个子,戴着钢框眼镜。

"腿上受了伤。"
"希望不至于很严重。来支烟吧?"
"谢谢。"
"他们告诉我说你有两名司机不中用了。"
"是的。一个死了,还有就是领你来的这一位。"
"真倒运。你们的车子由我们来开怎么样?"
"我正有这个意思。"
"我们一定很当心,事后原车送回别墅。你们的地址是206

号吧?"

"是的。"

"那地方挺不错。我以前见过你。他们说你是美国人。"

"对。"

"我是英国人。"

"当真?"

"我是英国人。难道你以为我是意大利人?我们有支部队里有些意大利人。"

"你们肯替我们开车,那是再好也没有了,"我说。

"我们一定十分当心,"他挺直了身子。"你的这位司机很焦急,一定要我来看你。"说着他拍拍高迪尼的肩头。高迪尼缩缩身子,笑笑。英国人突然讲起流利纯正的意大利语来。"现在一切都安排好了。我见过了你们的中尉。你们的两部车子由我接管。你们现在不必操心了。"他又转而对我说:"我一定设法弄你出去。我找医疗队的大亨去。我们把你一道运回去。"

他朝包扎站走去,一步一步小心地走,怕踩在地上伤员的身上。我看见毛毯给揭开,灯光射出,他走了进去。

"他会照顾你的,中尉,"高迪尼说。

"你好吧,弗兰哥?"

"我没事。"他在我身边坐下来。一会儿,包扎站门前的毛毯揭开了,两名担架员走出来,后面跟着那高个子英国人。他领他们到我身边来。

"就是这位美国中尉,"他用意大利话说。

"我还是等一等吧,"我说。"还有比我伤得更厉害的人哪。我没什么。"

"算了算了，"他说。"别装该死的英雄啦。"随后用意大利语说："抬他的双腿可要十分小心。他的腿很疼。他是威尔逊①总统的嫡亲公子。"他们把我抬起，抬我进包扎站。里面所有的桌子上都有人在动手术。那小个子少校狠狠地瞪了我们一眼。他倒还认得我，挥挥钳子说：

"你好吗？"

"好。"

"我把他带来了，"那高个子英国人用意大利语说。"他是美国大使的独生子。我把他放在这儿，等你们一有空就医治他。治好就随我的第一批伤员运回去。"他弯下身来对我说："我现在找他们的副官去，先填好你的病历卡，省得耽误时间。"他弯着身走出包扎站的门。少校这时拉开钳子，把它丢进盆子里。我的眼睛跟着他的手移动。现在他在扎绷带。过了一会儿，担架员把桌子上的人抬走了。

"美国中尉由我来，"有一名上尉级的军医说。"人家把我抬上桌子。桌面又硬又滑。有许多种浓烈的气味，其中有化学药品味，也有甜滋滋的人血味。他们卸下我的裤子，上尉军医一边工作，一边讲话，叫中士级副官记录下来：左右大腿、左右膝盖和右脚上多处负伤。右膝和右脚有深伤。头皮炸伤（他用探针探了一下——痛吗？——啊唷，痛！）头盖可能有骨折。执勤时受伤。加上这一句，免得军法处说你是自伤，"他说。"来一口白兰地怎么样？你究竟怎么会碰上这一个的？你

---

① 威尔逊是美国当时的总统，这时美国尚未正式参战。

预备怎么啦?自杀?请打一针防破伤风的,两条腿都划上个十字记号。谢谢。我先把伤口弄弄干净,洗一洗,再用绷带包起来。你的血凝结得真好。"

填病历卡的副官抬起头来问:"伤的原因呢?"

上尉问我:"什么东西打中你的?"

我闭着眼睛回答:"一颗迫击炮弹。"

上尉一边在我伤口上动很疼痛的手术,割裂肌肉组织,一边问道:"你有把握吗?"

我极力安静地躺着,虽则肉一被割,就感觉到胃也跟着颤抖起来,我说:"大概是吧。"

上尉军医找到了一些什么东西,很感兴趣,说:"找到敌军迫击炮弹的碎片啦。你同意的话,我想多找出一些,不过现在没必要。我把伤口都涂上药,然后——这样疼不疼?好,这比起将来的疼痛,可算不上什么。真正的疼痛还没开始哪。给他倒杯白兰地来。一时的震惊叫疼痛暂时麻木下来;但是也没有什么,不要担心,只要伤口不感染,目前情形下很少会感染。你的头怎么样?"

"好基督啊!"我说。

"那么白兰地别喝太多吧。倘若你的头骨骨折,可就要防止发炎。这样你觉得怎么样?"

我全身出汗。

"好基督啊!"我说。

"我看,你的头盖可真的骨折啦。我把你包起来,免得你的头东碰西撞。"他开始包扎,他双手的动作很快,绷带扎得又紧又稳。"好了,祝你交好运,法兰西万岁!"

"他是美国人,"另外一位上尉说。

"我以为你说过他是法国人。他讲法语,"上尉说。"我早就认得他。我总以为他是个法国人。"他喝了半大杯科涅克白兰地。"把重伤的送上来。多拿些防破伤风的疫苗来。"上尉对我挥挥手。人家把我抬起来,我们出去时,门上的毛毯打在我脸上。到了外边,中士副官跪在我的旁边。"贵姓?"他轻轻地问。"中名①?教名?军衔?籍贯?哪一级?哪一军团?"等等。"我很关心你头上的伤,中尉。希望你好过一点。我现在把你交给英国救护车。"

"我没什么,"我说。"非常感谢。"方才少校所说的疼痛现在开始了,我对眼前发生的一切事情都不感兴趣,觉得无关紧要了。过了一会儿,英国救护车开到了,人家把我放在担架上,抬起担架,推进救护车。我旁边放有另外一张担架,那人整个脸都扎了绷带,只看得见鼻子,像蜡制的一般。他呼吸沉重极了。我上边那些吊圈上也搁了一些担架。那个高个子英国司机绕过来,朝里望。"我一定稳稳当当地开车,"他说。"希望你舒服。"我感觉到引擎启动了,感觉到他爬上了车子的前座,感觉到他拉开了刹车,扳上离合器杆,于是我们起程了。我躺着不动,任凭伤口的疼痛持续下去。

救护车在路上开得很慢,有时停下,有时倒车拐弯,最后才开始迅速爬山。我觉得有什么东西在滴下来。起初滴得又慢又匀称,随即潺潺流个不停。我向司机嚷叫起来。他停住车,从车座后那个窗洞望进来。

---

① 中名:西方习俗,除了教名外,中间还有一个名字,纪念父母或亲戚朋友。

"什么事?"

"我上边那张担架上的人在流血。"

"我们离山顶不远了。我一个人没法抬出那张担架。"他又开车了。血流个不停。在黑暗中,我看不清血是从头顶上方的帆布上的什么地方流下来的。我竭力把身体往旁边挪,免得血流在我身上。有些血已经流进我衬衫里面,我觉得又暖又粘。我身子冷,腿又疼得那么厉害,难过得想呕吐。过了一会儿,上边担架上的流血缓和下来,又开始一滴一滴地掉了,我听到并感觉到上边的帆布在动,原来那人比较舒服地安定下来了。

"他怎么啦?"英国人回过头来问。"我们快到山顶啦。"

"他大概死了,"我说。

血滴得很慢很慢,仿佛太阳落山后冰柱上滴下的水珠。山路往上爬,车子里很寒冷,夜气森森。到了峰巅的救护站,有人抬出那张担架,另外抬了一张放进来,于是我们又赶路了。

第十章

野战医院的病房里,有人告诉我说,当天下午有人要来探望我。那天天热,房间里有许多苍蝇。我的护理员把纸裁成纸条,绑在一根小棍子上,做成一把蝇帚,飕飕地赶着苍蝇。我看着那些苍蝇歇在天花板上。只要护理员一停止挥帚,打个瞌睡,苍蝇便往下飞扑,我先是张嘴把它们吹走,末了只好用双手遮住脸,也入睡了。那天很热,我一醒来,腿上发痒。我喊醒护理员,他在我的绷带上倒了些矿泉水。这样一来,弄得床又湿又凉。病房里醒着的人,东一个西一个攀谈起来。午后安安静静。早上,人家来挨个儿巡视病床,三名男护士和一个医生,把病人一个个抬到包扎室去换药,护士则利用这个机会铺床。每天上包扎室去换药,实在不愉快,直到后来我才知道,床上躺有病人,照样可以铺床。护理员泼了水后,我觉得躺在床上又凉又痛快,我正吩咐他给我脚底上什么地方抓抓痒的时候,有一位医生带来了雷那蒂。他匆匆跑过来,到床边弯下身来吻我。我注意到他手上戴着手套。

"你好啊,乖乖?你觉得怎么样?我给你带来了这个——"那是一瓶科涅克白兰地。护理员端来一把椅子,他坐下了。

"还有一个好消息。你要受勋了。他们要保荐你得银质勋章,不过也许只弄得到铜的。"

"为了什么?"

"因为你受了重伤。他们说,只要你能证明你曾做了什么英勇的事,银质勋章不成问题。不然,你只好拿铜的。你把经过的实在情形告诉我。你做了什么英勇的事没有?"

"没有,"我说。"我被炸的时候,我们正在吃干酪。"

"别开玩笑。受伤的前后,你一定做过什么英勇的事。你仔细想想看。"

"我没有做什么。"

"你没背负过什么伤员吗?高迪尼说你背过好几个人,但是急救站上的少校军医说,这是不可能的。受勋申请书上得有他的签名。"

"我没有背过什么人。我动都动不了啊。"

"这没有关系,"雷那蒂说。

他脱下手套。

"我想我们能替你弄到银质勋章的。你岂不是拒绝比人家先受治疗吗?"

"拒绝得并不十分坚决。"

"这没有关系。只要看你这样受了重伤。只要看你平日真勇敢,老是请求上第一线。况且这次进攻又很顺利。"

"他们顺利渡了河没有?"

"太顺利了。俘获的战俘差不多有一千名。公报上登载过。你没见过吗?"

"没有。"

"我捎一份来给你。这是一次顺利的奇袭。"

"各方面情况怎么样?"

"好极了。大家都好极了。人人都夸赞你。把经过的情形切实告诉我。我相信你一定可以搞到银质勋章。说啊。把一切都告诉我。"他歇一歇,想了一想。"也许你还可以得到一枚英国勋章。那儿有个英国人。我去问问他,看他愿不愿意推荐你。他总可以想个法子的。你吃了很多苦吧?喝杯酒。护理员,拿个开塞钻来。哦,你该看我怎样给人拿掉三公尺小肠,我的功夫比从前更精了。正是投稿给《刺血针》①的材料。你替我译成英文后我就寄去。我现在日日有进步。可怜的好乖乖,你现在觉得怎么样?妈的,开塞钻怎么还没拿来?你是这样勇敢沉静,我忘记你在吃苦了。"他拿手套拍拍床沿。

"开塞钻拿来了,中尉长官,"护理员说。

"开酒瓶。拿个杯子来。喝这个,乖乖。你那可怜的头怎么样?我看过你的病历卡。你哪里有什么骨折。急救站那个少校根本就是个杀猪的。要是我来动手的话,担保你不吃苦头。我从来不叫任何人吃苦。这窍门我学会了。我天天学习,越来越顺手,功夫越来越精。原谅我说了这么多话,乖乖。我是因为看见你受了重伤,心中未免激动。喂,喝这个。酒是好的。花了我十五个里拉呢。一定不错。五颗星的。我从这里出去,就去找那英国人,他会给你弄枚英国勋章的。"

"人家可不会这么随便给的。"

"你在谦虚了。我找那位联络官去。由他去对付那个英

---

① 《刺血针》是英国著名的医科杂志。

国人。"

"你见过巴克莱小姐没有?"

"我给你带来。我现在就去带她来。"

"别急,"我说。"先讲一些关于哥里察的情形。姐儿们怎么样?"

"还有什么姐儿。两星期来始终没有调换过。我现在再也不去了。太丢人了。她们不是姑娘,简直是老战友了。"

"你真的不去了?"

"有时也去看看有没有什么新来的。顺路歇一歇脚。她们都问候你。她们呆得这么长久,已经变成朋友,这件事太丢人啦。"

"也许姑娘们不愿意再上前线来了。"

"哪里的话。有的是姑娘。无非是行政管理太差罢了。人家把她们留在后方,让那些躲防空洞的玩个痛快。"

"可怜的雷那蒂,"我说。"孤零零一人作战,没有新来的姐儿。"

雷那蒂给自己又倒了一杯酒。

"我想这对你没有害处,乖乖。你喝吧。"

我喝了科涅克白兰地,觉得一团火直往下冲。雷那蒂又倒了一杯。现在他安静一点了。他把酒杯擎得高高的。"向你的英勇挂彩致敬。预祝你得银质勋章。告诉我,乖乖,这样炎热的天气,你老是躺在这儿,你不冲动吗?"

"有时会的。"

"这样躺法,我简直不能想象。要我早就发疯了。"

"你本来就是疯疯癫癫的。"

"我希望你回来。现在没人半夜三更探险回来。没人可以开玩笑。没人可以借钞票。没有血肉兄弟,没有同房间的伴侣。你究竟为什么要受伤呢?"

"你可以找教士开玩笑呀。"

"那个教士。也不是我跟他开玩笑。是上尉。我倒喜欢他。假如非有教士不可,那个教士也就行了。他要来看你。正在大作准备呢。"

"我喜欢他。"

"哦,我早就知道的。有时我想你俩有点那个,好比阿内奥纳旅第一团的番号,紧紧挤在一起。①"

"哼,活见鬼。"

他站起身,戴上手套。

"哦,我真喜欢取笑你,乖乖。你尽管有什么教士,什么英国姑娘,骨子里你我还不是一式一样。"

"不,不一样的。"

"我们是一样的。你其实是个意大利人。肚子里除了火和烟以外,还有什么别的。你不过是假装做美国人罢了。你我是兄弟,彼此相爱。"

"我不在的时候你可要规矩点,"我说。

"我设法把巴克莱小姐弄来吧。你还是跟她在一起,不要有我在一起的好。你比较纯洁一点,甜蜜一点。"

"哼,见你的鬼。"

"我把她弄来。你那位冷冰冰的美丽的女神,英国女神。

---

① 也许暗指同性恋。

我的天哪，男人碰上这种女人，除了对她叩头膜拜以外，还能做什么呢？英国女人还能派什么旁的用场呢？"

"你真是个愚昧无知而嘴巴龌龊的意大利佬。"

"是个什么？"

"是个愚昧无知的意大利鬼子。"

"鬼子。你才是冰冷冷的……鬼子。"

"你愚昧无知。笨头笨脑。"我发觉他对这些字眼最受不了，因此便继续说下去。"没见识。没经验，因为没有经验而笨头笨脑。"

"真的？我告诉你一点关于你们那些好女人的事吧。你们的那些女神。和一个一向贞节的姑娘或一个妇人搞起来只有一点不同。姑娘会痛。我只知道这一点。"他用手套拍打了一下床沿。"至于姑娘本身是否果真喜欢，你就无从知道啦。"

"别上火。"

"我并没有上火。我说这些话，乖乖，无非是为你着想。可以免掉你许多麻烦。"

"唯一不同点就在这儿？"

"是的。不过许许多多你这样的傻瓜还不晓得哩。"

"谢谢你开导我。"

"别拌嘴吧，乖乖。我太爱你了。但是你可别当傻瓜。"

"好吧。我一定学你的鬼聪明。"

"别上火，乖乖。笑一笑。喝一杯。我果真得走了。"

"你是个知心的老朋友。"

"现在你明白了。你我骨子里岂不就是一式一样的。我们是战友。接吻作别吧。"

"你感情太脆弱了。"

"不。我不过是比你感情丰富一点罢了。"

我感觉到他的气息在逼近来。"再会。回头我再来看你。"他的气息远去了。"你不喜欢,我就不吻你。我把那英国姑娘给你弄来。再会,乖乖。科涅克白兰地就在床底下。希望你早点复原。"

他走了。

第十一章

薄暮时教士来了。医院里开过饭,并且已把碗盘收拾走了,我躺在床上,望着一排排的病床,望着窗外在晚风中微微摇晃的树梢。微风从窗口吹进来,夜晚凉爽了一点。苍蝇现在歇在天花板上和吊在电线上的灯泡上。电灯只在夜间有人给送进来,或者有什么事要做时才开。薄暮以后病房里一片黑暗,而且一直黑暗下去,叫我觉得自己很年轻。仿佛当年做孩子时,早早吃了晚饭就上床睡觉。护理员从病床间走来,走到床前停住了脚。有人跟着他来。原来是教士。他站在那儿,小小的个子,黄褐色的脸,怪不好意思的。

"你好?"他问。他把手里的几包东西放在床边地板上。

"好,神父。"

他就在当天下午给雷那蒂端来的那张椅子上坐下了,不好意思地望着窗外。我注意到他的脸,显然很疲乏。

"我只能待一会儿,"他说。"时候不早啦。"

"还不算晚。饭堂里怎么样?"

他微微一笑。"我还是人家的大笑柄,"他的声调也显得疲乏。"感谢天主,大家都平安无事。"

"你好，我很高兴，"他说。"希望你不疼得难受吧。"他好像很疲倦，我很少见到他这样疲乏过。

"现在不疼了。"

"饭堂里没有你，怪没意思。"

"我也盼望回去。跟你谈谈总是挺有趣。"

"我给你带了点小东西，"他说。他捡起那些包裹。"这是蚊帐。这是一瓶味美思。你喜欢味美思吗？这是些英文报纸。"

"请打开给我看看。"

他欢欢喜喜地解开那些包裹。我双手捧着蚊帐。他端起味美思给我看了看，然后放在床边地板上。我拿起一捆英文报纸中的一张。我借着窗外射进来的暗光，看得清报上的大字标题。原来是《世界新闻报》。

"其余的是有图片的，"他说。

"看起来一定挺有趣。你哪儿搞来的？"

"我托人家从美斯特列①买来的。以后还有呢。"

"谢谢你来看我，神父。喝杯味美思吧？"

"谢谢你。你留着自己喝吧。特地为你带来的。"

"你也喝一杯。"

"好的。以后我再捎一些来。"

护理员送上杯子来，打开酒瓶。他把瓶塞搞碎了，只得把瓶塞的下端推进酒瓶里去。我看出教士失望的模样，但是他还说："没关系。不要紧。"

---

① 美斯特列是意大利大陆接连威尼斯岛处的一个海滨城市。

"祝你健康,神父。"

"祝你早日康复。"

敬酒以后,他还拿着酒杯,我们彼此对看着。过去有时候我们谈话谈得很融洽,但今天夜里有点拘束。

"什么事啊,神父?你好像很疲乏。"

"我是疲乏的,但是我不应当这样子。"

"是天气太热吧。"

"不是。现在不过是春天。我觉得沮丧极了。"

"也许是厌恶战争。"

"倒不是。不过我对战争本来是憎恨的。"

"我也不喜欢它,"我说。他摇摇头,望着窗外。

"你满不在乎。你不明白。原谅我。我知道你是受了伤。"

"那是偶然受伤的。"

"你就是受了伤,还是不明白。这我知道。我本人也不大明白,只是稍微感觉到了一点。"

"我受伤时,我们正在谈论这问题。帕西尼正在发挥议论。"

教士放下酒杯。他在想着旁的事。

"我了解他们,因为我自己就像他们一样,"他说。

"你可是不相同的。"

"其实我跟他们没有什么区别。"

"军官们还是一点也不明白。"

"有的是明白的。有的非常敏感,比我们哪一个都更难受哩。"

"大部分还是不明白的。"

"这不是教育或金钱的问题。另外有个原因。像帕西尼这种人，就是有教育有金钱，也不会想当军官。我自己就不想当军官。"

"你可是列入了军官级。我也是个军官。"

"其实我不算。你甚至还不是意大利人。你是个外国人。但是与其说你接近士兵，不如说你接近军官。"

"那又有什么区别呢？"

"这我不大说得清楚。有一种人企图制造战争。在这个国度里，这种人有的是。还有一种人可不愿制造战争。"

"但是第一种人强迫他们作战。"

"是的。"

"而我帮助了第一种人。"

"你是外国人。你是个爱国人士。"

"还有那些不愿制造战争的第二种人呢？他们有没有法子停止战争？"

"我不知道。"

他又望着窗外。我注视着他的脸。

"自有历史以来，他们可有法子停止过战争？"

"他们本没有组织，没有法子停止战争，一旦有了组织，却又给领袖出卖了。"

"那么是没有希望了？"

"倒也不是永远没有希望。只是有时候，我觉得没法子再存希望。我总是竭力希望着，不过有时不行。"

"也许战事就要结束了。"

"我也这样盼望着。"

"战事一完,你打算做什么呢?"

"倘若可能的话,我要回故乡阿布鲁息去。"

他那张褐色的脸上忽然显得很快乐。

"你爱阿布鲁息!"

"是的,我很爱它。"

"那么你该回乡去。"

"那一定太幸福了。但愿我能够在那儿生活,爱天主并侍奉天主。"

"而且受人尊重,"我说。

"是的,受人尊重。为什么不呢?"

"当然没有理由不啦。你本应该受到人家尊重的。"

"那也没关系。但是在我们那地方,人人知道一个人可以爱天主。不至于给人家当作一种龌龊的笑话。"

"我明白。"

他望着我笑了一笑。

"你明白,但是你并不爱天主。"

"是不爱的。"

"你完全不爱天主吗?"他问。

"夜里我有时怕他。"

"你应当爱他。"

"我本来没有多大爱心。"

"有的,"他说。"你是有爱心的。你告诉过我关于夜晚的事。那不是爱。那只是情欲罢了。你一有爱,你就会想为人家做些什么。你想牺牲自己。你想服务。"

"我不爱。"

"你会爱的。我知道你会的。到那时候你就快活了。"

"我是快活的。我一向是快快活活的。"

"那是另一回事。你没有经历,就不可能知道其中的奥秘。"

"好吧,"我说。"我一有了,准定告诉你。"

"我呆得太久了,话也说得太多了。"他觉得真的和我呆得太久了,感到局促不安。

"不。别走。爱女人是怎么回事?倘若我真正爱上一个女人,情形是不是一样?"

"这我倒不知道。我没爱过任何女人。"

"你母亲呢?"

"对,我一定爱过我的母亲。"

"你一向爱天主吗?"

"从我做小孩子时起就爱上了。"

"嗯,"我说。我不晓得能说什么。"你是个好孩子,"我说道。

"我是个孩子,"他说。"但是你叫我神父。"

"那是出于礼貌。"

他微笑了。

"我当真得走了,"他说。"你不要我给你带什么东西来吧?"他怀着希望地问。

"不要了。只要你来谈谈。"

"我把你的问候转达给饭堂里诸位朋友。"

"谢谢你带来这么许多好东西。"

"那不算什么。"

"再来看我吧。"

"好的。再会，"他拍拍我的手。

"再见，"我用土语说。

"再见，"他跟着我说了一遍。

病房里已很黑暗，本来坐在床脚边的护理员，站起身来领他出去。我很喜欢他，希望他有一天回阿布鲁息去。他在饭堂里的生活太苦，虽则他本人的态度很好，我倒很想知道他回乡后的生活将是怎么样。他告诉过我，在卡勃拉柯达镇，在镇下边的溪流里有鳟鱼。夜里不许吹笛子。青年人可以唱小夜曲，只是不许吹笛子。我问他为什么。因为据说少女夜间听见笛声是不好的。那儿的庄稼人都尊称你为"堂"①，一见面便摘下帽子。他父亲天天打猎，并且常常在庄稼人家里歇脚吃饭。他们到处受人尊重。外国人倘若要打猎，必须先有证明书，证明他从来没给人家逮捕过。在大撒索山②上有熊，可惜太远了。阿奎拉③是个好城市。那儿夏天夜里阴凉，而阿布鲁息的春天则是全意大利最美丽的。但是最可爱的事还得数秋天在栗树林里打猎。那儿的鸟全是很好的鸟，因为平日吃的是葡萄，你出去的时候也不必带饭，因为当地的庄稼人以请得到客人为有光彩的事。过一会儿我就睡着了。

---

① 西班牙人和葡萄牙人对男人的尊称，相当中国的"大爷""老爷"。
② 大撒索山位于意大利中部，其主峰科诺为亚平宁山脉的最高峰。
③ 阿奎拉是阿布鲁息地区的一个著名城市。

第十二章

我那病房很长,右首是一排窗,尽头处有一道门通包扎室。我们的那一排床朝着窗子,窗下的另一排床则朝着墙壁。倘若你朝左侧着身子,你就望得见包扎室的门。病房的尽头处另有一道门,有时有人出入。倘若有人要死了,那张床边就围起屏风来,这样你就看不见人家怎么死去了,只看得见屏风底下医生和男护士们的鞋子和绑腿,有时候到末了还听得见他们的低语声。随后教士从屏风后走出来,接着男护士们回到屏风后,把尸首抬出去,上边盖着一条毛毯,从两排床间的走道抬出去,于是有人把屏风折好拿走。

那天早晨,负责病房的少校问我,下一天能否上路。我答说行。他说,那么明天清早就把我送出去。他说要上路还得趁早,否则天气要太热了。

人家把你从床上抬下,抬进包扎室去时,你能望到窗外,看见花园里的那些新坟。有名士兵坐在那扇通花园的门外,在制造十字架,把埋葬在花园里人的姓名、军衔、所属部队用油漆写在十字架上。他也替病房打杂,还利用空闲时间用一只奥军步枪子弹壳给我做了一个打火机。医生们人都很好,看来非常能干。他们急于送我到米兰去，因为米兰的爱克司光设备比较好，而且等我经过手术后，可以在那儿接受理疗。我自己也想到米兰去。人家打算把我们都送到后方去，送得越远越好，因为总攻击一开始，这儿的病床有更迫切的需要。

离开野战医院的前夕，雷那蒂带着同饭堂的那位少校来看我。他们说我将进米兰一所新设立的美国医院。有几支美国救护车队将调派到意大利来，这所医院将照应他们和其他在意大利服役的美国人。红十字会中有许多美国人。美国已经对德国宣战，只是还没对奥国宣战①。

意大利人相信美国对奥国一定也会宣战，他们对任何美国人，甚至红十字会人员，到意大利来，都觉得十分兴奋。他们问我，威尔逊总统会不会对奥宣战，我说那只是时间问题。我不晓得美国跟奥国有什么过不去的，不过既然已对德宣战，根据逻辑当然也会对奥宣战。他们问我，我们对土耳其会不会宣战。我说这倒不一定。因为火鸡是美国的国鸟②，但是这句笑话翻译得不太像样，弄得他们又困惑又猜疑，于是我只好说，我们对土耳其大概也会宣战的。那么保加利亚呢？大家已经喝了几杯白兰地，我就乘兴说，天啊，准定也会对保宣战，还会对日本宣战。他们于是说，日本岂不是英国的盟国吗？该死的英国人，谁敢信任啊。日本要抢夺夏威夷，我说。夏威夷是在什么地方？就在太平洋中。日本人为什么要拿它？其实日本人也不是真的要它，我说。这都是流言罢

---

① 美国于1917年4月6日对德宣战，对奥匈帝国则拖到同一年12月才宣战。
② 火鸡和土耳其在英语中是同一个词。火鸡在美国是圣诞节的贵重食品。

了。日本人是个奇妙的矮小民族，喜欢跳舞喝淡酒。这倒有点像法国人，少校说。我们要从法国人手中收回尼斯和萨伏伊。我们要收回科西嘉岛和整个亚得里亚海海岸线，雷那蒂说。意大利要恢复古罗马的荣耀，少校说。我不喜欢罗马，我说。又热，虱子又多。你不喜欢罗马？不，我是爱罗马的。古罗马是万国之母。我永远忘不了罗穆卢斯吸饮泰伯河水[①]。什么？没什么。我们都上罗马去吧。我们今天夜里就去，永远不回来。罗马是个美丽的城市，少校说。是万国之父和万国之母，我说。罗马这个词是阴性，雷那蒂说。它不能又是父亲又是母亲。那么谁是父亲呢？是圣灵吗？别亵渎。我没有亵渎，我不过是要增加见识。你醉了，乖乖。谁灌醉我的？我灌醉你的，少校说。我灌醉你，因为我爱你，因为美国参战了。完全卷进去了，我说。你明儿早上就要走了，乖乖，雷那蒂说。上罗马去，我说。不，到米兰。到米兰去，少校说，到水晶宫去，到科伐去，到坎巴雷去，到宓妃去，到大拱廊那儿去[②]。你这幸运儿。到意大利大饭店去，那儿我可以找乔治借钱[③]。到歌剧院去，雷那蒂说。你要到歌剧院去。每天晚上都去，我说。每天晚上去你可没有那么多的钱，少校说。

戏票很贵。我要从我祖父的户头上开一张即期汇票，我说。一张什么？一张即期汇票。他不付款的话，我只好去坐

[①] 罗穆卢斯为传说中的罗马城的创建者，和他的孪生兄弟雷穆斯在婴孩时被抛在泰伯河中，后由牝狼乳哺育成人。
[②] 大拱廊是一条长长的连环拱廊，320码长，16英尺宽，94英尺高，上边是玻璃屋顶，两边是商店，咖啡店、饭店等等。这里所提到的宓妃、坎巴雷都是著名饭馆。科伐是米兰歌剧院旁边的咖啡店。水晶宫可能是指大拱廊中央的那座穹隆形的玻璃塔。
[③] 乔治是米兰一家大饭店的茶房头目。

牢。银行里的甘宁汉先生是这么给我支款的。我就是靠这种即期汇票混日子的。做祖父的怎么可以让一位爱国的孙子,一个为意大利牺牲生命的孙子去坐牢呢?美国的加里波的[①]万岁,雷那蒂说。即期汇票万岁,我说。我们的声音得小一点,少校说。人家叫我们讲得轻一点已经有好几趟了。明儿你果真要走吗,弗雷德里科?我不是告诉过你,他要上美国医院去,雷那蒂说。到那些美丽的护士那儿去。不是野战医院那种长着胡子的护士。是的,是的,少校说,我知道他要到美国医院去。我倒不在乎他们的胡子,我说。一个人倘若喜欢留胡子,由他去留好了。你为什么不留胡子,少校长官?因为胡子装不进防毒面具去。装得进去的。防毒面具里什么都装得进去。我曾经在防毒面具里呕吐过。别这么大声,乖乖,雷那蒂说。我们都知道你上过前线。哦,好孩子,你走了以后我怎么办呢?我们得走了,少校说。我们变得伤感起来了。听着,我有件惊人的消息告诉你。你那位英国姑娘。知道吗?你天天夜里上他们医院去找的那个英国姑娘。她也要上米兰去。她跟另外一位一块儿调到美国医院去。美国来的护士还没有到达。我今天跟他们那部门的负责人谈过。前线的女人太多了。他们要调一批回去。这个消息你觉得怎么样,乖乖?好。不错吧?你去住在一个大城市里,还有你那位英国姑娘来跟你亲热。我干吗不受伤呢?你也许会受伤的,我说。我们得走了,少校说。我们喝酒,叫嚷,打扰着弗雷德里科。别走。不,我们得走了。再会。祝你走运。万事顺利。再见。再见。再见。早点回来啊,乖乖。雷

---

① 加里波的(1807—1882),为意大利爱国志士。

那蒂吻我。你有来沙尔的味道。再会,乖乖。再会。万事顺利。少校拍拍我的肩膀。他们蹑着脚走出去。我发觉我自己相当醉了,也就睡着了。

第二天我们一早动身,四十八小时后抵达米兰。沿途很不舒服。我们在美斯特列这一边时,火车在侧线上停了很久,有些儿童跑来朝车厢里张望。我叫一个小孩去买一瓶科涅克白兰地,但他回来说,只有格拉巴白兰地。我就叫他去买来,酒来后我把找钱赏给他,接着便和邻座的人喝个大醉,一直睡到过了维琴察城才醒来,在地板上大吐了一阵。那也没什么打紧,因为我旁边的那人已在地板上吐过好几趟了,后来,我感到十分口渴,简直忍不住,到了维罗那城外的调车场,我对一个在列车边走来走去的士兵打个招呼,于是他搞了点水给我喝。我喊醒那个与我同醉的小伙子乔吉蒂,给他喝了一点水。他说把水倒在他的肩膀上吧,说完仍旧睡去了。那士兵不肯接受我给他的一分钱,给我买来一只柔软多汁的橘子。我吮着吃,吐出核来,看着那士兵在外边一节货车边走来走去,过了一会儿,火车抖动了一下,开动了。

第二部

第十三章

我们在大清早到达米兰,他们在货车场上卸下了我们。一辆救护车送我到美国医院去。我躺在救护车里的一个担架上,无从知道车子经过的是城里哪一区,但是当他们抬下担架来时,我看见一家市场,一家开了门的酒店,店里一个姑娘正在把垃圾扫出来。街口有人在洒水,闻得到大清早的气息。他们放下担架,走进门去。回来时带来了一名门房。门房养着灰色的小胡子,头戴一顶门房制帽,没穿上衣。担架装不进电梯,于是他们讨论了一下,还是把我抬下担架,由电梯上楼呢,还是抬着担架爬楼梯。我听着他们讨论。他们终于决定乘电梯。他们把我从担架上抬下来。"慢一点,"我说。"轻一点。"

我们在电梯里挤做一团,而我的腿因为弯着,痛得好厉害。"让我的腿伸伸直,"我说。

"不行啊,中尉长官。没地方啊。"答我话的人用胳臂抱着我,而我的胳臂则攀住他的脖子。他口中一股浓烈的大蒜和红酒气味直冲着我的脸。

"小心点,"另外一个人说。

"妈的,什么人不小心啊!"

"我还是说要小心点，"抬我脚的人又说了一遍。

我看着电梯的门关好，外边的铁格子拉上了，门房按按上四楼去的电钮。门房的样子好像很担心。电梯慢慢往上爬。

"重吧？"我问那个有大蒜味的家伙。

"哪里，"他说。他脸上在冒汗，喉咙里发出沉浊的声响。电梯稳定地上升，终于停住了。抬我脚的人打开门，走了出去。我们到了阳台上。那儿有好几扇门，门上有铜把手。抬脚的人按一按铃。我们听见门里边的电铃响。没有人来。由楼梯走上来的门房也到了。

"人呢？"抬担架的人问。

"我不知道，"门房说。"他们睡在楼下。"

"找个人来吧。"

门房按按铃，敲敲门，随后打开门，走了进去。他回来时带来了一个戴眼镜的老妇人。她头发蓬松，一半垂了下来，她身穿护士制服。

"我听不懂，"她说。"我听不懂意大利语。"

"我会讲英语，"我说。"他们要找个地方安置我。"

"房间都没有预备好。这里还不预备收容任何病人。"她挽一挽头发，近视地望望我。

"请给他们一个可以安置我的房间。"

"我不知道，"她说。"我们还不收病人。我不能在随便哪个房间里安置你。"

"随便什么房间都行，"我说。随即改用意大利语对门房说："去找间空房间。"

"房间都是空的，"门房说。"你还是第一位病人哩。"他手里拿着帽子,望着那老年护士。

"看在基督分上,赶快给我个房间。"我的腿因为蜷曲着,越来越疼,我觉得真已痛入骨髓。门房走进门去,后面跟着那位灰发的护士,他们一会儿就赶回来。"跟我来,"他说。他们抬我走过一条长廊,进入一间关上了百叶窗的房间。房间里有新家具的味道。有一张床,一个大衣柜,上面有镜子。他们把我搁在床上。

"我可没法子铺被单,"妇人说。"被单都给锁起来了。"

我不跟她答话。"我口袋里有钱,"我对门房说。"在扣好的口袋里。"门房把钱掏了出来。那两个抬担架的人站在床边,手里拿着帽子。"给他们俩每人五里拉,你自己也拿五里拉。我的病历卡在另外一个口袋里。你可以拿给护士。"

抬担架的人行礼道谢。"再会,"我说。"多谢多谢。"他们又行过礼,出去了。

"病历卡上,"我对护士说,"写明了我的伤情和已接受的治疗。"

女人捡起病历卡,戴着眼镜观看。病历卡一共三张,对折着。"我不晓得怎么办才好,"她说。"我看不懂意大利文。没有医生的吩咐,我不晓得怎么办。"她开始哭起来,把病历卡放在她罩衫的口袋里。"你是美国人吧?"她哭着问。

"是的。请你把病历卡放在床边的桌子上。"

房间里阴暗、凉爽。我躺在床上,看得见房间另一端的大镜子,但看不清楚镜子里所反映的东西。门房站在床边。他脸长得好,一团和气。

"你可以走了,"我对他说。"你也可以走了,"我对护士说。"贵姓?"

"华克太太。"

"你可以走了,华克太太。我现在想睡一下。"

房间里只剩下我一个人了。房间里很凉爽,没有医院里那种气味。床垫稳固、舒服,我不动弹地躺着,几乎并不呼吸,腿痛减轻一点了,觉得很高兴。过了一会儿,我想喝水了,发现床边垂有一条按电铃的电线,便按按铃,但是没有人来。我睡去了。

醒来时我打量一下四周。阳光从百叶窗外漏进来。我看见那张大衣柜、空空的四壁和两张椅子。我的双腿扎着污秽的绷带,笔直伸出在床上。我很小心,两条腿动都不敢动。我口渴,又伸手按铃。我听见门打开,抬头一看,来了一位护士。她看上去很年轻,相当漂亮。

"早上好,"我说。

"早上好,"她说,走到床边来。"医生还没找到。他上科莫湖①去了。谁也不知道有病人要来。你到底生什么病啊?"

"我受了伤。腿上,脚上,还有我的头也受了伤。"

"你叫什么?"

"亨利。弗雷德里克·亨利。"

"我给你洗一洗身。你的伤口我们不敢动,得等医生来。"

"巴克莱小姐在这儿吗?"

---

① 科莫湖位于意大利北部边境,长35英里,宽3英里,是著名的风景区。

"不在。这儿没有姓这个的人。"

"我进来时那个哭哭啼啼的女人是谁?"

护士大笑起来。"那是华克太太。她值夜班,她睡着了。她想不到有病人要来。"

我们谈话时她替我脱去衣服,除了绷带以外,我的衣服全脱掉了,她就给我擦身,十分温和柔婉。擦了身以后,人很舒服。我头上扎着绷带,但她把绷带旁边的地方都洗了。

"你在哪儿受的伤?"

"伊孙左河上,在普拉伐的北面。"

"那又在哪儿啊?"

"哥里察的北面。"

我看得出这些地名她全陌生。

"你疼得厉害吗?"

"没什么。现在不大疼了。"

她在我口里放进一支体温计。

"意大利人是放在腋下的,"我说。

"别说话。"

她把体温计拔出来,看看,甩了一甩。

"几度?"

"你是不该知道的。"

"告诉我吧。"

"差不多正常。"

"我从来不发烧。我两条腿里边也装满着破铜烂铁。①"

---

① 这句话可能是暗比耶稣的被钉十字架。

"你这话什么意思?"

"腿里边装满着迫击炮弹的碎片、旧螺丝钉和床的弹簧等等。"

她摇头笑了一笑。

"你腿里边如果真的有这些异物,就一定会发炎,人发烧。"

"好吧,"我说。"等着瞧吧。"

她走出房去,接着跟清早看到的那位老护士一同进来。她们俩一块儿铺床,我人仍旧躺在床上。这种铺床法很新奇,很可佩服。

"这儿的主管是谁?"

"范坎本女士。"

"一共有多少护士。"

"只有我们两个。"

"岂不是还有人要来吗?"

"还有几位快到了。"

"她们什么时候到呢?"

"我不知道。作为一个病人,你问话问得太多了。"

"我没生病,"我说,"我是受伤。"

她们铺好了床,我躺在那儿,身上身下都挨着一条干净光滑的被单。华克太太走出去,拿了一件睡衣的上衣回来。她们给我穿上了,我觉得又干净又整齐。

"你们待我真好,"我说。那个叫做盖琪小姐的护士娇笑了一下。"我可以喝杯水吗?"我问。

"当然可以。接着就给你开早点。"

"我倒不想吃早点。请你给我打开百叶窗好不好？"

房间里本来很暗，现在百叶窗一打开，变得阳光明亮，我望得见窗外的阳台，再过去是人家的瓦屋顶和烟囱。我望望这些瓦屋顶的上空，看见白云和碧蓝的天。

"难道你们不知道旁的护士们什么时候到吗？"

"你怎么老是问？难道我们待你有什么不周到？"

"你们待我很好。"

"你要不要用便盆？"

"试试看吧。"

她们帮我坐起来，扶着我试，但是不行。过后我躺着，从敞开的门望着外面的阳台。

"医生什么时候来？"

"等他回城来。我们设法打电话到科莫湖去找过他。"

"没有旁的医生吗？"

"他是本院的住院医生。"

盖琪小姐拿来一瓶水和一个杯子。我连喝了三杯后，她们就走了，我对窗外望了一会儿，又睡着了。中饭我吃了一点东西，午后医院的监督范坎本女士上来看我。她不喜欢我，我也不喜欢她。她个子小，麻利猜疑，当医院监督未免委屈了她。她盘问了我许多话，听她口气好像我参加意国军队是一桩丢脸的事。

"吃饭时我可以喝酒吗？"我问她。

"除非有医生的吩咐。"

"医生没来以前，我只好不喝是不是？"

"绝对不许喝。"

"你还是打算要把医生找来的吧?"

"我们打电话到科莫湖去找过他。"

她出去了,盖琪小姐回进房来。

"你为什么对范坎本女士这么没礼貌?"她很熟练地替我做了些事情后,这么问道。

"我并不是存心这样的。可她太傲慢了。"

"她倒说你跋扈蛮横。"

"哪里。不过有医院而没医生,这是哪一种把戏?"

"他就要来了。她们打电话到科莫湖去找过他。"

"他在那儿干吗?游泳?"

"不。他在那儿有个诊所。"

"他们为什么不另外找个医生来?"

"嘘!嘘!你做个好孩子,他就会来的。"

我叫人去叫门房,他来时我用意大利语跟他说,叫他上酒店去给我买一瓶辛扎诺牌味美思和一尊基安蒂红酒,还有晚报。他去了,回来时用报纸包好酒拿进来,把报纸摊开,我叫他拔掉瓶塞,把红酒和味美思都放在床底下。他走了以后,我独自一人躺在床上看了一会报,看看前线的消息、阵亡军官的名单和他们受的勋章,随后从床底下提起那瓶味美思,笔直摆在我的肚子上,让阴冷的玻璃瓶冰着肚皮,一小口一小口地呷着,酒瓶底在肚皮上印上了圆圈儿。我看着外边屋顶上的天空渐渐暗下来。燕子在打圈子,我一边看着燕子和夜鹰在屋顶上飞,一边喝着味美思。盖琪小姐端来一个玻璃杯,里边是蛋奶酒。她进来时我赶快把味美思搁在床的另外一边。

"范坎本女士在这里边掺了些雪利酒,"她说。"你不该对她不客气。她年纪不小了,在医院里负的责任又重大。华克太太太老了,无法帮她的忙。"

"她人很出色,"我说。"我很感谢她。"

"我就把你的晚饭端来。"

"不忙,"我说。"我不饿。"

她把托盘端来放在床边的桌子上,我谢谢她,吃了一点晚饭。饭后外边天暗了,我望得见探照灯的光柱在天空中晃动着。我望了一会儿就睡去了。我睡得很沉,只有一次流着汗惊醒过来,随后又睡去,竭力避免做梦。天还远远没有亮,我又醒了过来,听见鸡叫,清醒地躺着一直到天开始发亮。我很疲倦,天真亮了以后,又睡着了。

第十四章

我醒来时,房间里阳光明亮。我以为又回到了前线,所以在床上把身子伸了伸。想不到双腿疼痛,低头一看,看到双腿还包扎着肮脏的绷带,才明白身在何地。我伸手抓住电线按电铃。我听见走廊上的电铃响声,随后有个穿着橡皮底鞋子的人在走近来。来的是盖琪小姐,在明亮的阳光下,她看起来人苍老一点,而且不怎么好看。

"早上好,"她说。"你夜里睡得好吗?"

"好。多谢你,"我说。"我可以叫个理发师来吗?"

"方才我来看你,你正抱着这东西熟睡在床上。"

她打开橱门,举起那瓶味美思。差不多喝光了。"你床底下的那一瓶我也放在橱里了,"她说。"你为什么不跟我要个杯子呢?"

"我就怕你不让我喝。"

"我本可以陪你喝一点的。"

"你是个好姑娘。"

"单独一人喝酒不好,"她说。"你以后别这么做。"

"好的。"

"你的朋友巴克莱小姐来了,"她说。

"真的?"

"是真的。我不喜欢她。"

"你会喜欢她的。她人非常好。"

她摇摇头。"她当然是好的。你往这一边挪一挪行不行?好了。我给你洗一洗,预备吃早点。"她拿了块布和肥皂,用温水给我洗。"你把肩膀抬起来,"她说。"这样行啦。"

"早饭前打发理发师来行不行?"

"我给你找门房叫他去。"她走了出去又走回来。"他去叫了,"她说,一面把手里的那块布浸在水盆里。

理发师跟着门房进来了。他年纪约莫五十,留着向上翘的小胡子。盖琪小姐给我洗好了,走了出去。理发师过来在我脸上涂上皂沫,给我刮胡子。他人很严肃,一声不响。

"怎么啦?有什么消息没有?"我问。

"什么消息?"

"随便什么消息。城里有什么事?"

"这是战争时期,"他说。"到处有敌人的耳目。"

我抬头看看他。"请你的脸别动,"他说,一边继续刮胡子。"我什么都不说。"

"你究竟怎么啦?"我问。

"我是意大利人。我不和敌人通信息。"

我只好由他去了。倘若他是疯子,我的脸还是早一点离开他的剃刀好。有一次,我想好好地看他一下。"当心,"他说。"剃刀快得很。"

修脸后我付钱给他,给了他半个里拉做小账。他退回了小账。

"我不收。我没有上前线。但是我还是意大利人。"

"滚你妈的蛋。"

"那我就告退了,"他说,用报纸包好剃刀。他走了出去,把半个里拉留在床头的桌子上。我按按铃。盖琪小姐走进来。"劳驾把门房喊来。"

"好的。"

门房来了。他竭力忍住了笑。

"那理发师是不是疯子?"

"不是,长官。他搞错了。他听不大懂,以为我说你是个奥国军官。"

"噢,"我说。

"嗬,嗬,嗬,"门房直笑。"他这个人真有趣。他说只要你动一动,他就——"他伸着食指划一划喉咙。

"嗬,嗬,嗬,"他竭力忍住笑。"后来我对他说,你并不是奥地利人。嗬,嗬,嗬。"

"嗬,嗬,嗬,"我埋怨道。"倘若他把我喉咙割断的话,那就更有趣了。嗬,嗬,嗬!"

"那倒不会,长官。他非常害怕奥地利人。嗬,嗬,嗬。"

"嗬,嗬,嗬,"我说。"滚你的。"

他走出去,我听见他在走廊上的笑声。我听见有人在走廊上走近来。我望着门。来的是凯瑟琳·巴克莱。

她走进房,走到床边。

"你好,亲爱的,"她说。她看上去又清新又年轻,十分美丽。我以为从来没见过这样美丽的人。

"你好,"我说。我一看到她,就爱上了她。心里神魂颠倒。她望望门口,看是没有人,就在床沿上坐下,弯下身来吻我。我把她拉下,吻她,感到她的心在怦怦地跳。

"你这亲爱的,"我说。"你能够到这里来岂不是太奇妙吗?"

"其实要来也不太困难。不过要待下去,可能不容易。"

"你非待下去不可,"我说。"噢,你真奇妙。"我爱她爱得疯了。我简直不相信她真的就在跟前,紧紧地抱住她。

"别这样,"她说。"你身体还没有复原哩。"
"哪里,我行了。来吧。"
"不。你还没十分好。"
"哪里。我行。我行的。求求你。"
"你真的爱我吗?"
"我真的爱你。我为你发疯了。请你快来吧。"
"我们的心在跳哩。"
"心我不管。我要的是你。我只是爱你爱得发疯了。"
"你果真爱我吗?"
"别老是说这个。来吧。求求你。求求你,凯瑟琳。"
"好,不过只能来一会儿。"
"好,"我说。"把门关好。"
"你不能这样。你不该。"
"来吧。别说话。请你来吧。"

凯瑟琳坐在床边的椅子上。门开着,外面就是走廊。疯狂劲儿过去了,我觉得空前愉快。

她问道:"你现在可相信我爱你吗?"

"噢,你真可爱,"我说。"你非待下去不可。他们不能打发你走。我爱你爱得发疯了。"

"我们得十分小心。刚才那真是发疯。我们不该这么做。"

"夜里来还是行的。"

"我得十分小心。你在旁人面前要留个神。"

"我会留神的。"

"你得小心。你讨人喜欢。你真的爱我,可不是吗?"

"别再说这个了。你不知道那对我的影响是多么厉害。"

"那么我以后小心就是了。我不想对你再干什么了。我现在得走了,亲爱的,真的。"

"就要回来啊。"

"能够来时我就来。"

"再会。"

"再会,亲爱的。"

她走了出去。天知道我本来不想爱她。我本来不想爱什么人。但是天知道我现在可爱上她了,当我躺在米兰一家医院的房间里的床上时,百感交集,涌进了我的脑海,不过我感到非常愉快幸福。最后盖琪小姐来了。

"医生快来啦,"她说。"他从科莫湖打来了电话。"

"他什么时候到?"

"今天下午。"

第十五章

这以后没发生什么事,直到下午。那医生是个瘦小沉默的人,战争似乎搞得他很伤脑筋。他以一种轻巧、文雅而又显得嫌恶的态度,从我两条大腿中取出了几小块钢弹片。他用一种叫做"雪"①或是什么别的名称的局部麻醉剂,使肌肉组织麻木,免得疼痛,直到他那探针、解剖刀或是钳子穿透了麻醉的肌肉层才觉得痛。病人可清清楚楚晓得什么地方是麻醉的地方。过了一会,脆弱文雅的医生受不住了,他于是说,还是拍爱克司光片子吧。探伤的方法不大满意,他说。

爱克司光片子是在马焦莱医院拍的,那个拍片子的医生为人容易兴奋,很能干,愉愉快快。他设法把我的两个肩膀高抬起来,以便病人亲自从爱克司光屏幕上看到那些比较大的异物。他说洗好片子就会送来。医生请我在他那袖珍札簿上写下我的姓名、部队番号和感想。他说那些异物丑恶、卑鄙、残暴。奥地利人根本就是混蛋。我杀了多少敌人?我一个都没有杀过,但是为了讨好起见,就说杀了许多。当时盖琪小姐也在场,医生就用胳臂搂着她说,她比克娄巴特拉还要美丽。她懂吗?克娄巴特拉是古埃及的女王。是的,她果真比女王还要美丽。我们搭救护车回小医院,给人家抬了好一会后,终于又躺在原来楼上的床上。拍好的片子当天下午送到,那医生曾指天发誓,说他当天下午就要,现在果真拿到了。凯瑟琳·巴克莱拿来给我看。片子装在红色封套里,她取了出来,就着光亮竖起来给我看。我们就一同看。

"那是你的右腿,"她说,把片子仍旧装进套子里。"这是你的左腿。"

"拿开,"我说,"你到床上来。"

"不行,"她说。"我只是拿来给你看看的。"

她走出去,丢下我躺在那儿。那是个炎热的下午,我躺在床上躺得厌烦了。我打发门房去买报纸,凡是买得到的都买来。

门房回来前,有三位医生到房间里来。我发现凡是医道不高明的医师,总是喜欢找些人来会诊。一个开阑尾也不会开的医师,必定会给你推荐另外一位医生,而他所推荐的那位一定是割扁桃腺也不会割的。现在进来的就是三位这一类的大夫。

"就是这位青年,"那做手术很轻巧的住院医师说。

"你好?"医生中一位瘦瘦的高个子说,他留着胡子。第三位医师手里捧着那些装有爱克司光片子的红封套,一声不响。

"把绷带解开吧?"留胡子的医生问。

"当然啦。请解开绷带,护士小姐,"住院医生对盖琪小姐说。盖琪小姐解开绷带。我低头望望腿。在野战医院,我的

---

① 指可卡因。

两腿有点像那种不大新鲜的汉堡牛排。现在两腿已经结了痂，膝盖发肿变色，小腿下陷，不过没有脓。

"很干净，"住院医师说。"很干净，很好。"

"嗯，"胡子医生说。第三位医生则越过住院医师的肩头向我探望。

"膝头请动一动，"胡子医生说。

"不能动。"

"试试关节吧？"胡子医生问。他袖管上除了三颗星外，还有一条杠杠。原来是个上尉。

"当然行，"住院医生说。两位医生谨慎地抓住我的右腿，把它扭弯。

"疼，"我说。

"是的。是的。再弯下去些，医生。"

"够了。再也弯不下去了，"我说。

"部分联接不良，"上尉说。他直起身来。"医生，请你再给我看看片子行不行？"第三位医生递了一张片子给他。"不对。请你给我左腿的。"

"那就是左腿啊，医生。"

"你说得对。方才我是从另一个角度来观看的。"他把片子递回去。把另外一张片子端详了一些时候。"看见吗，医生？"他指着一块异物，在光线的衬托下显得又圆又清楚。他们共同研究了一会儿片子。

"只有一点我能说，"胡子上尉说。"这是时间问题。三个月，也许六个月。"

"关节滑液到那时候必然又形成了。"

"当然。这是时间问题。像这样一个膝头,弹片还没有结成胞囊,叫我就来动手术,可对不起良心。"

"我同意你的意见,医生。"

"干吗要等六个月?"我问。

"有六个月时间让弹片结成胞囊,膝头动手术才能安全。"

"我不相信,"我说。

"年轻人,难道你自己的膝头不要了吗?"

"不要,"我说。

"什么?"

"截掉算了,"我说,"以便装个钩子上去。"

"你是什么意思?钩子?"

"他在开玩笑,"住院医生说。他轻轻拍拍我的肩膀。"他膝头当然是要的。这是个很勇敢的青年。已经提名给他银质勋章了。"

"恭喜恭喜,"上尉说。他握握我的手。"我只能说,为安全起见,像这样一个膝头,你至少得等待六个月才能动手术。当然你也可以另请高明。"

"多谢多谢,"我说。"我尊重你的高见。"

上尉看看他的表。

"我们得走了,"他说。"祝你万事顺利。"

"我也祝诸位凡事顺利,还要多谢诸位,"我说。我跟第三位医生握握手:"伐里尼上尉——亨利中尉。"于是他们三人都走出房去。

"盖琪小姐,"我喊道。她走进来。"请你请住院医生回来一下。"

他走进来,手里拿着帽子,在床边站住了。"你想见我吗?"

"是的。我不能等待六个月才动手术。天啊,医生,你曾在床上躺过六个月吗?"

"那倒不一定是全部时间都躺在床上。你那些伤得先晒晒太阳。以后你可以拄着拐杖。"

"等上六个月才开刀?"

"这才是安全的办法。必须让那些异物有时间结成胞囊,还有关节滑液得重新形成。到那时开膝头才安全。"

"你自己真的以为我必须等待那么久吗?"

"这样才是安全的。"

"那上尉是谁?"

"他是米兰非常杰出的外科医生。"

"他是上尉,不是吗?"

"是的,不过他是位杰出的外科医生。"

"我的腿可不要上尉来胡搞。他如果行的话,早已当上少校了。医生,我知道上尉这军衔意味着什么。"

"他是位杰出的外科医生,他诊断的意见比我认得的任何医生都高明。"

"可否再请一位外科医生来会诊?"

"你要的话,当然可以。不过我个人还是愿意采纳伐雷拉医生的意见。"

"你可否另请一位外科医生来看看?"

"那么我请瓦伦蒂尼来看看吧。"

"他是谁?"

"他是马焦莱医院的外科医师。"

"好。我很感激你。你明白,医生,要我在床上躺六个月太难受了。"

"你也不必老是躺在床上。你先用日光治疗法。随后作些轻松的体操。等到一结成胞囊,我们就动手术。"

"但是我不能等待六个月啊。"

医生把他的纤细的手指摊开在他握着的帽子上,微笑了一下。"你这么急于回前线吗?"

"为什么不?"

"这好极了,"他说。"你是个高贵的青年。"他弯下身来,轻轻地吻吻我的前额。"我打发人去请瓦伦蒂尼。你不要担忧,不要兴奋。做个好孩子。"

"喝杯酒吧?"我问。

"不,谢谢你。我从来不喝酒。"

"尝一杯看看。"我按电铃叫门房拿杯子来。

"不。不,谢谢你。人家在等我。"

"再会,"我说。

"再会。"

两小时后,瓦伦蒂尼医生进病房来了。他匆匆忙忙,胡子的两端朝上直翘。他是名少校,脸孔晒得黑黑,老是笑着。

"你怎么得了这个伤,这个混蛋东西?"他问。"片子给我看看。是的。是的。就是那个。你山羊一样健康。这位漂亮姑娘是谁?是你的女朋友吧?我一猜就着。这岂不是场该死的战争吗?这儿你感觉怎么样?你是个好孩子。我一定把你弄得比新的人还要好。这样疼吗?当然是疼的。这些医生最喜欢叫你疼痛。他们究竟给你做了什么啊?姑娘不会讲意大利话吗?她该学一学。多么可爱的姑娘。我可以教教她。我也来这儿当病人吧。不,还是等你们将来生儿女时,我来个免费接生吧。她听得懂吗?她会给你生个好孩子的。生一个像她那样好看的金发蓝眼睛的。这就行了。这没有问题。多可爱的姑娘。问她肯不肯陪我吃晚饭。不,我不抢你的。谢谢你。多谢多谢,小姐。完了。"

"我所要知道的都够了。"他拍拍我的肩膀。"绷带由它去,不必再包上。"

"喝杯酒吗,瓦伦蒂尼医生?"

"一杯酒?当然啦。我喝它十杯。在哪儿?"

"在镜橱里。由巴克莱小姐去拿。"

"干杯。干杯,小姐。多么可爱的姑娘。我给你带好一点的科涅克白兰地来。"他抹抹小胡子。

"照你看,什么时候可以开刀?"

"明儿早上。再早不行。你的肠胃得先弄干净。你得先灌肠。所有的手续我关照楼下那位老太太好了。再会。明天见。我带好一点的科涅克白兰地来。你这里很舒服。再会。明儿见。好好睡一觉。我一早就来。"他站在门口招手,他的小胡子朝上直翘,褐色的脸上在笑着。他袖章上有一颗星,因为他是位少校。

第十六章

那天夜里,有只蝙蝠从阳台上那道敞开的门飞进来。我们就从那道门眺望着米兰屋顶上的夜空。我们的房间很暗,只映着外边城市上空的那一点微微的夜光,因此蝙蝠一点也不害怕,在房间里照旧猎食,仿佛就在屋外边似的。我们躺着看它,它大概没看见我们,因为我们静悄悄地躺着。它飞出去后,我们看见一道探照灯光,我们看着光柱在天空中移动,随后灭了,于是又是一片黑暗。夜里起了一阵微风,我们听见隔壁屋顶上高射炮队人员的谈话声。夜里阴凉,他们都穿上了披风。夜间我怕有人会闯进来,但是凯瑟琳说他们都在睡觉。有一次我们睡去了,等我醒来时,她已不在,但我听见她沿着走廊走近来的响声,门打开了,她又回到床上,说她下楼去看过,他们都在睡觉。她曾在范坎本女士门外站了一会,听见她睡着的鼾声。她拿来一些饼干,我们吃饼干,还喝了些味美思。我们都很饿,但是她说我多吃也没有用,早上就得清肠胃。早上,天一亮我又睡着了,醒来时她又不在了。她进来时清新可爱,往我床上一坐。当我口里衔着体温计时,太阳出来了,我们闻得到屋顶上的露水气息,随后又闻到隔壁屋顶上高射炮人员喝的咖啡的香味。

"我真想我们一同出去散步一下,"凯瑟琳说。"我们要是有轮椅的话,我就可以推着你走走。"

"我怎么坐上那种车子去呢?"

"总有法子想的。"

"我们可以上公园去,在露天的地方用早点。"我眺望着敞开的阳台门外的景色。

"我们实在要做的,"她说,"倒是给你做好准备,等待你那个朋友瓦伦蒂尼医生来。"

"依我看,他是个很了不起的人。"

"我倒没像你那样喜欢他。但是我想他是很行的。"

"回到床上来,凯瑟琳。请,"我说。

"不行。我们不是已经快快活活地过了一夜吗?"

"今天夜里你可不可以再值夜班?"

"也许可以。可是你不会需要我。"

"不,我会需要你的。"

"不,你不会的。你没动过手术。你不知道手术后人怎么样。"

"我没问题。"

"你一定会恶心得不好受,我就不能给你什么了。"

"那么现在就回到床上来吧。"

"不,"她说。"我得填体温表,亲爱的,还得把你准备好。"

"你并不真心爱我,否则你会回到床上来的。"

"你真是个多么傻的孩子。"她吻吻我。"这对体温不妨事。你的体温总是正常的。你有个可爱的体温。"

"你样样东西都可爱。"

"哪里。你有可爱的体温。我觉得十分光彩。"

"也许我们的孩子都会有可爱的体温。"

"我们的孩子大概会有很坏的体温。"

"为瓦伦蒂尼给我做的准备,你还得做什么?"

"事情倒不多。不过相当不愉快。"

"我希望这种事不必由你来做。"

"本来不该我做。不过我不要别人碰你。我真傻。他们一碰你,我就光火。"

"甚至弗格逊?"

"尤其是弗格逊、盖琪,还有那个叫什么的?"

"华克?"

"对啦。现在这儿的护士太多了。要是病人不增加的话,人家就要撵我们走了。现在已经有四名护士了。"

"也许会有病人的。四名护士也不算多。这是一所相当大的医院啊。"

"我也盼着有病人来。要是人家叫我走,我怎么办?倘若病人不增加,人家准会撵我走。"

"那么我也走。"

"别瞎说。你还不能够走。你还是赶快复原,亲爱的,我们一块儿上旁的地方去。"

"那以后呢?"

"也许战争就结束了。不会老是打个不停啊。"

"我会复原的,"我说。"瓦伦蒂尼会治好我的。"

"他留着那样的小胡子,一定行。还有,亲爱的,当你上麻药时,随便想什么都行——千万别想你和我。因为人一上麻醉药,什么话都会说出来的。"

"那么我该想什么呢?"

"随便什么。除了你我之外,随便什么都行。想想你的家人。或者甚至另外一个女人。"

"不行。"

"那么就念祷告文好了。这样该能给人家一个很好的印象。"

"也许我不说话。"

"这倒是真的。常常有些人不说话。"

"我就不说话。"

"别吹,亲爱的。请你别吹。你已经蛮好了,用不到再夸口了。"

"我一句话都不说。"

"这就是夸口,亲爱的。你明知道你不必吹。人家吩咐你深呼吸时,你就开始念祷告文,或者背诵诗歌,或者别的什么。这一来你就很可爱,我就觉得有光彩。我是无论如何都为你感到光彩的。你有个可爱的体温,睡觉时像个小孩,胳臂抱着枕头,以为抱的是我。或者以为是别的姑娘吧?一个好看的意大利姑娘?"

"是你。"

"自然是我啦。哦,我真爱你,瓦伦蒂尼一定会给你一条好好的腿。幸喜动手术时用不着我到场。"

"还有你今天夜里值夜班。"

"是的。不过这对你是无所谓的。"

"等着瞧吧。"

"好了,亲爱的。现在你里里外外都弄干净了。告诉我吧。你爱过多少人?"

"一个也没有。"

"连我也不爱?"

"只有你是爱的。"

"说真话,还有多少人你爱过的?"

"一个都没有。"

"有多少人跟你——你们是怎么说的?——好过?"

"没有人。"

"你在向我撒谎。"

"是的。"

"那也没关系。你尽管撒谎好了。我就要你这么做。她们长得漂亮吗?"

"我从来没跟人好过。"

"对啦。她们很迷人吗?"

"我什么都不知道。"

"你只属于我一个人的。这是真的,你从未属于过任何人。其实我也不在乎。我不怕她们。但是对我可别提起她们来。一个男人跟一个姑娘好的时候,姑娘在什么时候说出价钱来?"

"我不知道。"

"你当然不知道啦。她也说她爱他吗?告诉我吧。这个我要知道。"

"说的。要是他要她说的话。"

"他说不说爱她呢?请你告诉我。这是重要的。"

"他想说他就说。"

"但是你可从未说过吧?真的吗?"

"没说过。"

"真的吗?给我说老实话。"

"没说过,"我撒谎道。

"你不会说的,"她说。"我知道你不会说的。哦,我爱你啊,亲爱的。"

外边太阳已经升到屋顶上,我望得见阳光照耀的大教堂的尖顶。我里里外外都干干净净,等待医生。

"原来就是这样子吗?"凯瑟琳说。"她只说他要她说的?"

"那也不一定。"

"但是我一定要这么做。你要我说什么我就说什么,你要我做什么我就做什么,那样你就再也不会要旁的姑娘了吧?"她很快乐地望着我。"我做你所要做的,说你所要说的,那样我一定会大获成功,可不是吗?"

"是的。"

"你现在一切都准备好了,还要我做什么呢?"

"再上床来。"

"好的。我就来。"

"哦,亲爱的,亲爱的,亲爱的,"我说。

"你瞧,"她说。"你要我做什么我就做什么。"

"你真可爱。"

"我倒怕自己还不大熟练哪。"

"你是可爱的。"

"我要的就是你所要的。我已经不再存在。只要你的需要。"

"你太可爱了。"

"我行。我行吧?你以后再也不要旁的姑娘了吧?"

"不要了。"

"你瞧?我行。你要我怎么样我就怎么样。"

第十七章

手术后我醒转来,我这人并没有离开过。你这人并没有离开过。人家只是要使你窒息。这不像死,只是麻醉药使你窒息,叫你失去感觉,事后就好比醉酒,只是吐的时候只吐胆汁,吐后人也并不好过些。我看见床尾有些沙袋。沙袋堆在石膏下突出来的管子上。过了一会儿,我看见盖琪小姐,她说:
"现在觉得怎么样?"
"好一点了,"我说。
"他在你膝头上动了一次奇妙的手术。"
"用了多少时间?"
"两小时半。"
"我说了什么不伦不类的话没有?"
"没有说。别开口。安静休息。"
我感到恶心难受,果真不出凯瑟琳所料。谁上夜班对于我都是一样。

现在病院里多了三个病号,一个是红十字会的瘦瘦的青年,佐治亚州①人,他患的是疟疾,第二个也是瘦子,是个很不错的青年,纽约州人,患疟疾和黄疸病,还有一个是个好青年,因为想扭开一颗榴霰弹和烈性炸药的混合弹的雷管作纪念品而受了伤。山间的奥军用的这种榴霰弹,上面装有一种铜弹头,在炸弹爆炸后还不能碰,一碰就会重炸一次。

护士们很喜欢凯瑟琳·巴克莱,因为她肯天天值夜班。那两个患疟疾的花了她相当多的时间,那个扭下雷管的少年跟我们成了朋友,他夜里从不按铃,除非万不得已。夜间除了凯瑟琳的工作时间外,我们都是在一起的。我很爱她,她也爱我。我白天睡觉,我们醒时互通信札,请弗格逊做送信人。弗格逊是个好人。关于她的事我不清楚,只知道她有个兄弟在第五十二师服役,还有个兄弟则在美索不达米亚[②],她待凯瑟琳非常好。

"我们举行婚礼你来不来,弗基[③]?"我有一次问她。

"你们永远不会结婚的。"

"我们会的。"

"不,你们不会的。"

"为什么呢?"

"结婚前就会闹翻。"

"我们从来不吵架。"

"来日方长。"

"我们不吵架。"

---

① 在美国东南部。
② 美索不达米亚是中东一古地区名,当时为土耳其的一个行政省,第一次世界大战后,成为英国托管下的独立的伊拉克的一部分。
③ 弗基是弗格逊的简称。

"结了婚你就要死了。不是吵架便是死。人们总是这样子的。他们不结婚。"

我伸手抓她的手。"别抓我的手,"她说。"我不是在哭。也许你们俩没有问题。但是你得当心,别给她惹出事来。惹出事来我可要叫你死。"

"我不会给她惹事的。"

"那么你得小心。我希望你们俩好好的。你们过得很快活。"

"我们俩好快活。"

"那就不要吵架,不要给她惹出事来。"

"我不会的。"

"但是你还得当心。我不想让她生个战时的私生儿。"

"你是个好姑娘,弗基。"

"哪里。你用不着奉承我。你的腿觉得怎么样?"

"很好。"

"你的头呢?"她用手指摸摸我的头顶。它敏感得就好比人睡着时的一只脚。"从来没让我怎么难受过,"我说。

"头上这样一个肿块,可能把你弄得神经错乱。从来不觉得疼吗?"

"不觉得。"

"你真是个运气好的青年。你信写好了没有?我要下楼去啦。"

"就在这儿,"我说。

"你应当叫她暂时停止上夜班。她越来越疲乏了。"

"好的。我跟她说。"

"我本想接替她,但是她不肯。别的人都乐得由她去做夜班,你该让她稍微休息休息才是。"

"好的。"

"范坎本女士说起你天天上午睡觉。"

"她就会说这种话。"

"最好你让她暂时停止上夜班。"

"我也要叫她这样。"

"你不会的。不过,要是你能够叫她停止,我才瞧得起你。"

"我就叫她停止吧。"

"我不相信。"她揣着字条走出去。我揿揿铃,过了一会儿盖琪小姐进来了。

"什么事?"

"我只想找你谈谈。你看,巴克莱小姐应该暂时停止上夜班吗?她那模样,十分疲乏。为什么老是她上夜班?"

盖琪小姐睁睁地望着我。

"我是你们的朋友,"她说。"你用不着对我打官腔。"

"你这是什么意思?"

"别装傻啦。你叫我来就是这件事吗?"

"来杯味美思好吗?"

"好的。喝完我就得走了。"她从镜橱里取出一只杯子。

"你拿杯子喝,"我说。"我就拿瓶子喝。"

"这杯敬你,"盖琪小姐说。

"范坎本女士还说什么我上午睡到很晚才醒?"

"她不过是唠叨一番。她说你是我们的特权病人。"

"见她的鬼。"

"她人倒不见得恶劣,"盖琪小姐说。"她不过是又老又怪。她一向不喜欢你。"

"是的。"

"嗯,我倒是喜欢你的。而且我是你的朋友。不要忘记这一点。"

"你待我太好了。"

"那也不见得。我知道你心中认为好的是哪一个。不过我还是你的朋友。你的腿觉得怎么样?"

"好。"

"我去拿一点冷矿泉水来洒一洒。腿在石膏底下一定好痒吧。外边天气很热。"

"你真好。"

"很痒吗?"

"不,还好。"

"我来把那些沙袋摆摆好。"她弯下身来。"我是你的朋友。"

"我早就知道。"

"不见得吧。但是有一天你总会知道的。"

凯瑟琳·巴克莱停做了三个夜晚的夜班,到第四夜她又回来了。当时的心情,就好比是各自作了长期旅行后的重逢。

第十八章

那年夏天我们过得幸福快乐。等我可以走动了,我们便在公园里坐马车玩。我还记得那马车、慢慢走着的马和前面高高的车座上那个车夫的背影,他头上戴着一顶光闪闪的高帽子,还有坐在我身边的凯瑟琳·巴克莱。要是我们手碰上手,哪怕只是我的手的边沿碰上她的,我们就会兴奋起来。后来我可以拄着拐杖走路了,我们便上宓妃或意大利大饭店,坐在屋外拱廊上吃饭。侍者们进进出出,街上有行人来来往往;铺台布的桌子上点着蜡烛,上面还罩着罩子。后来我们觉得还是经常上意大利大饭店比较好,那儿的侍者头目乔治就经常给我们留一张桌子。乔治是个好侍者,我们总是由他去点菜,自去观看来往的人们,望望黄昏里的大拱廊,或者默然相对。我们喝冰在桶里的不加甜味的卡普里白葡萄酒;虽则我们还试过许多旁的酒,例如飞来莎、巴勃拉①和甜白葡萄酒。因为战事关系,饭店里不雇用专门管酒的侍者,我一点飞来莎这一类酒,乔治就会怪不好意思地笑笑。

"你们想想看,有个国家,只要那东西有点草莓味,便把它酿起酒来,"他说。

"为什么不呢?"凯瑟琳问。"这酒的名字听起来倒怪好听的。"

"你要试的话,小姐,就试试吧,"乔治说。"我给中尉另外拿一小瓶法国玛谷葡萄酒来。"

"我也试试飞来莎吧,乔治。"

"先生,这我可不敢推荐。这种酒连草莓味都没有哩。"

"那也不一定,"凯瑟琳说。"倘若有草莓味当然最好。"

"我去拿来,"乔治说,"等小姐试了以后我才拿走。"

那酒果真不像酒。正如他所说的,连草莓味都没有。我们到末了还是喝卡普里。有天晚上,我身边的钱不够,乔治还借给我一百里拉。"没关系,中尉,"他说。"我知道是怎么回事。一个人手头不方便总是难免的。倘若先生或者小姐有需要,尽管说一声就是了。"

饭后我们穿过拱廊散步,经过旁的酒家饭店和那些已经上了钢窗板的店铺,在一个卖三明治的小摊前停下来,买了火腿生菜三明治和鳀鱼三明治,后者是用很细的涂过糖的褐色面包卷做成,只有人的手指那么长。这些点心是我们预备夜间肚子饿时吃的。走出拱廊,我们在大教堂前雇了部敞篷马车回医院。到了医院门口,门房出来帮我拄起拐杖。我付了车钱,一同坐电梯上楼。凯瑟琳到了护士住的那一层楼,先出去了,我继续上升,拄着拐杖穿过走廊,走进自己的房间;有时候我脱下衣服上床,有时候坐在外边阳台上,把受伤的腿搁在另外一张椅子上,边看着燕子绕着屋顶飞翔,边等待着凯瑟琳。到她

---

① 巴勃拉是意大利西北部皮德蒙州出产的红葡萄酒。

上楼来时,仿佛她是经过一次长途旅行才回来似的,我拄着拐杖陪她在走廊上走,帮她拿盆子,在一间间病房门外等,或者跟她一同走进去;那要看病人是否是我们的朋友,一直等到她职务完毕后,我们才在我房间外的阳台上坐坐。过后我上床去,她则等到病人都睡着了,没有人会再喊她,才走进来。我喜欢解开她的头发,她坐在床上,动都不动,除了偶尔突然低下头来吻我;我把她的发针一根根取下来,放在被单上,她的头发就散开来,我定睛看着她,她一动不动地坐着,等到最后两根发针取了下来,头发就全都垂下来,她的头一低,于是我们俩都在头发中,那时的感觉就好比是在帐幕里或者在一道瀑布的后边。

她的头发非常美丽,我有时躺着看她,借着敞开的门外透进来的光线,看她卷起头发。她的头发在夜里也发亮,就像水在天快亮前有时闪闪发亮一样。她有张可爱的脸和身体,皮肤又光滑又可爱。我们时常躺在一起,我用指尖抚摩她的脸颊、前额、眼睛下边、下巴和喉咙说:"光滑得像琴键。"而她也用手指摸摸我的下巴说:"光滑得像砂纸,摩擦琴键可很不好受。"

"很粗糙吧?"

"不是,亲爱的。我不过是说说笑话。"

夜间真可爱,我们只要互相接触一下,便觉得快活幸福。除了一切欢乐的时刻外,我们还有许多种谈情说爱的小玩意儿,有时我们不在同一房间,想靠心灵传达意念。有时竟也能成功,这大概是因为我们所转的念头毕竟是相同的吧。

我们彼此都这么说,我们打她来到医院那天起就已结婚了，算来已经结婚好几个月了。我倒想真的举行结婚仪式，但凯瑟琳说，如果我们结婚的话，人家会把她调走，如果我们只是开始办理手续的话，人家就会注意她，把我们拆散的。我们要结婚，不得不遵守意大利法律，那礼节的繁杂，实是惊人。我想正式结婚，因为担心有了孩子，不过我们装做已经结了婚，并不十分担忧，而且我本人很可能实在在图个没结婚的快乐。我记得有一天夜里我们谈起这件事，凯瑟琳说："不过，亲爱的，他们会把我调走的。"

"或许不会吧。"

"会的。他们会打发我回国，这样我们得等到战后才能见面。"

"休假期间我可以去找你。"

"休假时间那么短，你怎么可以往苏格兰跑个来回，况且，我不愿离开你。现在结婚还有什么好处呢？我们实际已经结了婚。没法子叫我更进一步结婚。"

"我要结婚本是为你打算。"

"哪里还有什么我。我就是你。别再分出一个独立的我。"

"我本以为姑娘们总是想结婚的。"

"你猜得不错。但是，亲爱的，我已经结了婚。我已经和你结了婚。我这妻子还不坏吧？"

"你是个可爱的妻子。"

"你知道，亲爱的，我已经有一次等待结婚的经验。"

"关于那个，我不想听。"

"你知道我不爱任何人，只爱你。你不应该在乎有个人曾爱过我。"

永别了，武器 | 129

"我是在乎的。"

"我的一切都属于你,人家早已死了,你不该妒忌他。"

"我没妒忌,不过我也不想听它。"

"你这可怜的宝贝。我也知道你跟什么样的女人都混过,我倒不以为意。"

"我们可不可以想个法子私下结婚?这样,万一我有什么长短,或者你有了小孩,就不妨了。"

"要结婚只得通过教会或是政府。我们其实已经私下结婚了。你看,亲爱的,倘若我信仰什么教,那么结婚就是最重要的事。但是我没有任何宗教信仰。"

"你给过我圣安东尼像。"

"那是件吉祥品。也是人家送我的。"

"那么你一点也不担忧吗?"

"我只愁被人家调走,和你分离。你是我的宗教。你是我的一切。"

"好吧。你哪一天说要结婚,我们就结婚。"

"亲爱的,听你的口气,好像非要跟我正式结婚不可,以便保全我的体面。我是个非常体面的女人。随便什么事情,只要你觉得幸福并引以为骄傲,那么便没有什么可以难为情的。你岂不是很幸福吗?"

"但是将来你不要离开我,另找别人。"

"不会的,亲爱的。我永远不会离开你去另找别人。照我想,我们可能遭遇到各式各样可怕的事。关于你说的那一点,你可不必担心。"

"我不担心。但是我太爱你,而你从前爱过别人。"

"那别人后来又怎么样呢？"

"他死啦。"

"对啦，要是他还在的话，我就不会碰上你。我并不是不忠实的，亲爱的。我有好多短处，但人倒是非常忠实。就怕我的人太忠实，你会觉得腻味。"

"我不久就得回前线。"

"等到你要走的时候再说吧。你看，我是快乐的，亲爱的，我们过得多么幸福。我没有快乐，已有一个相当长的时期，我认识你的时候，几乎快发疯了。也许已经发疯了。但是现在我们快乐幸福，彼此相爱。你我只要快乐就是了，我求你。你是快乐的吧？我做了什么你不喜欢的事没有？我能做些什么讨你喜欢的事？你要不要我把头发散下来？你要耍弄吗？"

"要，上床来。"

"好的。等我先去看看病号再来。"

第十九章

那年夏天就那么过去了。那些日子我已不大记得清楚了，只记得当时天气炎热，报纸上刊载了许多打胜仗的消息。我身体很健康，两条腿好得很快，拄拐杖不久以后便改用手杖走路了。随后我开始上马焦莱医院去接受机械治疗，恢复膝部的弯曲功能，在装满镜子的小间里晒紫外线，还有按摩，沐浴等等。我到那边去是在下午，事后上咖啡店喝点酒，看看报纸。我并不在城里随便乱逛，到了咖啡店就想回医院。我一心只想看到凯瑟琳。其余的时间我随便消磨。上午我大抵是睡觉，午后有时上跑马场去玩，以后才去接受机械治疗。有时我也去英美俱乐部呆一会，坐在窗前一张很深的有皮垫的椅子上，翻阅杂志。我不用拐杖后，人家就不许凯瑟琳陪我一道出去，因为像我这样一个看起来不需要照应的病人，单独叫个护士陪着走，太不成体统了，因此午后的时间我们不大在一起。不过有时有弗格逊作陪，我们还是一同出去吃饭。范坎本女士现已承认我和凯瑟琳是好朋友这种关系，因为凯瑟琳很肯替她卖力办事。她以为凯瑟琳出身于很好的上等家庭，因此终于也喜欢她了。范坎本女士很钦佩高贵的家庭，她本人就是个出身很好的人。况且医院事务繁忙,她也没空多管闲事。那年夏天很燥热,我在米兰本有许多熟人,但是一到傍晚我总是想赶回医院去。前线意军正在卡索高原上挺进,已经占领了普拉伐河对面的库克,现在正在攻占培恩西柴高原。西线消息可没有这么好。战争好像还要打一个长时期。我们美国已经参战,但是我想,要运输大批人马过来,要训练他们作战,非得有一年工夫不可。明年或许是吉年,或许是凶年。意军已经消耗了数目惊人的人员。我不晓得怎么熬得下去。即使他们全部攻占了培恩西柴高原和圣迦伯烈山,奥军可以盘踞的还有许多高山峻岭哩。我亲眼见到过。那些最高的山岭还在后边。意军在卡索高原上进军,但是下面的海边尽是一片沼地泽国。要是拿破仑,一定会在平原上击溃奥军。他才不会在山间作战哩。他会让他们先下山来,然后在维罗纳附近给他们一个迎头痛击。不过在西线也没听见谁在痛击谁。也许战争已经无所谓胜败了。也许会永远打个不停。也许又是一场百年战争。我把报纸摆回架子上,离开了俱乐部。我小心地走下石阶,沿着曼佐尼大街走。我在大旅馆前碰见了迈耶斯老头和他的妻子从一部马车上下来。他们刚从跑马场回来。她是个胸围宽大的女人,身穿黑缎衫裙。他则又矮又老,长着白色的小胡子,拄着根手杖。一步步拖着脚步走。

"你好啊?你好啊?"她和我握手。"哈啰,"迈耶斯说。

"跑马财运怎么样?"

"不错。挺好玩的。我赢了三次。"

"你怎么样?"我问迈耶斯。

"不坏。我中了一次。"

"他输赢怎么样我总不知道,"迈耶斯太太说。"他从来不告诉我。"

"我运气不错,"迈耶斯说。他表示亲切关心。"你应当去玩玩啊。"他讲话时,你总觉得他不在看你,或是把你误当做别人。

"我要去的,"我说。

"我正想上医院去探望你们,"迈耶斯太太说。"我有点东西要给我的孩子们。你们都是我的孩子。你们真是我的好孩子。"

"大家见到你一定高兴。"

"那些好孩子。你也是。你也是我的一个孩子。"

"我得回去啦,"我说。

"代我问候所有的好孩子。我有许多东西要带去。我有一些上好的马萨拉酒①和蛋糕。"

"再会,"我说。"大家见到你一定非常高兴。"

"再会,"迈耶斯说。"你上拱廊来玩玩吧。你知道我的桌子在什么地方。我们每天下午都在那儿。"我继续沿街走去。我想到科伐去买点东西给凯瑟琳。走进科伐,我买了一盒巧克力,趁女店员包糖的当儿,我走到酒吧间去。那儿有两个英国人和几名飞行员。我独自喝了一杯马丁尼鸡尾酒,付了账,跑到外边柜台前,捡起那盒巧克力便回医院去。在歌剧院旁边那条街上的小酒吧外,我碰到几个熟人,一个是副领事,两个学唱歌的家伙,还有一个来自旧金山的意大利人,叫做爱

---

① 马萨拉是西西里岛西部的一海滨城市,这里指该地区出产的白葡萄酒。

多亚·摩里蒂,现在在意大利军队中。我跟大家喝了一杯酒。歌唱家中有一个叫做拉夫·西蒙斯,歌唱时改用意大利姓名:恩利科·戴尔克利多。我不晓得他唱得怎么样,不过他老在说有件伟大的事就要发生了。他人长得胖,鼻子和嘴巴显出一副饱经风霜的可怜相,好像患着枯草热①。他刚从皮阿辰扎城演唱回来。他唱的是歌剧《托斯加》②,他自己说成绩很好。

"自然你还没听我唱过,"他说。

"这儿你什么时候登台?"

"今年秋天,就在那歌剧院里。"

"我可以打赌,人家准会拿起凳子来扔你的,"爱多亚说。"你们听见他在摩得那给人家扔凳子了没有?"

"该死的撒谎。"

"人家拿起凳子来扔他,"爱多亚说。"我当时在场。我亲自扔了六只凳子。"

"你无非是个旧金山来的意大利佬罢了。"

"他念不准意大利语,"爱多亚说。"他到处被人家扔凳子。"

"皮阿辰扎的歌剧院是意大利北部最难对付的,"另外一个男高音说。"说真话,那座小歌剧院可很难对付。"这位男高音的姓名是艾得加·桑达斯,登台歌唱时改名为爱德华多·佐凡尼。

"我倒很想在那儿看着人家给你扔凳子,"爱多亚说。

---

① 患枯草热的人,容易伤风流鼻涕。
② 《托斯加》是意大利作曲家普契尼(1858—1924)的杰作之一;1900年首次演出。

"用意大利语唱歌你不行。"

"他是个傻子,"艾得加·桑达斯说。"他只会说扔凳子。"

"你们俩一唱起歌来,人家也只知道扔凳子,"爱多亚说。"往后你们回到美国,就会到处瞎吹你们在米兰歌剧院的大成功。其实他们在这儿登台,包你唱不完第一句。"

"我就要在这歌剧院演唱了,"西蒙斯说。"十月里我要唱《托斯加》。"

"我们准去,可不是吗,麦克?"爱多亚对副领事说。"他们得找些人做保镖。"

"也许还得把美国军队开去保护他们,"副领事说。"再来一杯吧,西蒙斯?你也要一杯吧,桑达斯?"

"好的,"桑达斯说。

"听说你要得银质勋章了,"爱多亚对我说。"你会得到哪一种嘉奖呢?"

"我不知道。我也不知我会得勋章。"

"你会得到的。科伐的姑娘们到那时候一定把你看做了不起的。她们都会以为你杀死了二百名奥国兵,或者单身占领了一条战壕。嗯,为了得勋章我得奋发图强。"

"你已经得了几枚,爱多亚?"副领事问。

"他什么都有啦,"西蒙斯说。"战争就是为他这种人打的。"

"我应该得两枚铜质勋章,三枚银的,"爱多亚说。"但是公文上说只通过一枚。"

"其余的怎么啦?"西蒙斯问。

"战役失利，"爱多亚说。"战役一失利，所有的勋章都给压下了。"

"你受了几次伤，爱多亚？"

"三次重伤。我有三条受伤的杠杠。看见吗？"他把袖管扭过来给大家看。所谓杠杠是黑底上三条平行的银钱，缝在袖管的布料上，在他肩头下八英寸的地方。

"你也有一条，"爱多亚对我说。"佩戴这东西真好。我认为比勋章好得多。相信我，小伙子，等你有了三条，那就显得你有能耐啦。你要受了得住院三个月的重伤，人家才肯给你这种杠杠。"

"你哪儿受伤啊，爱多亚？"副领事问。

爱多亚拉起袖子来。"这里，"他给我们看那深深的、光滑的红疤。"还有这儿腿上。这我可不能给人家看，因为我打了绑腿；还有在我脚上。我脚上有根死骨头，到现在还在发臭。我每天早晨捡些小骨头出来，不过还是时时发臭。"

"什么东西打中了你？"西蒙斯问。

"手榴弹。那种马铃薯捣烂器①。把我一只脚的一边全炸掉了。你知道那种马铃薯捣烂器吗？"他转而问我。

"当然啦。"

"我看着那狗杂种抬起手来扔的，"爱多亚说。"我一下子给它炸倒了，我当时以为这次准死了，想不到那些该死的马铃薯捣烂器里头并没有什么东西。我就用我的步枪打死了那狗杂种。我随身总带着一支步枪，叫敌人看不出我是个军官。"

---

① 指9英寸长的德国木柄手榴弹。

"他的神情怎么样?"西蒙斯问。

"他只有那么一颗手榴弹,"爱多亚说。"我也不懂他干吗扔它。我猜想他大概只是一直想扔罢了。大概他还没参加过实在的打仗。我一枪就把这狗杂种结果了。"

"你开枪的时候,他是什么神情?"西蒙斯问。

"见鬼,我怎么知道,"爱多亚说。"我开枪打他的肚子。打他的头我怕万一打不中。"

"你当军官有多久了,爱多亚?"我问。

"两年了。我快升上尉了。你当中尉好久了?"

"快三年了。"

"你当不上上尉,因为你不够熟悉意大利语,"爱多亚说。"你只会讲,看和写可不大行。要当上尉你得受过相当的教育。你为什么不进美国军队?"

"我也许要转过去。"

"我倒盼望老天爷肯让我去。哦,好家伙,一个上尉官俸多少啊,麦克?"

"我不十分清楚。大概总在两百五十元左右吧。"

"耶稣基督!两百五十元,我花起来太舒服了。弗雷德,你赶快转入美国军队吧。看看有没有法子也把我拉进去。"

"好的。"

"我能用意大利语指挥一连兵。改用英语指挥,我学起来很容易。"

"你将来会当上将军,"西蒙斯说。

"不,我的知识不配当将军。一位将军得知道许许多多的事情。你们这些家伙,以为战争等于儿戏。老实说,你的脑子还不配当名起码的中士哪。"

"谢谢上帝,我还不至于非当兵不可,"西蒙斯说。

"人家要是把你们这些逃避兵役的都抓起来,那你就怕要当兵了。哦,好家伙,最好你们两位都到我那一排来。麦克,你也来。我派你当我的勤务兵,麦克。"

"你人倒不错,爱多亚,"麦克说。"但是你恐怕是个军国主义者吧。"

"战争结束以前,我一定要当上校,"爱多亚说。

"要是人家不把你打死的话。"

"人家打不死我的。"他用拇指和食指摸摸他领子上的徽星。"你看见我这一动作吗?谁一提起给打死的话,我们便摸摸我们的星。"

"我们走吧,西蒙斯,"桑达斯说,站了起来。

"好。"

"再会,"我说。"我也得走了。"根据酒吧间里的时钟,已经是六点差一刻了。"再见,爱多亚。"

"再见,弗雷德,"爱多亚说。"你就要得到银质勋章,这倒是个很好的消息。"

"我还不知道是否拿得到。"

"你稳拿得到的,弗雷德。我听说你是稳拿得到的。"

"好,再会,"我说。"多多保重自己,爱多亚。"

"你犯不着为我操心。我既不喝酒,也不乱搞。我既不是酒鬼,更不是嫖客。我知道什么对我有益处。"

"再会,"我说。"听说你快要被提升为上尉,我很高兴。"

"我也不必等待人家来提升。我单凭战功就可以当上上尉。你知道。领章上三颗星,上面有只皇冠和两把交叉的刀。这才是我。"

"祝你运道好。"

"祝你运道好。你什么时候回前线?"

"快啦。"

"好,哪天我来看看你。"

"再会。"

"再会。别上当。"

我走上一条后街,那是条直达医院的近路。爱多亚现年二十三。由旧金山一位叔父抚养成人,战争宣布时他恰巧回到意大利的都灵看望父母。他有个妹妹,以前同他一道上美国,住在他叔父那里,今年要从师范学校毕业。他是个地道的英雄,人人见了他都讨厌。凯瑟琳每每忍受不住。

"我们也有我们的英雄,"她说。"但是一般地讲,亲爱的,人家安静多了。"

"我倒不在乎。"

"我对他也不在乎,只要他别那么自负,那么惹人讨厌,真是讨厌透了。"

"他也惹我讨厌。"

"你这么说,太好了,亲爱的。其实你也不必附和我。你能够想象他在前线时怎么样,你也知道他是多么能干,不过他太像我所不喜欢的那种男人。"

"我知道。"

"你知道,你真太好了。我也想试试喜欢他,不料他真是个讨厌又讨厌的家伙。"

"他今天下午说快要升上尉了。"

"这也好,"凯瑟琳说。"这总该叫他高兴高兴吧。"

"你岂不喜欢我也升级吗?"

"不,亲爱的。我只要你的军衔可以进进比较好的酒家饭馆就行了。"

"我现在这一级恰巧就是。"

"你的军衔好极了。我不要你升级。那样怕会使你傲慢起来。哦,亲爱的,我十分喜欢你并不自高自大。你就是自负,我还是会嫁给你的,不过丈夫不自负那就太平多了。"

我们俩正在阳台上轻声谈话。月亮本来应该上升了,可惜城市上空罩了一层雾,月亮没有露出来,过了一会儿,下起纷纷细雨来,我们只得回房间去。外边的雾转成雨,一会儿雨大起来,我们听着雨打在屋顶上,仿佛擂鼓似的。我起身走到阳台门口站一站,看看雨打进来没有,原来并没有打进来,于是我让门仍旧开着。

"你还碰见了谁?"凯瑟琳问。

"迈耶斯夫妇。"

"那是一对怪物。"

"他本应当关在美国监牢里。人家却让他到国外来死。"

"而且幸福地住在米兰,直到永远。"

"怎么幸福也难说。"

"坐过牢的人,这种生活总算是幸福的吧。"

"她要送些东西来。"

"她送来的东西很棒。你是她的宝贝儿子吗?"

"是其中的一个。"

"你们都是她的宝贝儿子,"凯瑟琳说。"她偏爱这些宝贝儿子。你听那雨声。"

"雨下得很大。"

"还有你是不是永远爱我?"

"是的。"

"就是下了雨也没有差别吗?"

"没有。"

"这很好。因为我怕雨。"

"为什么呢,"我昏昏欲睡。外边雨潺潺下个不停。

"我不知道,亲爱的。我一向是怕雨的。"

"我喜欢雨。"

"我喜欢在雨中散步。但是雨对于恋爱总是很不利的。"

"我永远爱你。"

"我爱你,不管下雨也好,下雪也好,冰雹也好——还有什么别的没有?"

"我不知道。我看我想睡了。"

"睡吧,亲爱的,不管怎么样,我总爱你。"

"你并不当真怕雨吧?"

"同你在一起就不怕了。"

"你为什么怕雨呢?"

"我不知道。"

"告诉我。"

"别叫我说。"

"告诉我。"

"不。"

"告诉我。"

"好吧。我怕雨,因为我有时看见自己在雨中死去。"

"哪有这种事。"

"还有,有时我看见你也在雨中死去。"

"那倒是比较可能的。"

"不,不可能,亲爱的。因为我能够叫你安全。我知道我能。但是没人能够救自己。"

"请你别说吧。今天夜里我可不要你发苏格兰人的怪脾气,疯疯癫癫的。我们在一起的时间也不会长久了。"

"不,可我本是苏格兰人,本是疯疯癫癫的。不过我不发作就是啦。这一切都是胡闹。"

"对啦,都是胡闹。"

"都是胡闹。只是胡闹。我并不怕雨。我并不怕雨。哦,哦,上帝啊,但愿我真的不害怕。"她哭了。我安慰她,她停止了哭泣。但是外边的雨还是下个不停。

第二十章

有一天下午，我们到跑马场去。弗格逊也去，还有克罗威·罗吉斯，就是那个给炮弹雷管炸伤眼睛的青年。中饭后，姑娘们去打扮换衣服，克罗威和我则坐在他病房的床沿上，翻阅赛马报纸，研究各匹马过去的成绩和今天的预测。克罗威的头还扎着绷带，他本不关心赛马，只是因为闲来无事，才经常阅读赛马报纸，注意每匹马的进展变化。他说今天的马都不好，但是我们只有这些马可赌赛。老迈耶斯喜欢他，常常透露给他一些内部消息。迈耶斯每次看赛马，几乎每赌必胜，不过他不愿意把内部消息告诉人家，因为买那匹马票子的人一多，彩金就往下跌了。这里的赛马非常腐败。各国因跑马犯规而被赛马场开除的骑师，在意大利仍旧在当。迈耶斯的情报相当好，但是我不喜欢请教他，因为有时候你问他，他常常不回答，你看得出他告诉你时，总显得很为难，但是因为某种原因，他总觉得有义务告诉我们一些，特别是克罗威，他对他透露消息比较不太难过。克罗威的两只眼睛都受了伤，有一只是重伤，而迈耶斯自己眼睛也有毛病，所以他喜欢克罗威。迈耶斯赌什么马，从来不告诉他妻子。他妻子有时赢有时输，大多是输，话可唠唠叨叨个没完。

我们四人赶一部敞篷马车到圣西罗去。那天天气很好，我们赶着马车穿过公园，沿着电车轨道出城，一到城外，路上全是尘土。城外有些别墅，围着铁栅，有花草蔓生的大花园、有流着水的沟渠和青翠的菜园，菜叶上积有尘土。我们越过平原，望得见农民的屋子、丰腴青翠的田地和农场的水沟，还有北边的高山峻岭。往跑马场赶的马车很多，守大门的人让我们进去，并不查验入场证，因为我们身穿军装。我们下了马车，买了节目表，穿过内场，跨过那铺得又平又厚的跑马道，来到停马的围场。大看台已经陈旧了，是用木头搭成的，卖马票处就设在看台底下，在马房边排成一长列。有一群士兵靠着内场的围栏边。围场上的人也相当多，在大看台后边的树木底下，有人拉着马绕着圈子走，让马活动活动。我们见到一些熟人，弄到两把椅子给弗格逊和凯瑟琳坐，观察那些马。

马由马夫牵着走，一匹跟着一匹，马头垂下。有一匹紫黑色的马，克罗威发誓说那是染出来的颜色。我们仔细看了一下，觉得颜色可能是染上去的。这匹马在上鞍铃摇了以后，才给拉出来。我们看那马夫胳臂上的号数，对照节目表才知道这匹马叫做贾巴拉克，是一匹阉过的黑马。这一次竞赛的马，都是没有赢过一千里拉或更多的。凯瑟琳也说那匹马的颜色是假的。弗格逊说她没有把握。我则以为那马有点可疑。我们都同意购买这匹马的票子，一共凑了一百里拉。根据赌注打赌表，这匹马倘若跑赢的话，每里拉要付三十五里拉。克罗威走过去买马票，我们则看着骑师骑着马又绕了一个圈子，然后从树木底下走上跑道，慢慢地跑往起点。

我们走上大看台去看赛马。圣西罗当年还没装上弹性起跑栅,那个主持起跑者先叫马排成一横行——在远远的跑道上这些马看起来很小——然后把长鞭啪的一挥,命令各匹马起跑。马跑过我们跟前时,那匹黑马竟然一马当先,到了转弯的地方,它撇下了其余的马,跑到远远的前方去了。我用望远镜往远处望去,看见黑马的骑师正在死命拉住它,但是马控制不住,等到拐弯转入最后决胜的那段跑道时,它抛下其余的马,有十五匹马马身长度的距离。黑马到了终点后还转了一个弯才停下来。

"这太好了,"凯瑟琳说。"我们赢了三千多里拉啦。一定是匹好马。"

"我只盼望他们付钱以前,马的颜色可别掉了,"克罗威说。

"真是一匹可爱的马,"凯瑟琳说。"不晓得迈耶斯先生买了它的票没有。"

"你买了那匹赢的马没有?"我大声问迈耶斯。他点点头。

"我倒没有,"迈耶斯太太说。"孩子们,你们押的是哪匹马?"

"贾巴拉克。"

"真的?赌注是三十五对一啊!"

"我们喜欢它的颜色。"

"我不喜欢。我看它样子不大对头。人家叫我不要押它。"

"它不会付多少钱的,"迈耶斯说。

"牌价上明明写着三十五对一啊,"我说。

"不会付多少钱的。快起赛的时候,"迈耶斯说,"有人押下了一大笔款子。"

"谁?"

"肯普顿和他那一帮人。你等着瞧吧。这匹马付不到二对一。"

"那么我们得不到三千里拉了,"凯瑟琳说。"我可不喜欢这种作弊的赛马。"

"我们可以得到二百里拉。"

"那算不了什么。那对我们有什么好处?我还以为我们快要得到三千里拉哩。"

"这样腐败,惹人厌恶,"弗格逊说。

"自然啰,"凯瑟琳说,"我们可不就是因为它形迹可疑才押它的。不过,我倒真想得到三千里拉呢。"

"我们下去喝杯酒,看他们付多少钱,"克罗威说。我们到了人家张贴号码并摇铃付款的地方,在贾巴拉克名字后写着每十里拉可得十八个半里拉。这就是说,甚至不到二比一。

我们走进大看台下的酒吧间,每人喝了一杯威士忌苏打。我们碰到两个认识的意大利人和副领事麦克亚当斯,他们跟着我们上去找女士们。意大利人彬彬有礼,麦克亚当斯和凯瑟琳谈话,我们则又下去押马。迈耶斯正站在派彩处①附近。

"问他赌哪匹马,"我对克罗威说。

---

① 这种跑马赛,一般在每场截止购马票后,由场方把每匹马上的全部押金,扣去一定比例的手续费,再用计算器算出如果跑出名次后每张马票能分到多少,在派彩处公布。

永别了,武器

"你赌哪匹马,迈耶斯先生?"克罗威问。迈耶斯拿出节目表来,用铅笔指指第五号。

"我们也买它,行吗?"克罗威问。

"尽管买。尽管买。可别告诉我妻子是我告诉你们的。"

"喝杯酒吧?"我问。

"不,谢谢。我从来不喝酒。"

我们用一百里拉赌第五号马跑头马,又花一百里拉赌它跑二马,随后又是一人一杯威士忌苏打。我觉得很高兴,又结交了两个意大利人,他们每人陪我们喝了一杯酒后,我们就去找女士们。这两个意大利人也很彬彬有礼,跟先前那两个一模一样。过了一会儿,就没人坐得下来了。我把马票递给凯瑟琳。

"买了哪匹马?"

"我不知道。是迈耶斯先生选择的。"

"你连马的名字都不知道吗?"

"不知道。你往节目表上去找吧。大概是第五号。"

"你的信心真动人,"她说。第五号马果然赢了,但是付的钱很有限。迈耶斯先生很光火。

"你得花二百里拉才能赢到二十里拉,"他说。"十里拉的马票得十二里拉。太不值得了。内人就输了二十里拉。"

"我跟你下去走走,"凯瑟琳对我说。意大利人都站起身。我们走下大看台,往停马的围场走去。

"这赛马你喜欢吗?"凯瑟琳问。

"是的。我想是喜欢的。"

"依我看,这也不错,"她说。"不过,亲爱的,见那么多的人我可受不了。"

"我们也没见多少人啊。"

"人是不多。不过迈耶斯夫妇,还有那个银行主任和他的妻子和女儿们——"

"我的即期支票是他兑给我的,"我说。

"不错,不过他不兑的话,别人也肯兑给你的。那最后四个小伙子更叫人难受。"

"我们就待在这里看跑马好了,就从围栏这儿看。"

"那好极了。还有,亲爱的,我们来赌一匹从来没听见过的马,一匹迈耶斯先生不会押的马。"

"好的。"

我们押了一匹名叫"给我点燃"的马,结果跑时一共五匹,我们这匹马跑第四。我们靠在围栏上,看着马跑过,一片马蹄哒哒声,还望见了遥远的山峰以及在树木和田野后边的米兰城。

"我觉得清爽多了,"凯瑟琳说。马儿回来了,由大门走过,又湿又流汗,骑师们在叫马儿安静下来,把马带到树底下,预备下马。

"你不想喝杯酒吗?我们可以在这儿喝酒赏马。"

"我去拿,"我说。

"小伙计会送来的,"凯瑟琳说。她伸手一挥,马房旁边那个卖酒凉亭上就有个小伙计跑出来。我们在一张圆铁桌边坐下了。

"你是不是觉得我们俩单独在一起更好些?"

"是的,"我说。

"跟他们在一起的时候,我觉得好孤单寂寞。"

"这儿好得很,"我说。

"是的。这赛马场果真好看。"

"是不错的。"

"你别给我弄得扫兴,亲爱的。你什么时候想回去我就回去。"

"不,"我说。"我们就留在这儿喝酒吧。等一会儿,我们下去站在越水障碍边,看障碍赛马。"

"你待我真好,"她说。

我们俩单独在一起一会儿后,倒又高兴去见旁的人们了。我们尽兴而归。

第二十一章

时届九月，先是夜里阴凉，接着白天也阴凉起来，公园里的树叶一一褪色，于是我们知道夏季已经完了。前线战事失利，他们攻不下圣迦伯烈山。培恩西柴高原上的战事已经结束，到了九月中旬，圣迦伯烈山的战事也快结束了。他们攻不下这山峰。爱多亚已经回前线。马匹已运往罗马，米兰已经没有赛马了。克罗威也上罗马去了，准备从那儿回美国。米兰城里有两次反对战争的骚乱，都灵也有一次激烈的骚乱。有位英国少校在俱乐部里告诉我说，意军在培恩西柴高原和圣迦伯烈山损失达十五万人。他说，他们在卡索高原上还损失了四万人。我们喝了杯酒，他便扯开了。他说今年这儿的战事已完，意军贪心多吃了一口，已经吃不消了。他说法兰德斯的总攻击看样子也是不行的[①]。盟军倘若老是像今年秋天这么以士兵去乱拼，一年内就要垮台。他说我们大家都垮了，但只要大家不知道就没什么要紧。我们都垮了。不过是装做不知道罢了。哪一国拼死熬到最后才发觉这一点，便会打赢这场战争。我们又喝了一杯酒。我是不是谁的参谋？不是。他倒是的。全是胡闹。俱乐部里只有我们两人靠坐在大皮沙发上。他那暗色的皮靴,擦得闪闪发亮。好漂亮的靴子。他说全是胡闹。上级官员想的只是师团和人力。大家都为着师团争吵,一调拨给他们,便拿去拼个精光。他们都垮了。德国人打胜仗。天啊,德国佬才是真正的军人。不过他们也垮了。我问他俄罗斯怎么样?他说他们已经垮了。我宁愿看到他们垮台。还有奥军也垮了。他们倘若有几师德国兵,就可以打胜仗。照他想,今年秋天他们会不会来进攻?当然会来的。意军垮了。谁都知道意军垮了。等德国佬从特兰提诺地区冲下来,在维琴察把铁路切断,到那时候意军还能怎么样呢?他们在一九一六年就试过了,我说。那次德军没有一同来。是的,我说。他又说,他们大概不会这么做。太简单了。他们准备来个复杂一点的,弄一个大垮特垮。我得走了,我说。我得回医院了。"再会,"他说。随后又愉快地说:"万事顺利!"他对世界的悲观和他个人的乐观成了一种强烈的对照。

我在一家理发店歇下来,修了个脸才回医院。我的腿经过长期疗养,有现在的成绩也算好的了。三天前我检查过一次。我在马焦莱医院所受的机械治疗,还得去几趟才算完事,所以我特地抄小道,练习不瘸腿走路。有个老头儿在一条拱廊下替人家剪影。我停下来看他剪。有两个姑娘一起站着由他剪影,他剪得好快,边剪边侧着头看她们。姑娘们娇笑个不停。他把剪好的侧面像先拿给我看,然后贴在白纸上递给姑娘们。

"她们长得很美,"他说。"你来不来,中尉?"

---

① 法兰德斯地区包括比利时西部和法国北部,这里讲的总攻击是指1916年英法联军与德国军队沿索漠河的争夺战,联军运用了新武器坦克,还是没有多大成就。

姑娘们边看着她们的剪影边笑着走了。她们都长得很好看。有一个是医院对面那家酒店里的女店员。

"好的,"我说。

"脱掉帽子。"

"不。还是戴着吧。"

"那就不十分美观了,"老人说。"不过,"他高兴起来,"这样更有军人气派。"

他在黑纸上剪来剪去,随后分开这两层厚纸,把侧面像贴在一张卡纸上递给我。

"多少钱?"

"用不着。"他摇摇手。"我是为你服务的。"

"请。"我掏出几个铜币来。"就当做茶钱吧。"

"不。我剪它本是一种娱乐。把钱留下给你的女朋友吧。"

"多谢,再会。"

"再会。"

我走回医院去。我有些信件,一封是公函,还有其他的。公函通知我有三星期的"疗养休假",以后就回前线。我细心地读过一遍。也好,那就定当了。我的疗养休假自十月四日算起,我的机械治疗也就在那天结束。三星期是二十一天。那么十月二十五日我就得走了。我给他们讲一声我出去一趟,就跑到医院斜对面一家馆子去吃晚饭,就在饭桌上看信件和晚报。祖父来了一封信,讲了些家里的事以及为国尽忠的话,附有一张两百元的汇票和一些剪报;旧日同饭堂那位教士也来了一封沉闷的信;一个参加法国空军的朋友来了一封信,他现在交了一帮野朋友,满纸讲的都是荒唐事;雷那蒂也来了一封短简,问我在米兰还要躲多久,有什么新闻?他要我带些唱片回去,还开了一个单子。我吃饭时喝了一小瓶基安蒂酒。饭后一杯咖啡,一杯科涅克白兰地,读完了晚报,把信件揣在口袋里,把报纸和小账搁在桌上便走了。回到医院的房间里,我脱了衣服,换上睡衣裤和便袍,拉下通阳台的门帘,坐在床上看波士顿的报纸——那叠报纸原是迈耶斯太太留在医院里给她的"孩子们"看的。芝加哥的"白短袜"队在美国联赛中夺到冠军,而纽约"巨人队"在全国联赛中的分数遥遥领先[1]。宝贝鲁思[2]当时正在波士顿队里当投手。报纸很沉闷,消息偏于一处地方,陈旧过时,战事报道也都是陈旧的。美国新闻讲的都是训练营的情况。幸喜我没进训练营。报纸上可以看的只有棒球比赛消息,但我对于这全没兴趣。报纸堆成一大叠,翻来翻去,无法叫人读得上劲。它们虽则已失去了时间性,我还是看了一会儿。我想,不知道美国是否真的卷入了战争,会不会把这两大联赛停下来。也许不会吧。意大利打得够糟了,米兰还不是照样有赛马。法国已停止赛马了。那匹叫做贾巴拉克的马就是从法国运来的。凯瑟琳要到九点钟才上夜班。她初上班时,我听见她在我这一层楼上的走动声响,有一次还看见她从门外走廊上走过。她到过几间病房后才走进我的这一间。

"我来晚了,亲爱的,"她说。"方才有好些事得做。你好啊?"

我把我收到的公函和休假的消息告诉了她。

---

[1] 美国的棒球比赛是一种群众性的娱乐活动。全国各大城市都有职业球队参加"美国联赛"或"全国联赛"两大全国性的联赛。杰出运动员受人崇拜欢迎,犹如明星。
[2] 宝贝鲁思后来以击出全垒打著名,是美国棒球史上的杰出运动员。

"好极啦,"她说。"你打算上哪儿去呢?"

"都不去。我要呆在这儿。"

"那太傻了,你拣个地方,我跟着来。"

"你怎么能够跟着来?"

"还不知道。不过我会来的。"

"你很行。"

"哪里。只要你不计较得失的话,人生还有什么不能想法子克服的。"

"你这话什么意思?"

"没什么。我只在想,以前有些困难,当时看来很大很大,但回想起来,只是一些小阻碍罢了。"

"我倒以为是很难想法子的。"

"没有什么大困难,亲爱的。顶多是我一走了之。但是也不必走到这一地步。"

"我们上哪儿去呢?"

"哪儿都行。你要上哪儿去都行。只要是没熟人的地方。"

"我们上哪儿去你都不在乎吗?"

"无所谓。哪儿都行。"

她的模样似乎烦躁紧张。

"怎么啦,凯瑟琳?"

"没事。没有什么。"

"一定有事。"

"没事。真的没事。"

"我知道有事。告诉我,亲爱的。你可以告诉我。"

"没有什么。"

"告诉我。"

"我不想说。我怕说了会叫你不高兴或者担心。"

"不会的。"

"你果真不会吗?我倒不愁,只怕你发愁。"

"你不愁的事我自然也不会愁的。"

"我不想说。"

"说吧。"

"非说不可吗?"

"要说。"

"我有孩子了,亲爱的。差不多三个月了。你不发愁吧?请你不要愁。你一定不要发愁。"

"好吧。"

"果真是好吧?"

"自然啦。"

"我用尽了种种方法。我什么药都吃,但是都没有效力。"

"我并不愁。"

"我真是没有法子想,亲爱的,我倒也不去愁它。请你不要发愁或者不好过。"

"我只是为你发愁。"

"那就不对了。你就是不该为我发愁。人家时时都在生孩子。人人都在怀孕。这本是自然而然的。"

"你很行。"

"哪里。不过你千万别操心,亲爱的。我一定想法子不给你添麻烦。我知道我现在惹起了麻烦。但是在这以前我岂不是个好姑娘吗？你岂不是完全不知道吗？"

"不知道。"

"以后就这样好了。你根本不必发愁。我看得出你在发愁。别愁吧。立刻别愁了。你不想喝杯酒吗，亲爱的？我知道你喝了杯酒就会兴致好。"

"不。我兴致很好。你实在相当行。"

"哪里。只要你拣好什么地方，我一定想法子跟着去，在一起住。十月的天气一定是可爱的。我们一定能过快乐幸福的日子，亲爱的，等你上了前线我天天给你写信。"

"那时候你自己上哪儿去呢？"

"我现在还不知道。但是总会有个好地方的吧。由我自己来想法子吧。"

我们静默了一会儿，都不开口。凯瑟琳坐在床沿上，我望着她，彼此不接触。我们中间有了距离，仿佛有个第三者闯进了房间，彼此都觉得怪不自然。她伸出手来抓住我的手。

"你不生气吗，亲爱的？"

"不。"

"还有你不至于觉得上了圈套吧？"

"也许有一点。但不是上了你的圈套。"

"我没有说是我的圈套。别傻头傻脑。我的意思只是说有没有上了圈套的感觉。"

"从生物学的观点来讲，你总是觉得上了圈套。"

她的心跑得远远的，虽则身体没动弹，手也没挪开。

"'总是'这两字不大好听。"

"对不起。"

"没有关系。但是你瞧,我从来没怀过孩子,甚至从来没爱过人。我一向都想法子顺从你,你现在倒说起'总是'这种话来。"

"我把舌头割掉吧,"我建议。

"哦,亲爱的!"她从她远去的地方回来了。"你可别太认真。"我们又在一起了,方才那种不自然的感觉消失了。"我们俩本是一个人,可别故意产生误会。"

"我们不会的。"

"但是人家可是这样子的。他们先是相爱,故意产生误会,争吵,到末了两人的感情忽然变了。"

"我们不争吵。"

"我们不该争吵。因为你我只有两人,而跟我们作对的是整个世界上的人。如果你我产生隔膜,我们就完蛋了,人家就能征服我们。"

"人家征服不了我们,"我说。"因为你太勇敢了。勇敢的人一定没事。"

"死总是要死的。"

"不过只死一次。"

"我不知道。这句话是谁说的?"

"懦夫千死,勇者只有一死!"①

"当然就是这句话。谁说的?"

---

① 参见莎士比亚名剧《恺撒大帝》第二幕第二场中恺撒所讲的话:
　　"懦夫在死前死上好多次,
　　勇者从来只尝到一次死的滋味。"

"不知道。"

"说这话的人大概还是个懦夫,"她说。"他对懦夫很熟悉,对勇者可全不知道。勇者倘若是聪明人的话,也许要死上两千次。他只是不说出来就是啦。"

"这倒难说。要了解勇者的内心可不容易。"

"对啦。勇者就是这么不吐露内心的。"

"你倒像个权威。"

"你讲得对,亲爱的。该是个权威。"

"你是勇敢的。"

"不,"她说。"不过我很想做个勇者。"

"我不是勇者,"我说,"我知道自己的地位。我在外边混了这么久,也认识自己了。我就像个球员,知道自己击球的成绩只能达到两百三十,再努力也不行。"

"击球的成绩两百三十的球员是什么样的人呢?听起来挺神气的。"

"哪里。从玩棒球的人来说,只是个平平常常的击球手。"

"不过还算是个击球手啊,"她逗着我说。

"依我看,你我都是自命不凡的家伙,"我说。"不过你是勇敢的。"

"我不是。不过我希望做个勇者。"

"我们俩都是勇敢的,"我说。"我喝了一杯酒就很勇敢。"

"我们两人都蛮好,"凯瑟琳说。她走到镜橱边,拿出一瓶科涅克白兰地和一个杯子给我。"喝杯酒吧,亲爱的,"她说。"你的态度很好。"

永别了,武器

"我不是真的想喝酒。"

"喝一杯。"

"好。"我在喝水玻璃杯里倒了三分之一的科涅克白兰地,一口喝干了。

"这很伟大,"她说。"我知道白兰地是英雄喝的。不过你也不必过分。"

"战后我们上哪儿住去呢?"

"大概在一家养老院吧,"她说。"三年来我总是孩子气地痴想战事会在圣诞节结束。但是现在我要等待我们的儿子先当上了海军少校再说。"

"也许他还要当上将军呢。"

"倘若是百年战争的话,他来得及在海陆两方面都试一试。"

"你不想喝杯酒吗?"

"不。酒总是使你高兴,亲爱的,但只叫我头昏。"

"你从来不喝白兰地吗?"

"不喝,亲爱的。我是个很老派的老婆。"

我伸手到地板上去拿酒瓶,又倒了一杯酒。

"我还是去看看你的同胞们吧,"凯瑟琳说。"或者你看看报等我回来。"

"你非去不可吗?"

"现在不去,过一会还是得去的。"

"好的。还是现在去吧。"

"我等一会儿再回来。"

"那时我报就看完了,"我说。

第二十二章

那天夜里天气转冷，第二天下起雨来。我从马焦莱医院回来时雨很大，赶到房里，浑身淋湿了。在我楼上的病房里，外边阳台上雨沉重地下着，风刮着雨，打在玻璃门上。我换了衣服，喝了一点白兰地，但是白兰地喝起来没有味道。当天夜里就觉得不舒服，第二天早饭后竟然呕吐起来。

"没有疑问，"住院医师说。"瞧他的眼白，小姐。"

盖琪小姐看了一看。他们拿面镜子叫我自己照。我的眼白发黄，原来是黄疸病。为这黄疸，我病了两星期。所以我便没有和凯瑟琳一起过"疗养休假"。我们本来计划到马焦莱湖上的巴兰萨去。在树叶转黄的秋天，那儿一定很好玩。那儿有散步的幽径，可以在湖上拖钩钓鳟鱼。那地方比施特雷沙好得多，因为人少一点。施特雷沙和米兰的交通非常方便，总会碰上熟人。巴兰萨那边有个好村庄，你可以划船到渔夫住的那些小岛上去玩，其中最大的一座岛上还有一家饭馆。但是结果我们没有去成。

有一天，我因为黄疸病躺在床上，范坎本女士走进房来，打开镜橱，看到了里边的那些空酒瓶。我曾叫门房拿走一批空瓶,准是给她碰到了,因此跑上来再来搜查一下。瓶子大多是味美思瓶、马萨拉葡萄酒瓶、卡普里酒瓶、吉安蒂酒瓶和一些科涅克白兰地瓶。门房先取走的是大一点的瓶子,是装味美思和那种用稻草包起来的基安蒂酒瓶,还剩下些白兰地瓶子预备等一下再拿。范坎本女士搜查到的正是这些白兰地瓶子和一个狗熊形的瓶子,里边装着莳萝利口酒。狗熊形的瓶子特别叫她光火。她把它拿起来看看,这狗熊是蹲着的,前爪向上,玻璃熊头上有个瓶塞,底部粘着一些玻璃珠。我大笑起来。

"这是莳萝利口酒,"我说。"最好的莳萝利口酒才用这种狗熊瓶装。是俄国的产品。"

"那些可不都是白兰地瓶子吗?"范坎本女士问。

"我只看得见一部分,"我说。"不过大概都是吧。"

"你这样擅自喝酒有多久了?"

"这都是我自己买了带回来的,"我说。"我时常有意大利军官来探望我,不得不备点白兰地招待他们。"

"难道你自己就不喝吗?"她说。

"我自己也喝。"

"白兰地,"她说。"十一只白兰地空瓶子,还有那瓶狗熊酒。"

"莳萝利口酒。"

"我打发个人来拿走。你的空酒瓶都在这儿吗?"

"目前只有这一些。"

"可我还在可怜你的黄疸病哩。怜悯用在你身上是白搭。"

"谢谢你。"

"你不愿意上前线,倒也难怪。不过故意纵酒来害上黄疸病,那未免太不聪明啦。"

"你说我故意什么?"

"故意纵酒。你明明听见的嘛。"我一声不响。"除非你还能找到什么别的借口,你这黄疸一好,就得回前线。我不相信你这自己促成的黄疸病使你有资格享受疗养休假。"

"你不相信?"

"我不相信。"

"你自己生过黄疸病没有,范坎本女士?"

"没有,但是这种病人我倒见过不少。"

"你发觉这种病人好过吗?"

"总比前线好一点吧。"

"范坎本女士,"我说,"你可曾听说有人因为想逃避军役而自踢阴部?"

范坎本女士不理睬我这个实际问题。她只好不睬,要不就得离开房间。她不愿意走开,因为她素来不喜欢我,现在正可趁机编派我一顿。

"我倒知道有好些人,为要逃避上前线,故意叫自己受伤的。"

"问题不在这里。故意叫自己受伤的人我也见过。我问你的是:你可曾听见有人因为想逃避兵役而自踢阴部?因为这种感觉与黄疸最相近,依我想,女人很少有这种经验。所以我问你生过黄疸病没有,范坎本女士,因为——"范坎本女士走出房去了。后来,盖琪小姐走进来。

"你对范坎本说了什么来着?她气坏了。"

"我们不过在比较各种感觉。我刚刚要说她没有生小孩的经验——"

"你这傻瓜,"盖琪说。"她要你的命。"

"她已经要了我的命,"我说。"她取消了我的休假,不如索性让她叫我上军事法庭吧。她太卑鄙了。"

"她一直不喜欢你,"盖琪说。"到底吵什么啊?"

"她说我故意纵酒促成黄疸,免得回前线。"

"呸,"盖琪说。"我来发誓说你从来没喝过酒。人人都愿意发誓证明你没喝过酒。"

"她已抄到了酒瓶子啦。"

"我不是十遍百遍叫你把那些瓶子清出去么?现在瓶子呢?"

"镜橱里。"

"你有没有只手提包?"

"没有。把瓶子装在帆布背包里吧。"

盖琪小姐把瓶子装在背包里。"我拿给门房去,"她说。她朝房门走。

"等一等,"范坎本女士说。"瓶子交给我。"她早把门房喊来了。"请你拎着,"她说。"我打报告的时候,要给医生看看。"

她沿着走廊走去。门房提着背包跟着。他知道里边是什么。

我除了失掉休假以外,倒没有什么别的事。

第二十三章

我回前线的那个夜晚，打发门房上车站，等火车从都灵开来，给我占一只座位。火车定在夜半开出。列车先在都灵编好，开到米兰约在夜里十时半左右，就停在车站里，等到午夜才开。要座位的话，你得赶火车一开到米兰就上去抢。门房拉了一个在休假的当机枪手（原来的职业是裁缝）的朋友作陪，两人合作，总可以抢到一只位子。我给了他们买月台票的钱，行李也交他们带去。我的行李计有一个大背包和两只野战背包。

午后五点钟左右，我向医院人员告别，走了出去。我的行李放在门房的屋子里，我告诉他说，我快到半夜时到车站去。他的妻子叫我"少爷"，这时哭了。她揩揩眼睛，跟我握握手，接着又哭了。我拍拍她的背，她又哭起来。她以往给我补东西，是个又矮又胖的女人，笑嘻嘻的脸，一头白发。她一哭起来，整个脸就好像碎了一般。我走到拐弯上一家酒店里去等，望着店窗外。外面黑暗，寒冷，又有雾。我付了我那杯咖啡和格拉巴酒的钱，借着窗口的光，张望着外面走过的行人。我看见了凯瑟琳，便敲敲窗户。她张望了一下，看见是我，便笑一笑，我走出去迎接她。她身披一件深蓝色的斗篷，头戴一顶软毡帽。我们沿着人行道一同走过那些酒店，穿过市场，转上大街，穿过一道拱门，到了大教堂广场。那儿有电车轨道，再过去便是大教堂。在雾里，教堂显得又白又湿。我们跨过了电车轨道。我们的左边是店窗明亮的铺子和拱廊的入口。广场上罩着一层雾，当我们走到大教堂跟前时，教堂显得非常宏伟，石头的墙壁湿漉漉的。

"你想进去吗？"

"不，"凯瑟琳说。我们朝前走。前面一个石扶壁的暗影里，站有一位士兵和他的女朋友。我们走过他们的身边。他们正紧挨着石壁站着，士兵用他的披肩裹住了她。

"他们像我们一样，"我说。

"没有人像我们，"凯瑟琳说。她的口气可不是指快乐的方面。

"我希望他们有个地方可以去。"

"这对他们也不见得有好处吧。"

"这也难说。人人总得有个地方可以去才好。"

"他们可以进大教堂去，"凯瑟琳说。我们已经走过那教堂了。我们跨过广场的另一头，回头望望大教堂。它在雾中的确很美。我们正站在皮货铺前。店窗里放着马靴、一只背包和滑雪靴。每件物品单独放开陈列着；背包摆在中间，一边放着马靴，一边放着滑雪靴。皮呈暗色，给油敷得像旧马靴一样光滑。电灯光把这些暗色的皮件照耀得亮光光的。

"我们什么时候滑雪去。"

"两个月后缪伦①就可以滑雪了,"凯瑟琳说。

"我们就上那儿去吧。"

"好的,"她说。我们走过别的店窗,拐进一条小街。

"这条街我从来没走过。"

"我上医院去就抄这条近路,"我说。那是一狭窄的小街,我们靠着右边走。雾里有许多人走过。沿街尽是铺子,店窗里都点着灯。有一个店窗里放着一叠干酪,我们张望了一下。我在一家枪械铺子前停住脚。

"进去一会儿吧。我得买支枪。"

"哪种枪?"

"手枪。"我们走进去,我把身上的皮带连同空的手枪套解了下来搁在柜台上。柜台后边有两个女人。她们拿出几支手枪来。

"得配上这手枪套,"我说,把手枪套打开。那套子是灰色皮的,是我从旧货摊买来,在城里佩带的。

"她们有好的手枪吗?"凯瑟琳问。

"都是差不多的。这一支我试试行吗?"我问店里的女人。

"现在这里可没有试枪的地方,"她说。"枪倒是很好的。包你没错儿。"

我把扳机扳了一下,再把弹机往回拉。弹簧虽太紧一点,倒很顺手。我瞄瞄准,啪地扳了一下扳机。

"枪是用过的,"那女人说。"原是一位军官的,他枪打

---

① 缪伦是瑞士中部的著名旅游胜地,海拔5415英尺,山景极佳。

得很准。"

"是你卖给他的吗?"

"是的。"

"你怎么收回来的呢?"

"从他的勤务兵手里。"

"说不定我的你也会收回来的,"我说。"多少钱?"

"五十里拉。很便宜。"

"好的。我还要两只额外弹夹和一盒子弹。"

她从柜台底下取出这些东西来。

"你要不要佩刀?"她问。"我有几把人家用过的佩刀,很便宜。"

"我是要上前线的,"我说。

"哦,那你用不着佩刀了,"她说。

我付了子弹和手枪的钱,把子弹装进弹仓,插好,接着把手枪装在手枪套里,额外弹夹里也装上了子弹,然后插在手枪套上的皮槽里,最后才把皮带围在身上束紧。我觉得手枪在皮带上沉甸甸的。不过最好还是佩带那种军队规定的手枪。因为子弹的来源可以不发生问题。

"现在我有全副武装了,"我说。"这是我不能忘了做的一件事。我另外一支枪在我上医院来时给人家拿走了。"

"我希望这是支好枪,"凯瑟琳说。

"还需要什么旁的吗?"那女人问。

"大概没有了吧。"

"手枪上有根扣带,"她说。

"我看到了。"那女人想兜卖别的东西。

"你不需要个哨子吗?"

"大概用不着吧。"

女人说了再会,我们走到外边人行道上。凯瑟琳望望店窗。女人往外望,向我们欠欠身子。

"那些木镶的小镜子是做什么用的?"

"是用来吸引飞鸟的。他们拿这种小镜子在田野里转来转去,云雀看见便飞出来,意大利人就开枪打。"

"真是个别出心裁的民族,"凯瑟琳说。"亲爱的,你们在美国不打云雀的吧?"

"倒没有专门打的。"

我们跨过街,开始在街的那一边走。

"我现在感觉好一点了,"凯瑟琳说。"方才出发时我怪不好受。"

"我们在一起总觉得好受。"

"我们要永远在一起。"

"是的,不过我半夜就得走了。"

"别想它,亲爱的。"

我们沿着街走去。雾使得街灯发黄。

"你不疲倦吗?"凯瑟琳问。

"你呢?"

"我没事。散步很有趣。"

"可别走得太长久了。"

"是的。"

我们拐进一条没有灯光的小街,走了一会。我站住了吻凯瑟琳。我吻她时感觉到她的手搭在我肩膀上。她把我的披肩罩在她身上,于是我们两人都给裹上了。我们站在街上,身子靠着一道高墙。

"找个地方去吧,"我说。

"好,"凯瑟琳说。我们沿街走去,走到运河边一条比较宽阔的街道。街的另一边有道砖墙和一些建筑物。我看见前面有一部电车正在过桥。

"我们可以在桥上雇部马车,"我说。我们站在雾中的桥上等待马车。几部电车开过去了,满装着回家的人们。随后有部马车赶来了,可是里边有个人。雾现已转成雨。

"我们不如步行或者赶电车吧,"凯瑟琳说。

"总有一部要来的,"我说。"马车一向打这儿经过的。"

"有一部来了,"她说。

车夫停下马,把计算表上那块金属的出租招牌放了下来。车篷早已罩上了,赶车的外衣上淌着雨水。他那顶有光泽的礼帽给打湿了,闪闪发亮。我们一同往后靠坐在车座里,因为罩着车篷,里边很暗。

"你叫他上哪儿去?"

"车站。车站对面有一家旅馆,我们就上那儿去。"

"我们这样子去行吗?没有行李?"

"行,"我说。

马车冒雨在一些小街上走,上车站去路程相当远。

"我们不吃晚饭吗?"凯瑟琳问。"等一会恐怕肚子要饿了。"

"我们就在旅馆房间里吃饭。"

"我没衣服穿,连件睡衣都没有。"

"买一件吧，"我说罢就喊赶车的。

"绕到曼佐尼大街上去一下。"他点点头，车子到了拐弯的地方就向左走。到了大街上，凯瑟琳留心找店铺。

"这儿有一家，"她说。我叫赶车的停下马，凯瑟琳下了车，跨过人行道，进了店铺。我靠在马车里等她。外面下着雨，我闻到给打湿的街道和马儿在雨中冒出的热气的气味。她挟着一小包东西回来，上了车，马车又走了。

"我太奢侈了，亲爱的，"她说，"不过睡衣倒是挺好的。"

到了旅馆，我叫凯瑟琳在车子里等，我先进去找经理。房间有的是。我走回马车前，付了车钱，跟凯瑟琳一同走进去。穿着有许多纽子的制服的小郎捧着那包睡衣。经理点头哈腰，领我们朝电梯走。旅馆里有许多红色长毛绒的帷幕和黄铜装饰品。经理陪我们乘电梯一起上楼。

"先生和夫人就在房间里用饭吧？"

"好的。请你把菜单送上来好吗？"我说。

"两位喜欢吃一点特别的吧。吃点野味或来客蛋奶酥？"

电梯每过一层都"的答"响一声，到了第四层，"的答"一声停了。

"你们有什么野味？"

"有野鸡和山鹬。"

"还是来只山鹬吧，"我说。我们在走廊上走着。地毯已经破烂了。走廊上有许多门。经理停下来，拿钥匙开了一道门，把它推开。

"就在这儿。一间可爱的房间。"

有许多纽子的小郎把包裹放在房中央的桌子上。经理拉开窗幔。

"外面有雾,"他说。房间里有红色长毛绒帷幕。有许多镜子,两把椅子和一张大床,床上有条缎子床罩。有一道门通向浴室。

"我把菜单送上来,"经理说。他鞠了一躬,走出去了。

我走到窗前往外望望,随后拉拉绳子,那些长毛绒的厚窗幔合拢来了。凯瑟琳坐在床上,望着车花玻璃的枝形吊灯。她已经脱下了帽子,头发在灯光下灿然发亮。她在一面镜子里看到自己的影子,便伸出双手理头发。我在其他三面镜子里看到她。她的样子闷闷不乐。她任凭她的斗篷掉在床上。

"怎么啦,亲爱的?"

"我过去没有过当妓女的感觉,"她说。我走到窗边,拉开窗幔向外望。想不到会这样。

"你并不是妓女。"

"我知道,亲爱的。但是感觉到自己像是妓女,并不是愉快的事。"她的声音又冷淡又单调。

"我们能进的旅馆这家算是最好的了[①],"我说。我望着窗外。隔着广场,看得见车站的灯光。街上有马车走过,我还看得见公园里的树木。旅馆的灯光映照在湿漉漉的人行道上。哼,真见鬼,我想,难道我们现在还要争吵拌嘴?

"请上这儿来,"凯瑟琳说。她单调的声气已全消失了。"请你过来吧。我又是个好姑娘了。"我回头望望床上。她在

---

① 资本主义国家的旅馆饭店分有等级,只接待社会上某一等级的人。

笑着。

我走过去，挨着她身边坐下，吻她。

"你是我的好姑娘。"

"我当然是你的，"她说。

我们吃了晚饭，感到精神愉快，后来，我们快乐自在，仿佛这房间一下子变成了我们的家。医院里我那间房间曾是我们的家，现在这房间同样是我们的家了。

我们吃饭时，凯瑟琳肩上披着我的军装上衣。我们肚子都很饿，菜又烧得好，我们喝了一瓶卡普里酒和一瓶圣伊斯特菲酒。酒大多是我喝的，但是凯瑟琳也喝了一点，她喝了后人很愉快。我们的晚餐是一只山鹬，配上蛋奶酥、马铃薯和栗子泥，一盆色拉，点心则是意式酒蒸蛋糕。

"这是个好房间，"凯瑟琳说。"是个可爱的房间。我们在米兰的时候，本就该一直住在这儿。"

"房间装饰得很怪。不过还是个好房间。"

"不道德行为是件奇怪的事，"凯瑟琳说。"经营这种行业的人好像趣味并不低。红色长毛绒真好。要的正是这样的装饰。还有这些镜子也讨人喜欢。"

"你是个可爱的姑娘。"

"倘若早晨在这种房间里醒来时，我不晓得会觉得怎么样。但是果真是个好房间。"我又倒了一杯圣伊斯特菲酒。

"我倒盼望我们可以做件真正不道德的事，"凯瑟琳说。"我们所做的每一件事似乎太天真而太单纯了。我不相信我们做了什么坏事。"

"你是个了不起的姑娘。"

永别了，武器

"我只觉得饿。我饿坏了。"

"你是个又好又单纯的姑娘。关于这一点,除了你以外,从来没有人发觉过。"

"从前我初认识你的时候,我曾经花了一个下午瞎想如果你我一起去加富尔大旅馆,情况会怎么样。"①

"你真太放肆了。这里可不是加富尔。是不?"

"不是。他们不肯接待我们的。"

"他们有一天会接待我们的。不过这就是你我不同的地方,亲爱的。我从来什么都不想。"

"你真的一点都没想过吗?"

"有一点,"她说。

"哦,你是个可爱的姑娘。"

我又斟了一杯酒。

"我是个很单纯的姑娘,"凯瑟琳说。

"起初我不这么想。我以为你是个疯疯癫癫的姑娘哩。"

"我过去是有点疯。不过我发的疯并不复杂。我没有把你搞糊涂,对吧,亲爱的?"

"酒真了不起,"我说。"酒叫你忘掉一切坏事。"

"酒很可爱,"凯瑟琳说。"但是我父亲却因此得了很厉害的痛风。"

"你父亲还在吗?"

"还在,"凯瑟琳说。"他患痛风。你可以不见他。你父亲

---

① 关于瞎想这一段,详见本书第7章。加富尔是米兰最高贵的旅馆之一,不招待普通尉级军官。

还在吗?"

"不在了,"我说。"我有个继父。"

"我会喜欢他的吗?"

"你也可以不见他。"

"我们的生活真美满,"凯瑟琳说。"我现在对于别的都没有兴趣了。我已经很幸福地与你结了婚。"

侍者进来把食具端走。过了一会儿,我们静了下来,听得见外面的雨声。楼下街上有部汽车的喇叭声。我说:

"但我随时都听见在我背后
时间之车张着翅膀匆匆逼近。"

"我知道这首诗,"凯瑟琳说。"是马韦尔①写的。但它是讲一个姑娘不情愿同个男人住在一起。"

我觉得头脑很冷静清楚,我还要谈谈正经事。

"你上哪儿去生孩子呢?"

"我还不知道。我尽可能找个好地方。"

"你怎样安排呢?"

"还是尽我的力量吧。不要发愁,亲爱的。说不定战争结束以前我们要生好几个孩子呢。"

"走的时间快到了。"

"我知道。你要它时间到时间就到。"

---

① 安德鲁·马韦尔(1621—1678)为英国诗人,上面这两行引自他的脍炙人口的爱情诗《致我的腼腆的情人》。

永别了,武器

"不要。"

"那么你就不要发愁,亲爱的。在这以前你还好好的,现在又发愁了。"

"我不愁,你多久写封信?"

"每天写。人家检查你的信件吗?"

"他们的英文不行,让他们看也没有什么关系。"

"我要把信写得很混乱,"凯瑟琳说。

"可别太混乱了。"

"稍微乱一点就行了。"

"恐怕我们得出发了。"

"好的,亲爱的。"

"我舍不得离开我们这好好的家。"

"我也是。"

"不过我们得走了。"

"好的。可惜我们在这儿住家不长久。"

"我们将来会的。"

"你回来时,我一定有个好好的家在等着你。"

"也许我就回来。"

"也许你脚上会受一个小小的伤。"

"或是耳垂上一个小伤。"

"不,我希望你的耳朵保持原样。"

"我的脚呢?"

"你的脚早已受过伤了。"

"我们得走了,亲爱的。真的。"

"好。你先走。"

第二十四章

我们步行下楼,不乘电梯。楼梯上的地毯已经破烂了。晚餐送上来时我已经付了餐费,但那个端菜的侍者这时却守在大门边的椅子上。他跳起身来,鞠了个躬,我就跟着他走进一间小房间,付清了房钱。旅馆经理还记得我是他的朋友,拒绝我先付钱,不过他走时又记得打发一名侍者守在门口,防我不付账就溜。我看这种事有过的;连经理的朋友都靠不住。战争时期朋友实在太多了。

我叫侍者去叫一部马车,他从我手里接过凯瑟琳的包裹,撑了一把雨伞走出去。我们从窗口看见他冒雨过街。我们站在那间小房间里望着窗外。

"你觉得怎么样,凯瑟琳?"

"想睡觉。"

"我觉得空虚饥饿。"

"吃的东西你有没有?"

"有,在我的野战背包里。"

我看见马车来了。车子停下,马的头在雨中低垂着,侍者下了车,打开伞,走回旅馆来。我们在大门口迎上他,在雨伞下顺着给打湿的走道走，上了路石边的马车。水在明沟里流着。

"你们的包裹在座位上，"侍者说。他打着雨伞站着，等待我们上了车付了小账。

"多谢多谢。一路愉快，"他说。赶车的一拉起缰，马就走了。撑着雨伞的侍者也就转身回旅馆。我们沿街赶车，向左转弯，然后再朝右拐，到了火车站前面。灯光下站着两名宪兵，站在雨刚刚打不到的地方。灯光映照着他们的帽子。在车站灯光下，雨丝清晰透明。有名搬行李的工人从车站的拱廊下走出来，他拱着肩膀迎着雨。

"不用，"我说。"谢谢，用不着你。"

他又回到拱廊下去躲雨。我转向凯瑟琳。她的脸在车盖的暗影中。

"我们不如就在这里告别吧。"

"我不能进去吗？"

"不行。"

"再会，凯特。"

"你把医院的地址告诉他吧？"

"好的。"

我把地址告诉了赶车的。他点点头。

"再会，"我说。"保重自己和小凯瑟琳。"

"再会，亲爱的。"

"再会，"我说。我踏进雨中，车子走了。凯瑟琳探出头来，我看见她在灯光下的脸。她笑一笑，挥挥手。马车顺着街道驶去，凯瑟琳指指拱廊。我顺着她的手望去，只望见那两名宪兵和那拱廊。原来她要我走到里边去躲雨。我走了进去，站着观望马车转弯。随后我穿过车站，走下跑道去找火车。

医院的门房正在月台上等我。我跟着他上车，挤过人群，顺着车厢中的通道走，穿过一道门，看见那机枪手正坐在一个单间的一角，单间里坐满了人。我的背包和野战背包就摆在他头顶上的行李架上。通廊上站着许多人，我们进去时，单间中的人都看着我们。车里的座位不够，人人板起敌意的脸。机枪手站起来让我坐。有人拍拍我的肩膀。我回头一看。原来是个瘦削而个子很高的炮兵上尉，下巴上有一条红色的伤疤。他刚才从通廊的玻璃窗外朝里看了看，然后才走进来。

"你怎么说？"我问。我转身面对着他。他个子比我高，他的脸在帽舌的暗影下显得很瘦削，伤疤又新又亮。单间里的每个人都在望着我。

"你这样不行呀，"他说。"你不可以叫个士兵替你占座位。"

"我已经这么做了。"

他咽了一口口水，我看见他的喉结一上一下。机枪手站在座位前。通廊上的其他人从玻璃窗外望进来。单间里的人都没有说什么。

"你没有这种权利。我比你早两个钟头就来了。"

"那你要的是什么呢？"

"座位。"

"我也要。"

我注视着他的脸，感觉到单间里的人都反对我。我也不怪他们。他有理。但是我要座位。还是没人作声。

哼，真见鬼，我想道。

"坐下吧，上尉先生，"我说。机枪手一让开身，高个子上尉便坐了下去。他望望我。他的脸好像挨了一下似的。不过他座位总算有了。"把我的东西拿下来。"我对机枪手说。我们走到通廊上。列车满了，我知道再也找不到座位了。我给医院门房和机枪手每人十里拉。他们沿着通廊走去，到了外边月台上，还朝各车窗内张望，但是找不到座位。

"到了布里西亚或许有人下车，"门房说。

"到了布里西亚上来的人更多，"机枪手说。我和他们告别，我们握握手，于是他们走了。他们俩都觉得怪不好意思。在车上，大家都站在通廊上，车子开了。列车开出站去，我看着车站的灯光和车场。外边还在下雨，不一会，玻璃窗湿了，外面的景物看不见了。后来我睡在通廊的地板上；睡前先把藏着金钱和证件的皮夹子塞在衬衫和裤子内，使它搁在马裤的裤腿内。我整夜睡觉，到了布里西亚和维罗那，都有更多的人上车，我醒一醒又睡着了。我的头枕着一只野战背包，双手抱着另一只，同时又摸得着我的背包，所以尽管让人家跨过我的身体，只要不踩着我。通廊地板上到处躺着人。有些人站着，扳住了窗上的铁杆子，或者靠在门上。这班车子总是拥挤的。

第三部

第二十五章

现在到了秋天,叶落树空,道路泥泞。我从乌迪内乘军用卡车上哥里察。我们沿途遇到旁的军用卡车,我望望乡间景色。桑树已秃,田野一片褐色。路边一排排光秃的树木,路上布满着湿的落叶,有人在修路,正从路边树木间堆积的碎石堆里,搬石头来填补车辙。我们看见哥里察城罩着雾,那雾把高山峻岭也遮断了。我们渡河的时候,我发觉河水在高涨。这是因为高山间下雨的缘故。我们进了城,经过一些工厂,接着便是房屋和别墅,我看到又有许多房屋中了炮弹。我们在一条狭窄的街上驶过一部英国红十字会救护车。那司机戴着帽子,脸孔瘦削,晒得黑黑的。我不认得他。我在大广场上镇长的屋前下了卡车,司机把背包递给我,我背在身上,再加上两只野战背包,就朝我们的别墅走去。没有回到家的感觉。

我在潮湿的沙砾车路上走,从树木缝隙间望望别墅。所有的窗子都关闭着,只有大门开着。我走进去,发现少校坐在桌子边,房中孑然无物,墙上挂着地图和打字机打的布告。

"哈啰,"他说。"你好?"他样子苍老了一点,干瘪了一点。

"我很好,"我说。"这里情况怎么样?"

"没事了,"他说。"你把行李放下来,坐一坐。"我把背包和两只野战包搁在地板上,我的帽子摆在背包上。我从墙边拉过另外一张椅子来,在他桌边坐下。

"今年夏天很不好,"少校说。"你现在身体健壮了吧?"

"健壮了。"

"你可曾受勋了?"

"受了。我稳稳妥妥收到了。非常感谢你。"

"我们来看一看。"

我拉开披肩,让他看那两条勋表。

"你还收到用匣子装的勋章吗?"

"没有。单收到了证书。"

"匣子以后会来的。得费一点时间。"

"关于我的工作,你有什么吩咐?"

"车子都开走了。有六部在北方的卡波雷多。你熟悉卡波雷多吧?"

"熟悉,"我说。我记得那是一座白色的小城镇,在一个山谷里,城里有一座钟楼。倒是个干干净净的小城,广场上有个出色的喷水池。

"他们以那地方做根据地。现在有好多病员。战斗倒是结束了。"

"其余的车子在哪儿?"

"山里边有两部,四部还在培恩西柴高原。其余两个救护车队在卡索高原,跟第三军在一起。"

"你要我做什么呢?"

"要是你愿意的话,你可以上培恩西柴去接管那四部救护车。吉诺在那儿好久了。你没上那儿去过吧?"

"没有。"

"夏天的战斗很不好。我们损失了三部车子。"

"我听说过了。"

"对啦,雷那蒂给你写过信。"

"雷那蒂在哪儿?"

"他在这儿医院里。他忙了整个夏天和秋天。"

"我相信是忙的。"

"夏天的情况很不好,"少校说。"糟得你不会相信。我常常在想,你那次中弹还算是你运气好。"

"我知道我是幸运的。"

"明年情况还要糟,"少校说。"也许他们现在就要进攻。他们说是要进攻,我倒不相信。现在季节已经太迟了。你来时看见河水吗?"

"看见啦。已经涨高了。"

"现在雨季一开始,我不相信他们还会进攻。这儿不久就要下雨了。贵国同胞怎么样?除了你以外,还有旁的美国人要来吗?"

"他们正在训练一支一千万的大军。"

"我希望他们调派一部分到这边来。但是法国人一定会把他们抢个光的。我们一个人都分不到。好吧。你今天夜里在这儿睡,明天开那部小汽车出去,调吉诺回来。我打发个认得路的人陪你一起去。吉诺会把一切告诉你的。他们近来还有一点炮轰,不过战斗已经过去了。你看见培恩西柴高原一定会喜欢的。"

"难得有这机会。少校长官,能够回来再和你在一起,我心里高兴。"

他笑了一笑。"亏你说得这么好。我对于这场战争已经很厌倦了。要是我离开这里的话,我是不想回来的。"

"糟到这个地步吗?"

"是这么糟。实在还要更糟。你去洗一洗,找你的朋友雷那蒂去吧。"

我走出来,把背包背上楼。雷那蒂不在房间里,他的东西可都在。我便在床上坐下,解开绑腿,脱掉右脚的鞋子。随后我躺倒在床上,我身子疲乏,右脚又疼。不过这样子只脱一只鞋子躺在床上,未免滑稽,于是我坐起来,解开另一只鞋子的鞋带,让鞋子掉在地上,身子又往毯子上一倒。因为关着窗子,房里闷不透气,但是我太疲乏了,不愿意再起来开窗。我看见我的东西堆在一个角落里。外面天渐渐黑了。我躺在床上想凯瑟琳,等着雷那蒂回来。我本想,除了夜里临睡以前,再也不去想她。无奈我现在很累,没事可做,只好躺着想想她。我还在想她的时候,雷那蒂进来了。他还是老样子。也许稍微瘦一点。

"啊,乖乖,"他说。我在床上坐起身。他跑过来,坐下,伸出一臂抱住我。"好乖乖。"他用力拍拍我的背,我抱住他的双臂。

"老乖乖,"他说。"让我看看你的膝头。"

"那我得脱下裤子。"

"那就脱好了,乖乖。我们这里都是熟人。我想看看他们的治疗功夫。"我站起身,解下裤子,拉开护膝。雷那蒂坐在地板上,把我的膝头轻轻来回弯动。他用手指沿着伤疤摸下去;用他双手的拇指一齐按在膝盖骨上,用其余的手指轻轻地摇摇膝盖。

"你的关节联接只到这个地步吗?"

"是的。"

"这样子就送你回来,真罪过。他们应该等到关节联接完全恢复。"

"这比以前好多了。本来硬得像木板一样。"

雷那蒂把它再往下弯。我注视着他的双手。他有一双外科医师的好手。我看他的头顶,头发光亮,头路挑得分明。他把膝头弯得太下了。

"嗳哟!"我说。

"你应当多做几次机械治疗,"雷那蒂说。

"比以前是好一点。"

"这我看得出,乖乖。这方面我比你知道得多。"他站起身,坐在床沿上。"膝盖本身的手术很不错。"膝盖他已经看好了。"把一切都告诉我。"

"没有什么可说的,"我说。"我过得安安静静。"

"你这样子可像是个结了婚的人,"他说。"你怎么啦?"

"没什么,"我说。"你怎么啦?"

"这战争可把我折磨死了,"雷那蒂说,"我给它弄得郁郁不乐。"他双手抱着他的膝盖。

"哦,"我说。

"怎么啦?难道我连人的冲动都不应当有吗?"

"不应当有。我看得出你日子过得很好。告诉我。"

"整个夏季和秋季我都在动手术。我时时都在工作。人家的事我都拿来做。他们把难的手术都留给我。天主啊,乖乖,我变成一个很讨人喜爱的外科医生了。"

"这才像话啦。"

"我从来不思想。天主啊,我不思想;我只是开刀。"

"这才对啦。"

"但是现在,乖乖,工作都完了。我现在不开刀了,就闷得慌。这战争太可怕了,乖乖。你相信我,我这是真话。现在你来了,叫我高兴了。唱片带来了没有?"

"带来了。"

唱片用纸包着,装在我背包中一只纸板匣里。我太累了,懒得去拿。

"难道你自己不好受吗,乖乖?"

"我感觉糟透了。"

"这战争太可怕了,"雷那蒂说。"来吧。我们俩都来喝个醉,鼓起兴致来。然后找什么来解解闷,人就会好过了。"

"我害过黄疸,"我说。"不可以喝醉。"

"哦,乖乖,你回来竟然变成这样一个人。你一回来就一本正经,还有肝病。我告诉你吧,这战争是件坏东西。我们究竟为什么要战争呢?"

"我们喝它一杯吧。我不想喝醉,不过我们可以来一杯。"

雷那蒂走到房间的另一头的洗脸架前,拿回来两只玻璃杯和一瓶科涅克白兰地。

"是奥国货，"他说。"七星白兰地。他们在圣迦伯烈山缴获的就是这些酒。"

"你也上那边去过吗？"

"没有。我什么地方都没有去。我一直在这儿动手术。你瞧，乖乖，这就是你从前的漱口杯。我一直保存了下来，使我想起你。"

"恐怕还是使你不忘记刷牙的吧。"

"不，我有自己的漱口杯。我保存这杯子，为的是提醒我你怎样在早晨想用牙刷刷掉'玫瑰别墅'的气味，一面咒骂，一面吞服阿司匹林，诅咒那些妓女。我每次看到那只杯子，便想起你怎样用牙刷来刷清你的良心。"他走到床边来。"亲我一次，告诉我你并不是真的一本正经。"

"我从来不亲你。你是头人猿。"

"我知道，你是个又好又规矩的盎格鲁-撒克逊小伙子。我知道。你是个悔过的小伙子。我等着看你用牙刷把妓女刷掉吧。"

"在杯子里倒点科涅克白兰地。"

我们碰杯喝酒。雷那蒂对我大笑起来。

"我要把你灌醉，挖出你的肝，换上一只意大利人的好肝，叫你再像个男子汉。"

我拿着杯子再要一些白兰地。外边现在天黑了。我手里拿着一杯白兰地，走过去打开窗子。雨已经停了。外边寒冷一点，树木间有雾。

"别把白兰地倒到窗外去，"雷那蒂说。"你喝不了就倒给我吧。"

"见你的鬼,"我说。又看到雷那蒂,我心中很高兴。他两年来时常笑我逗我,我也无所谓。我们彼此很了解。

"你结了婚吧?"他坐在床上问。我正靠着窗边的墙壁站着。

"还没有。"

"你闹恋爱吧?"

"是的。"

"就是那个英国姑娘?"

"是的。"

"可怜的乖乖。她待你好吗?"

"当然好。"

"我的意思是说,她的实际功夫怎么样?"

"闭嘴。"

"我还是要说。你会明白,我是个非常慎重婉转的人。她可——?"

"雷宁,"我说。"请你闭住嘴。要是你想做我朋友的话,就闭嘴吧。"

"我倒不想做你的朋友,乖乖。我正是你的朋友啊。"

"那么就闭嘴吧。"

"好的。"

我走到床边去,在他身边坐下。他手里拿着杯子,眼睛望着地板。

"你明白吗,雷宁?"

"哦,明白了。我一辈子碰到许多神圣禁忌的事。你身上倒是很少有的。现在大概连你也有神圣不可侵犯的事了。"他望着地板。

"你自己一个禁忌都没有吗?"

"没有。"

"一个都没有?"

"没有。"

"我可以随便乱说你母亲或你的姐妹吗?"

"还可以乱说你那位'姐妹'①啊,"雷那蒂抢着说。我们两人都笑起来。

"还是那老超人的本色,"我说。

"或许是我妒忌吧,"他说。

"不,你不会的。"

"我不是那个意思。我是讲别的。你有没有结了婚的朋友?"

"有,"我说。

"我可没有,"雷那蒂说。"除非是人家夫妇彼此不相爱的。"

"为什么?"

"他们不喜欢我。"

"为什么?"

"我是那条蛇。我是那条理智的蛇。"

"你搞错了。苹果才是理智。②"

"不,是那条蛇。"他愉快一点了。

---

① 姐妹在这里是双关语,西方习俗称护士为姐妹。
② 指亚当和夏娃受蛇(撒旦)的引诱,吃了苹果(分别善恶的果子)而失乐园的故事。详见《圣经·创世记》第3章。这里的理智或可译为智慧。

永别了,武器 | 191

"你的思想不要太深刻,人就好一点,"我说。

"我真爱你,乖乖,"他说。"等我当了意大利的伟大思想家,你再来拆穿我吧。但是我知道许多事情,我还说不出来。我知道得比你多。"

"对。你知道得多。"

"但是你还是可以过比较好的日子的。你就是后悔,也还可以过好一点的日子。"

"不见得吧。"

"哦,是这样的。这是真话。我已经只在工作时才感到快乐。"他又瞅着地板。

"你再过一阵子就不这样想了。"

"不会的。工作以外我只喜欢两件事:一件事对我的工作有妨碍,另一件一做就完,或是半小时,或是一刻钟。有时时间还要少一点。"

"有时还要少得多吧。"

"或许我进步了,乖乖。你哪里知道。但是我现在只有这两件事和我的工作。"

"你还会有别的兴趣的。"

"不。我们从来不会有任何别的。我们生下来有什么就是什么,从来学不会别的。我们从来不吸收任何新的东西。我们一生下来就是这个样子。你不是拉丁人,真应当高兴哩。"

"哪里有什么拉丁人。那只是'拉丁'式的思想。你对于你的缺点太得意扬扬了,"我说。雷那蒂抬起头来大笑。

"我们就住口吧,乖乖。想得太多,我累了。"他进房间时就看上去很疲乏了。"快到吃饭的时间了。你回来我心中欢喜。你是我最好的朋友和战友。"

"战友们什么时候吃饭?"我问。

"马上就吃。我们再喝一杯,为了你那只肝。"

"像圣保罗那样。"

"你搞错了。那原是讲酒和胃。因为你胃口的关系,可以稍微用点酒。①"

"不管你瓶子里是水是酒,"我说。"也不管你说喝的目的是为什么。"

"敬你的爱人,"雷那蒂说。他擎起杯子来。

"好。"

"关于她,我决不再说一句脏话。"

"不要过于勉强。"

他把科涅克白兰地喝光。"我是纯洁的,"他说。"我像你一样,乖乖。我也去找个英国姑娘。事实上你那姑娘,我认识她比你还早,只是对我来说,她长得太高了。长得高大的女郎就做个妹妹,"他引用了一个典故。②

"你有颗纯洁可爱的心,"我说。

"可不是吗?所以他们叫我最最纯洁的雷那蒂。"

"最最肮脏的雷那蒂。"

"走吧,乖乖,趁我心思还纯洁的时候,我们就下去吃

---

① 保罗是早期基督教最重要的使徒之一,曾到犹太国以外的诸外邦去传教。这里引的话见《圣经·提摩太前书》第5章第23节:"因你胃口不清,屡次患病,再不要照常喝水,可以稍微用点酒。"

② 《圣经·创世记》第12章10到20节写亚伯拉罕因饥荒避难埃及,怕埃及人垂涎他的美貌妻子撒莱,因而杀他,便谎称她是他的妹妹。如果他的确是引用这个典故,那么"高大"或可译为"硕美"。

饭吧。"

我洗了脸,梳了头,同他一起下楼。雷那蒂有点醉了。到我们吃饭的屋子里时,饭还没烧好。

"我去把酒瓶拿来,"雷那蒂说。他上楼去了。我坐在饭桌边,他拿了酒瓶回来,给我们每人倒了半杯科涅克白兰地。

"太多了,"我说,拿起玻璃杯,对着饭桌上的灯照照。

"空肚子不算多。酒是件奇妙的东西。会把你的胃全部烧坏。这对你再有害没有了。"

"对啊。"

"一天天自我毁灭,"雷那蒂说。"酒伤害你的胃,叫你的手颤抖。这对外科医生再好也没有了。"

"你推荐这方子。"

"全心全意。我只用这方子。喝下去,乖乖,等着生病好啦。"

我喝了半杯。我听得见勤务兵在走廊上喊道:"汤!汤好了!"

少校走进来,向我们点点头,坐下。坐在饭桌边,他显得个子很小。

"只有我们这几个人吗?"他问。勤务兵把盛汤的大碗放下,他就舀了一盘子汤。

"人是到齐了,"雷那蒂说。"除非教士也来。他要是知道费德里科在这儿的话,一定会来。"

"他现在在哪儿?"

"在307阵地,"少校说。他正忙着喝汤。他揩揩嘴,小心地揩揩他那上翘的灰色小胡子。"他大概会来的吧。我打过电话，叫人家传话给他，说你回来了。"

"饭堂可惜不像从前那么热闹了，"我说。

"是的，现在安静了，"少校说。

"我来闹闹吧，"雷那蒂说。

"喝点酒吧，恩里科，"少校说。他给我的杯子倒满了酒。意大利实心面端进来了，大家都忙着吃。大家快吃完面时，教士才来。他还是那老样子，身材瘦小，皮肤黄褐色，看上去很结实。我站起身来，我们握手。他把手搭在我肩膀上。

"我一听说你来了就赶回来，"他说。

"坐下吧，"少校说。"你迟到了。"

"晚安，教士，"雷那蒂说，教士这两字是用英语说的。从前有个专门逗教士的上尉，会讲一点英语，他们就学他的。"晚安，雷那蒂，"教士说。勤务兵端汤给他，但是他说，就先吃实心面好了。

"你好？"他问我。

"好，"我说。"近来情况怎么样？"

"喝一点酒吧，教士，"雷那蒂说。"为了你的胃口，稍微用一点酒。这是圣保罗的教导，你知道。"

"是的，我知道，"教士有礼貌地说。雷那蒂倒了一杯酒。

"圣保罗那家伙，"雷那蒂说。"弄出这一切麻烦来的都是他。"教士望望我，笑笑。我看得出这样逗他，现在他也无所谓了。

"圣保罗那家伙，"雷那蒂说。"他本是个一再犯罪的坏蛋，是个迫害教会的人，后来没有劲头了，就说这也不行那也不行。① 他搞完了才制定了许多清规戒律，限制我们这些劲头正足的人。这话可不是真的，费德里科？"

少校笑笑。我们正在吃炖肉。

"天黑以后，我照例不谈论圣徒，"我说。吃炖肉的教士抬起头来对我笑笑。

"他也跑到教士那边去了，"雷那蒂说。"从前那些专门逗教士的能手哪儿去了？卡伐堪蒂呢？勃隆恩蒂呢？西撒莱呢？难道全没帮手，非叫我一个人单独来逗他？"

"他是个好教士，"少校说。

"他是个好教士，"雷那蒂说。"但是教士还是教士。我想恢复以前饭堂的热闹。我要费德里科心里高兴。见鬼去吧，教士！"

我注意到少校在盯着他，发觉他已醉了。他的瘦脸很苍白。衬着他那苍白的前额，他的头发显得黑黑的。

"没关系，雷那蒂，"教士说。"没关系。"

"你见鬼去，"雷那蒂说。"这该死的一切都见鬼去。"他往后靠在椅背上。

"他工作过分紧张，人太累了，"少校对我说。他吃完了肉，用一片面包蘸着肉汁吃。

"该死，我才无所谓哪，"雷那蒂对着桌边的众人说。"这一切都见鬼去。"他狠狠地瞪着全桌上的人，眼神呆滞，脸色苍白。

"好的，"我说。"这该死的一切都见鬼去。"

---

① 关于保罗皈依基督教的事迹，详见《圣经·使徒行传》第9章第1到9节。

"不，不，"雷那蒂说。"你不行。你不行。我说你不行。你因为又气闷又空虚，才会这样子，没有旁的意思。我告诉你，没有旁的意思。一点都没有。我知道，我一停止工作就会这样子。"

教士摇摇头。勤务兵把盛肉的大盘子端走。

"你为什么吃肉？"雷那蒂转对教士说。"你岂不知道今天是星期五吗？①"

"今天是礼拜四，"教士说。

"你撒谎。今天是星期五。你在吃我们的主的身体。那是天主的肉。我知道。那是战死的奥国鬼子的肉。你在吃的就是这东西。"

"白肉②是军官的肉，"我说，凑着把那老笑话讲完。

雷那蒂大笑。他倒了一杯酒。

"你们不必认真，"他说。"我只是有点儿疯罢了。"

"你应该休假一下，"教士说。

少校连忙对着教士摇头。雷那蒂瞅着教士。

"照你想，我应该休假一下？"

少校又对教士摇头。雷那蒂眼睁睁地望着教士。

"随你的便，"教士说。"你不喜欢，不休假也行。"

"你见鬼去，"雷那蒂说。"他们想撵走我。每天夜晚他们都想撵走我。我把他们打退了。我就是得了那个，又算什么。人人都得的。全世界都得了。起初，"他改用演讲者的口

---

① 天主教徒星期五守斋。
② 白肉指鸡等禽类的背部和胸膛等处的肉，煮熟后颜色较淡。

气说,"是一颗小小的脓疱。随后我们注意到两个肩膀间发出皮疹。这以后症状都没有了。我们只相信用水银来治疗。"

"或者用洒尔佛散①,"少校安静地补上一句。

"一种汞制剂,"雷那蒂说。现在他的谈吐趾高气扬。"我还知道一种药,比那个要好上两倍。好教士啊,"他说。"你永远不会染上的。乖乖都会染上。这病是一种工业事故。只是一种工业事故罢了。"

勤务兵把甜点和咖啡端了进来。甜点是一种黑面包布丁,上边浇了一层厚厚的甜酱。油灯在冒烟;黑烟在灯罩内差一点冒到顶。

"拿两支蜡烛来,把灯端走,"少校说。勤务兵点了两支蜡烛放在两个碟子上端进来,把灯拿出去吹灭了。雷那蒂现在安静下来了。看他样子还好。我们谈着话,喝了咖啡后,大家走到门廊上。

"你要跟教士谈话。我得进城去,"雷那蒂说。"晚安,教士。"

"晚安,雷那蒂,"教士说。

"回头见,弗雷迪,"雷那蒂说。

"回头见,"我说。"早点回来。"他做了个鬼脸,走出门去了。少校和我们还一起站着。"他很疲乏,工作又过度,"他说。"他自以为也得了梅毒。我不相信,但是可能他果真得了也不一定。他现在自己在治。晚安。你天亮以前就走吧,恩里科?"

---

① 俗名六〇六,为当时治梅毒的特效药。

"是的。"

"那么再会啦,"他说。"祝你运气好。柏图齐会来喊醒你,陪你一起去的。"

"再会,少校长官。"

"再会。他们说奥军要发动进攻,我可不相信。我希望不至于是事实吧。不管来攻不来攻,不会打这儿攻进来的。吉诺会告诉你一切的。电话现在通了。"

"我会经常打电话来。"

"就请你经常打来吧。晚安。别让雷那蒂喝那么多白兰地。"

"我想法子不让他喝那么多。"

"晚安,教士。"

"晚安,少校长官。"

他到他的办公室去了。

第二十六章

我走到门口朝外望望。雨停了,可是还有雾。

"我们上楼吧?"我问那教士。

"我只能待一会儿。"

"还是上去吧。"

我们上楼,走进我的房间。我躺在雷那蒂床上。教士坐在勤务兵给我架好的行军床上。房间里黑黑的。

"嗯,"他说,"你近况到底怎么样?"

"我还好。只是我今晚人累了。"

"我也累,可是没有原因。"

"战事怎么样?"

"依我看,不久就要结束。我也说不出个道理来,只是有这种感觉。"

"你怎样感觉到的?"

"你不看见你们那位少校吗?变得温和了吧?现在有许多人都变了。"

"这我也感觉到了,"我说。

"今年的夏天真可怕,"教士说。他现在比我从前离开他时更有自信心了。"说给你听,你也不会相信。除非你身历其境,才会明白。到了今年夏天,许多人才明白什么是战争。有些军官,我本以为永远不会明白的,现在也觉悟了。"

"将要发生什么呢?"我用手抚摸着毯子。

"我不知道,但是照我想,不可能再拖下去了。"

"将要发生什么呢?"

"他们会停止战斗。"

"谁?"

"双方。"

"我倒盼望是这样子,"我说。

"你不相信?"

"我不相信双方会立刻都停战。"

"那是不会的。那是希望得过分了。但是我看见人们在改变,就认为战事拖不久了。"

"今年夏天谁打了胜仗?"

"谁也没打胜。"

"奥军打胜了,"我说。"他们守住了圣迦伯烈山。他们打了胜仗。他们不会停战的。"

"要是他们的感觉和我们一样,他们或许会停战的。他们和我们有同样的经历。"

"打胜仗的人是从来不肯停手的。"

"你叫我泄气。"

"我只能心里想什么就说什么。"

"那么你以为战争会一直拖下去?不会发生一点变化?"

"我不知道。我只是想,倘若奥军已经打了一场胜仗,他们一定不肯住手。我们要吃了败仗才会变成基督徒。"

"奥国人也是基督徒——除了波斯尼亚人不算①。"

"我的意思不是一般宗教的分类。我是说像我们的主耶稣那么温柔和平。"

他不说什么。

"我们吃了败仗,现在人都变得温和一点了。我们的主怎么样呢,要是彼得在花园里搭救了他呢?"

"他一定还是现在这样子。"②

"那也说不定,"我说。

"你叫我泄气,"他说。"我相信准会起变化的,并且为这做了祷告。我本来感到就快起变化了。"

"很可能有什么事会发生,"我说。"不过要发生,只能发生在我们这一边。倘若他们和我们有同感,那就好了。但是他们已经打败了我们。他们自然另有一种想法。"

"许多士兵一向就有这种想法。这倒不是因为他们吃了败仗。"

"士兵们一上来就给打败了。人家把他们从农场上征来当兵,这一下他们就吃了败仗。农民有智慧,原因就在于农民一开头就吃了败仗。你叫农民掌握政权看看,瞧他是不是富有智慧。"

他不说什么。他正在想。

---

① 这里所讲的基督教是广义的,也包括天主教。波斯尼亚(现属南斯拉夫)的居民是斯拉夫民族,多信奉回教,因为过去属于土耳其帝国。
② 耶稣在被捕的那晚,曾同门徒彼得等在客西马尼园祷告。就捕时彼得拔刀抵抗,为耶稣所斥责。详见《圣经·马太福音》第26章。

"现在弄得我也闷得要命,"我说。"我从来不愿意想起这些事,原因就在这里。我从来不思想,可是一谈起来,就会把心中的感想不假思索地脱口说出来。"

"我本来在盼着会发生什么事。"

"吃败仗?"

"不是。比较好一点的。"

"没有什么好一点的。除非是胜利。胜利也许会更糟。"

"我盼望胜利已经好久啦。"

"我也是。"

"现在就难说了。"

"非胜即败。"

"我再也不相信什么胜利了。"

"我也不相信。但是我对战败也不相信。虽则战败可能会好一些。"

"那你相信什么呢?"

"睡觉,"我说。他站起身来。

"很对不起,我在这儿呆得太久了。可我很欢喜跟你谈谈。"

"能够再聚在一起谈谈,是很愉快的。我方才说睡觉,没有什么意思。"

我们站起来,在黑暗中握握手。

"我现在睡在307阵地,"他说。

"我明儿一早就上救护站。"

"等你回来再来看你。"

"等我回来,我们一同出去散散步,谈谈。"我陪他走向门口。

"别下来,"他说。"你回来真好。虽然对你本人不见得怎么好。"他把手搭在我的肩上。

"我回来也无所谓,"我说。"晚安。"

"晚安。再见!"

"再见!"我说。我瞌睡得要命了。

第二十七章

雷那蒂进来时我醒过来，但是他不讲话，我就又睡着了。第二天天亮前，我就穿上衣服走了。我走时他并没有醒。

我没到过培恩西柴高原，这时走过河对面我从前受伤的地方，走上从前奥军所盘踞的山坡，心中有一种奇异的感觉。那边现在新铺有一条险峻的山路，还有许多军用卡车。再过去路平坦下来，我望见雾中的树林和峻岭。那些树林一下子被占领了，所以没多大毁伤。再往前走，路没有了山丘的掩护，所以路两边和顶上都搭有席子，作为遮蔽。路的尽头是一个已经毁坏了的村子。村子过去一点的高处，就是前线。附近有许多大炮。村子里的房屋被破坏得很厉害，不过组织工作做得很好，到处有指路标。我们找到了吉诺，他给我们喝点咖啡，然后带我去见了几个人，看了那些救护站。吉诺说英国救护车在培恩西柴高原上还要过去一点的拉夫涅工作。他很佩服英国人。他说，炮轰有时还有，不过伤人不多。现在雨季一开始，病人要多起来。奥军据说要发动进攻，可他不相信。我们据说也要发动进攻，但是新来的部队并没有调来，所以所谓进攻恐怕也是谈谈罢了。这里吃的东西少，他很希望能回到哥里察去饱餐一顿。昨天晚饭我吃什么？我告诉了他，他说太好了。给他印象最深的是甜点心。我只说是一客甜点心，没有详细说明，他以为是什么考究的精品，想不到只是面包布丁。

我可知道他要给调到哪里去？我说我不知道，不过其他的救护车中有一些正在卡波雷多。他倒希望上那儿去。那是个很好的小镇，他特别喜欢镇后那座耸入云霄的高山。吉诺是个好小伙，人人好像都喜欢他。他说战斗打得最惨的地方是在圣迦伯烈山，还有伦姆外围的进攻，搞得太糟了。他说在我们前边和上边的特尔诺伐山脉，奥军在树林里布置了好些大炮，夜里常常狠狠地轰击我们的道路。特别刺激他神经的是敌人的海军炮队。这种炮，你只消看到它那种直射的弹道就认得出。先是砰的开炮声，随即就是炮弹的一阵子尖叫。他们往往是双炮齐发，一门紧挨着一门，炸裂的弹片特别大。他拿了一片给我看，那是块锯齿形的边缘较平整的铁片，有一英尺多长。看起来就像巴比特合金①。

"我想这种炮弹并不十分有效，"吉诺说。"但是把我可吓坏了。那声响就好像在对着你冲来似的。先是砰的一声，随即是尖锐的啸声和爆炸。如果一听就叫人吓得半死，那么即使没有受伤，又有什么用呢？"

他说对面敌军阵地中现在有克罗地亚人，还有些马扎尔人②。我们的部队还在进攻的阵地里。倘若奥军来进攻的话，我们这边既没有电话，又没有地方可以退守。高原上突出来的

---

① 巴比特合金是种以锡、锑、铜等炼成的合金。巴比特是发明人的姓氏。
② 马扎尔人为匈牙利的主要民族。克罗地亚人是当时奥匈帝国境内的一种斯拉夫族人。克罗地亚现归南斯拉夫。

那一排低低的山丘，本来是防守的好阵地，但是我们并没有组织利用这个天然险要。我对培恩西柴高原究竟有怎样的看法？

我本以为它还要平坦点，更像个高原。想不到这地方竟是这样高低不平的。

"高地上的平原，"吉诺说，"但其实并没有平原。"

我们回到他住的地方，一幢房子的地窖。我说，我原以为一道山顶较平坦而有一定深度的山脉，比一系列的小山防守起来要容易而稳当。上山进攻并不比在平地上打困难，我说。"那就要看是哪种山了，"他说。"你瞧瞧圣迦伯烈山。"

"不错，"我说，"但是难就难在山顶是平坦的。人家攻上山顶是相当容易的。"

"不见得十分容易吧，"他说。

"是的，"我说，"但是圣迦伯烈山是特别的，因为与其说它是山，不如说它是座要塞。奥军在那儿做防御工事已经多年了。"我的意思是，从战术上来讲，凡是某种运动性的战争，以一系列的山当作一条战线是无法守住的，因为那太容易受敌人的包抄了。你该有可能机动的余地，而一座山是不太能机动的。况且，从山上向下射击，总是会射过头的。倘若左右翼被包抄了，最高峰上的精兵也就完了。我不相信在山上打仗能解决什么问题。关于这一点，我曾经想了又想，我说。你抢去一座山，我夺来一座山，但是要认真打仗的话，大家还得先下山来。

"倘若有的国家拿山做国境线，那怎么办呢？"他问。

"这我还没想出法子来，"我说，两人都笑起来。"但是，"我说，"在从前，奥军总是在维罗那周围那块四方平原

永别了，武器 | 207

上遭到打击的。人家让他们下到平原，然后迎头痛击。"

"是的，"吉诺说。"但是那些人是法国人，你在别人的国土上打仗，军事问题就可以干净利落地予以解决。"

"是的，"我同意道，"倘若是你自己的国土，干起来可不能那么科学化。"

"俄国人可搞成过，叫拿破仑跌入陷阱。"

"是的，但是人家国大地方宽。要是你想在意大利这样对付拿破仑，那你只好退到布林迪西①去。"

"那地方糟透了，"吉诺说。"你到过那儿吗？"

"到过，但没有呆过。"

"我是个爱国者，"吉诺说。"可是要我爱布林迪西或是塔兰多②却不可能。"

"你爱不爱培恩西柴高原？"我问。

"这土地是神圣的，"他说。"不过我希望它能多长一点马铃薯。你知道，我们来时，发现了一些奥国佬种下的马铃薯地。"

"这里的食物果真缺乏吗？"

"我总是东西不够吃，不过我虽是个饭量大的人，倒也没有挨过饿。这里的大灶伙食一般。前线部队吃得相当好，但是支援人员就没有那么多东西吃。一定在什么地方出了毛病。食物本该是充足的。"

"一定是黄牛偷到旁的地方去贩卖了。"

---

① 布林迪西是意大利东南端的海港城市，这就是说等于完全自大陆上撤退，只剩下天边海角的一个小小立脚地。
② 另一个港口，就在布林迪西的西面。

"对啦,他们尽量拿充足的食物供应在前线的部队,但是后援人员的伙食可就很缺乏了。弄得后援人员只好把奥军种下的马铃薯和树林里的栗子吃个精光。应当给他们好一点的食物。我们都是饭量大的人。我相信食物本来是一定够的。士兵的伙食不够吃,这很不好。肚子吃不饱,心思就不同,这一点你注意到了没有?"

"我注意到了,"我说。"这样不能打胜仗,却能打败仗。"

"我们不谈败仗吧。谈败仗已谈得够多了。今年夏天的战斗可不能算是徒劳的。"

我一声不响。我每逢听到神圣、光荣、牺牲等字眼和徒劳这一说法,总觉得局促不安。这些字眼我们早已听过,有时还是站在雨中听,站在听觉达不到的地方听,只听到一些大声喊出来的字眼;况且,我们也读过这些字眼,从人们贴在层层旧公告上的新公告上读到过。但是到了现在,我观察了好久,可没看到什么神圣的事,而那些所谓光荣的事,并没有什么光荣,而所谓牺牲,那就像芝加哥的屠场,只不过这里屠宰好的肉不是装进罐头,而是掩埋掉罢了。有许多字眼我现在再也听不进去,到末了,只有地名还保持着尊严。还有某些数字和某些日期也是如此,只有这一些和地名你讲起来才有意义。抽象的名词,像光荣、荣誉、勇敢或神圣,倘若跟具体的名称——例如村庄的名称、路的号数、河名、部队的番号和重大日期等等——放在一起,就简直令人厌恶。吉诺是个爱国者,所以有时他讲的话叫我们彼此之间产生隔阂,但是他人很不错,我也了解他是个爱国者。他生下来就是爱国的。后来他同柏图齐赶着原车回哥里察去了。

那天整天暴风雨。风刮着雨，到处积水，到处泥泞。那些被毁的房屋上的灰泥又灰又湿。快近薄暮时，雨停了，我从第二急救站那儿，望见赤裸而湿淋淋的秋天的原野，山峰顶上有云，路上的席屏湿淋淋地滴着水。太阳在沉落前又露了一次面，映照着山脊后边的光秃的树林。山脊上的树林里，奥军有许多大炮，不过开炮的倒是没有几门。我看着前线附近一幢毁坏的农舍上空突然出现的一团团榴霰弹的烟，轻柔的烟团，中央出现黄白色的闪光。你看见了闪光，然后才听见炮声，看见那个烟团在风中变形而变得稀薄。村屋的瓦砾堆中有许多榴霰弹中的铁弹，急救站那幢破屋子旁边的路上也有，但是那天下午敌人并没向急救站的附近打炮。我们装了两车伤员，在淋湿的席屏遮掩好的路上开着走，残照的余辉从条条席子的空隙中射进来。我们还没走到山后那段露天的路上，太阳下去了。我们在没遮掩的路上朝前驶，正当车子转个弯，由敞开的郊野驶进搭有席子的方形甬道时，雨又下了。

夜里起了风，到清早三时，正当大雨倾盆直泻的当儿，敌军发炮轰击，克罗地亚部队穿越山上的草场和一片片的树林，冲到前线来。他们冒着雨在黑暗中混打一阵，由第二线一批惊慌的士兵发动反攻，才把敌人赶了回去。在雨中开了许多炮，放了许多火箭，全线都响起了机枪声和步枪声。他们没有再来攻，前线比较沉寂了，在一阵阵风雨中，我们听得见北面远远地有猛烈的炮轰声。

伤员到救护站来了，有的由人用担架抬来，有的自己走，有的由人家背着越过田野而来。他们全身湿透，都吓得要命。

我们把担架上的伤员由急救站的地下室抬上来，装满了两部救护车，当我伸手关上第二部车的车门时，我发觉打在脸上的雨已变成雪了。雪花在雨中又猛又快地落下来。

天亮时还在刮狂风，雪倒停了。掉在湿地上的雪已融化，而现在又下起雨来了。天刚亮，敌人又发动一次进攻，但是没有得逞。那天我们整天等待敌人来攻，一直等到太阳下山。在南面，那条有树林的长山岭底下，奥军的大炮集中在那里，又开始炮轰了。我们也等待他们的炮轰，但是并没有来。天黑下来了。村子后边田野上的大炮开起来了，听见炮弹从我们这边往外开，心里倒很舒服。

我们听说敌人进攻南边已失败了。那天夜里他们不再进攻，但是我们又听说，他们在北边突破了我们的阵地。夜里有人传话来叫大家准备撤退。这消息是急救站那个上尉告诉我的。他的消息是从旅部听来的。过了一会儿，他接到电话，说方才的消息是小广播。旅部奉令坚守培恩西柴这条战线，不顾任何变化。我问起关于突破的消息，他说他在旅部听说，奥军突破了第二十七军团阵地，直逼卡波雷多。北边整天有大恶战。

"倘若那批龟儿子真的让他们突破的话，我们就成为瓮中之鳖了，"他说。

"进攻的是德国部队，"一位军医说。一提起德国人，大家谈虎变色。我们不想跟德国人打交道。

"一共有十五师德军，"军医说。"他们已经突破过来，我们就要给切断了。"

"在旅部，他们说这条战线非守住不可。他们说，敌人的突破还不太厉害,我们要守住从马焦莱峰一直横穿山区的新阵地。"

"他们这消息是从哪儿听来的?"

"从师部。"

"叫我们撤退的就是师部来的命令嘛。"

"我们是直属军团的,"我说。"但是在这儿,我受你的指挥。自然,你什么时候叫我走我就走。但是命令是退还是守,总得弄个清楚。"

"命令是留守这地方。你把伤员从这儿运到后送站。"

"有时候我们还把伤员从后送站运到野战医院,"我说。"告诉我,我没见识过撤退——要是果真撤退,这些伤员怎么撤退法呢?"

"没法把伤员全部运走。能运多少就运多少,其余的只好撂下。"

"那么车子装什么呢?"

"医院设备。"

"好的,"我说。

第二天夜里,撤退开始了。我们听说德军和奥军突破了北面的阵地,现在正沿着山谷直冲下来,向西维特尔和乌迪内挺进。撤退倒很有秩序,士兵们身上淋湿,心里愠悻。夜里,我们开着车子在拥挤的路上慢慢地走,越过了冒雨撤离前线的部队、大炮、马儿拖着的车子、骡子和卡车。并不比进兵时更混乱一点。

那天夜里,我们帮助那些野战医院撤退——野战医院就设在高原上那些毁坏最少的村庄里——把伤员运到河床边的普拉伐；第二天一整天，又是冒着雨协助撤退普拉伐的医院和后送站。那天雨下个不停，培恩西柴的部队冒着十月里的秋雨，撤出了高原，渡过了河，经过了那年春天开始打胜仗的地方。第二天中午，我们到了哥里察。雨停了，城里几乎全空了。我们车子开上街时，碰见那个专门招待士兵的窑子正在把姐儿们装进一部卡车。姐儿一共有七个，都戴着帽子，披着外衣，手里提着小提包。其中有两个在哭。有一个对我们笑笑，还伸出舌头来上下播弄。她长着厚嘴唇和黑眼睛。

我停住车，跑过去找那管姐儿的说话。军官窑子的姐儿们当天一早就走了，她说。她们上哪儿去了？到科内利阿诺去了，她说。卡车开动了。那个厚嘴唇的姐儿又对着我们伸出舌头来。管姐儿的挥挥手。那两个姐儿仍旧在哭。其余的则饶有兴趣地望着车外的城镇。我回到了车上。

"我们应当跟她们一同走，"博内罗说。"这样，旅行一定挺有意思。"

"我们的旅行会是愉快的，"我说。

"恐怕是要大吃苦头的吧。"

"我正是这个意思，"我说。我们顺着车道开到别墅前。

"要是碰上有些硬汉爬上车去逼她们硬搞起来，我倒想看看热闹。"

"你看有人会这么做吗？"

"当然啦。第二军中，哪一个不认得这管姐儿的。"

我们到了别墅的门外。

"他们管她叫女修道院院长，"博内罗说。"姐儿们是新来的，但是人人都认得那管姐儿的。她们大概是刚要撤退前才运到的。"

"她们会好好乐一阵子的。"

"我也说她们会好好乐一阵子的。我倒希望可以免费搞她们一下。那妓院的价钱本来就太贵。政府敲诈我们。"

"把车子开出去,叫机工检查一下,"我说。"换一下润滑油,检查一下分速器。装满汽油,然后去睡一会儿。"

"是,中尉长官。"

别墅里空无一人。雷那蒂已经跟着医院撤退了。少校也坐上了小汽车,率领医院人员走了。少校在窗子上留下一张字条,叫我把堆在门廊上的物资装上车,开车到波达诺涅去。机工们早已走光了。我回到汽车间。我到了那儿,其余那两部车子刚开来了,司机们下了车。天又在下雨了。

"我是多么——多么困,从普拉伐到这儿来一共睡着了三次,"皮安尼说。"现在我们怎么办,中尉?"

"我们换换油,涂些机油,装满汽油,然后把车子开到前边,把他们留下的破烂装上。"

"以后我们就出发吗?"

"不,我们先睡三小时。"

"天啊,能睡一睡多好啊,"博内罗说。"我已没法睁开眼睛驾车了。"

"你的车子怎么样,艾莫?"我问。

"没问题。"

"给我一套工作服,我帮你加油。"

"千万不可以,中尉,"艾莫说。"根本没事。你去收拾你自己的东西吧。"

"我的东西都收拾好了,"我说。"我去把他们留下来的东西搬出来吧。车子一弄好,你们就开到前边来。"

他们把车子开到别墅前边来,我们就把堆积在门廊上的医院设备装上车子。装完以后,三部车子排成一行,停在车路上的树底下躲雨。我们走进别墅去。

"到厨房去生个火,把衣服烘烘干,"我说。

"衣服干不干没关系,"皮安尼说。"我只想睡觉。"

"我要睡在少校的床上,"博内罗说。"我要在老头子躺的地方睡个觉。"

"我哪儿睡都行,"皮安尼说。

"这儿有两张床,"我打开门说。

"我从来不知道那间房里放的是什么,"博内罗说。

"那是老甲鱼的房间,"皮安尼说。

"你们俩就在那儿睡,"我说,"我会叫醒你们的。"

"中尉,要是你睡得太长久的话,我们就由奥国佬来叫醒吧,"博内罗说。

"我不会睡过头的,"我说。"艾莫在哪儿?"

"他到厨房去了。"

"去睡吧,"我说。

"我就去睡,"皮安尼说。"我已经坐着打盹打了一天啦。我的眼睛总是睁不开。"

"脱掉你的靴子,"博内罗说。"那是老甲鱼的床铺啊。"

"我管它什么老甲鱼。"皮安尼躺在床上,一双泥污的靴子直伸着,他的头靠在胳膊上。我走到厨房去。艾莫在炉子里生了火,炉上放了一壶水。

"我想还是做一点实心面吧,"他说。"大家醒来时会肚子饿的。"

"你难道不困吗,巴托洛梅奥?"

"不太困。等水一滚我就走。火会自己熄灭的。"

"你还是睡一下吧,"我说。"我们可以吃干酪和罐头牛肉。"

"这个要好一点,"他说。"吃点热的东西对那两个无政府主义者有好处。你去睡吧,中尉。"

"少校房间里有一张床。"

"那你就去睡吧。"

"不,我回我楼上的老房间去。你可想喝杯酒,巴托洛梅奥?"

"大家动身时再喝吧,中尉。现在喝下去可没什么好处。"

"要是你三小时后先醒来,而我又没来叫你,你就来叫醒我,行吗?"

"我可没有表,中尉。"

"少校房间里墙上有个挂钟。"

"好吧。"

于是我走出去,穿过饭厅和门廊,走上大理石的楼梯,到了我以前和雷那蒂合住的房间。外边在下雨。我走到窗边,望出去。天在黑下来,我看见那三部车子成一排停在树底下。树木在雨中滴着水。因为天冷,树枝上挂着水珠。我回到雷那蒂的床边,躺下去,睡着了。

我们出发前在厨房里吃东西。艾莫搞了一大盆实心面,拌着洋葱和切碎的罐头肉。我们围桌而坐,喝了两瓶人家留在地窖里的葡萄酒。外边天黑了,还在下雨。皮安尼坐在桌旁,还是昏昏欲睡。

"我觉得撤退比进兵好,"博内罗说。"撤退时我们有巴勃拉酒喝。"

"我们现在喝它。明天也许得喝雨水啦,"艾莫说。

"明天我们到乌迪内。大家喝香槟。那些逃避兵役的王八蛋就待在那儿。醒来吧,皮安尼!我们明天在乌迪内喝香槟!"

"我醒啦,"皮安尼说。他把实心面和肉盛在他的盘子里。"能找到番茄酱吗,巴托?"

"一点也没有啊,"艾莫说。

"我们要在乌迪内喝香槟,"博内罗说。他在杯子里斟满了澄清的红色巴勃拉酒。

"到乌迪内以前,我们可能喝——水哩,"皮安尼说。

"你吃饱了没有,中尉?"艾莫问。

"饱了。把酒瓶给我,巴托洛梅奥。"

"我给每部车子预备了一瓶酒,"艾莫说。

"你根本没有睡吗?"

"我不需要多睡。我稍微眼睛闭一闭。"

"明儿我们要睡国王的床啰,"博内罗说。他现在兴高采烈。

"明儿我们也许睡在——"皮安尼说。

"我要跟王后睡觉,"博内罗说。他望望我,看我对这玩笑有什么反应。

"跟你睡觉的是——"皮安尼昏昏欲睡地说。

"这是叛逆啊，中尉，"博内罗说。"这岂不是叛逆吗？"

"不许说了，"我说。"你们喝了一点酒就胡说八道。"外边下着雨。我看看表。九点半。

"是该走的时间啦，"我说，站起身来。

"你乘谁的车子，中尉？"博内罗问。

"乘艾莫的。第二部是你。第三部皮安尼。我们走大路去科蒙斯。"

"我就怕我会睡着，"皮安尼说。

"好吧。我就坐你的车子。第二部是博内罗。第三部是艾莫。"

"这样安排最好了，"皮安尼说。"因为我太困了。"

"我开车，你睡一会儿。"

"不。只要我知道我一睡去，旁边有人叫醒我，那我车子还开得来的。"

"我会叫醒你的。把灯灭了吧，巴托。"

"让它们点着吧，"博内罗说。"这地方横竖我们没有用处了。"

"我房间里有只上锁的小箱子，"我说。"你帮我拿下来好不好，皮安尼？"

"我们给你搬去，"皮安尼说。"来吧，阿尔多。"他同博内罗一同走进门廊去。我听得见他们上楼梯的声响。

"这倒是个好地方，"巴托洛梅奥·艾莫说。他把两瓶酒和半块干酪装在帆布背包里。"以后再也不会碰上这么好的地方了。他们撤退到哪儿去呢，中尉？"

"他们说要退到过塔利亚门托河。医院和防区要设在波达诺涅。"

"这镇子比波达诺涅好。"

"波达诺涅的情况我不了解,"我说。"我不过曾经路过那儿罢了。"

"那地方不大像样,"艾莫说。

第二十八章

我们离城的时候,除了大街上几队开拔的部队和大炮以外,雨中的城镇显得空虚荒凉,一片黑暗。小街上也驶着许多卡车和马车,都在向大街集合。我们绕过硝皮厂开上大街时,部队、卡车、马拉的车子和大炮已经汇合成为一个宽阔的、慢慢移动的行列。我们在雨中缓慢而稳定地往前走,车子的散热器盖几乎碰到了前面一部卡车的后挡板——那卡车装满着东西,堆得高高,上边覆盖着一块已经打湿了的帆布。后来卡车停了。整个行列停顿了。等一等,又走了一会,又停了。我跳下车,跑到前面去看看,在卡车和马车间穿行,从淋湿的马颈下钻过去。阻塞交通的地方还在前头。我拐下大路,从一块踏板上跨过水沟,在水沟另一边的田野上走。我在田野上抄前走时,看得见大路上树木间的那个行列,在雨中停顿在那儿。我这样走了约莫一英里。行列没有动,虽则这些停滞的车辆的另一边的军队已在走动了。我踅回去找救护车。这个阻塞的行列可能极长,说不定一直延伸到乌迪内。皮安尼正伏在驾驶盘上睡觉。我爬上去,坐在他旁边,也入睡了。几个钟头后,我听见前面那部卡车嘎嘎地推上排挡。我叫醒了皮安尼,我们开车了，走了没几码，又停下来，过了一会儿又走了。雨还在落着。

夜里，队伍又停住了。我下车跑回去看艾莫和博内罗。博内罗的车子座位上搭载着两名工兵队的上士。我上车时，上士们连忙坐正示敬。

"他们奉命留下来修一座桥，"博内罗说。"他们找不到原来的部队，我就让他们搭搭车。"

"请求中尉先生允准。"

"我允准，"我说。

"中尉是美国人，"博内罗说。"任何人来搭车子都行。"

上士中的一个笑了。还有一个问博内罗，我是不是来自北美洲或南美洲的意大利人。

"他不是意大利人。他是北美洲的英吉利人。"

上士们很有礼貌，但是看样子不相信。我离开他们往后面去找艾莫。艾莫车子座位上有两个女郎，他正背靠在一个角落里抽烟。

"巴托，巴托，"我说。他大笑起来。

"你跟她们谈谈，中尉，"他说。"我听不懂她们的话。喂！"他伸手放在女郎的大腿上，友好地拧了一下。那女郎赶快裹紧大围巾，推开他的手。"喂！"他说。"快告诉中尉你的名字，还有你在这里做什么。"

女郎狠狠地盯着我。还有一个则低着头望着地下。那个瞪眼盯我的女郎用某种土语讲了几句，我一个字都听不懂。她长得肥胖，皮肤黑黑的，看上去约莫十六岁。

"索雷拉①?"我问,指着旁边那姑娘。

她点点头,笑了一笑。

"好的,"我说,轻轻拍了一下她的膝盖。我觉得我的手碰她时,她身子发僵。她的妹妹始终不敢抬起头来。她看上去也许小一岁。艾莫把手放在那姐姐的大腿上,她又推开它。他对着她直笑。

"好人,"他指指自己。"好人,"他指指我。"不要发愁。"女郎狠狠地望着他。这一对姐妹真像两只野鸟。

"她既然不喜欢我,为什么来搭我的车子?"艾莫问。"我一招手,她们立刻上车来了。"他转对女郎说话。"不要愁,"他说。"没有××的危险,"他讲的是粗话。"没有地方××。"我看得出她只听得懂那粗话。她非常恐惧地望着他。她把围巾裹得更紧一点。"车子全病了,"艾莫说。"没有××的危险。没有地方××。"他每次说起那粗话,她身子就更僵一些。随后她僵硬地坐着,眼睛盯着他,开始哭起来了。我看见她嘴唇的抽动,接着眼泪从她那丰满的面颊上滚下来了。她的妹妹还是低着头,抓住她的手,两人紧紧偎在一起。那个本来恶狠狠的姐姐开始啜泣了。

"想不到竟吓了她,"艾莫说。"我并没有存心吓她。"

巴托洛梅奥拿出他的背包,切下两片干酪。"拿着,别哭啦,"他说。

那姐姐摇摇头,还是哭,妹妹可接过干酪吃起来。过了一会儿,妹妹把另一片干酪给她姐姐,两人都吃起来。姐姐还是

---

① 意大利语,意为"姐妹"。

啜泣了一下子。

"她等一会儿就会好的，"艾莫说。

他突然想起了一个念头。"处女？"他问身边的那个姑娘。她用劲点点头。"也是处女？"他指指她的妹妹。两个女郎都点点头，那姐姐又用土语说了一些话。

"那就好，"巴托洛梅奥说。"那就好。"

姐妹俩好像愉快一点了。

我撇下她们跟艾莫坐在一起，艾莫这时靠在一个角落里。我回到皮安尼的车子上。车马的队伍全不动弹，但是老是有部队从旁边开过。雨还是很大，我就想起，车马行列的一次次停滞，可能是因为有的车子的线路给打湿了。更可能是因为马匹或者人睡着了。不过，有时在城市里，大家都清醒的时候，也还是有交通阻塞的事情。糟的是马匹和机动车混杂在一起，彼此之间没有一点儿帮助。农夫的马车更增加了交通的困难。巴托车上有两个好姑娘。两个处女处在退兵的行列中，那可太危险了。真正的处女啊。大概是很虔诚信教的。要是没有战争的话，我们大概都在床上睡觉吧。我的头在床上安息。床与床板。睡得像床板那样平直。凯瑟琳现在正睡在床上，拥衾而睡。她睡时靠在哪一侧呢？也许她还没有睡熟吧。也许她正躺着想念我呢。刮啊，刮啊，西风。嗯，风现在果真刮了，刮来的不只是小雨，还是大雨哩。整个夜里下雨。你知道落雨的时候落下来的是什么。你看它。基督啊，愿我的爱人又在我的怀抱中，我又在我的床上。我的爱人凯瑟琳。我甜蜜的爱人凯瑟琳当做雨落下来吧。把她刮回来给我。好，我们已在风中了。人人都给卷在风中了，小雨没法子叫风安静下来。"晚安，凯瑟琳，"我大声说道。"我希望你睡得好。亲爱的，倘若你极不舒服的话，你就翻身靠在另外一侧睡吧，"我说。"我给你倒点冷水来。过一会儿天就亮了，那时就不至于太难受了。他①叫你这么不好受，我很难过。设法睡去吧，亲爱的。"

我始终熟睡着，她说。你睡着了在讲话。你没有什么不舒服吧？

你当真在那儿吗？

我自然是在这儿。我不会走开的。这在你我之间不算一回事。

你太可爱太甜蜜了。你夜里不会走开，对吧？

我当然不会走开的。我总是在这儿。你什么时候要我来我就来。

"——"皮安尼说。"他们又走动了。"

"我刚才昏昏沉沉的，"我说。我看看手表。早晨三点钟。我伸手到车座后把那瓶巴勃拉酒找出来。

"你刚才在大声说话，"皮安尼说。

"我做了个梦，在讲英语，"我说。

雨稀疏下来，我们又走动了。天亮前我们又停顿了一次。天亮时我们的车子正在一个小岗上，我望见前面撤退的道路伸得老远老远，一切景物都是静止的，只有步兵在慢慢移动前进。我们又走动了，但是在白天的亮光中看去，车子可走得太慢，倘若想开到乌迪内的话，我们只好放弃大道，改抄小路，越过乡野而走。

---

① 指凯瑟琳肚子里的孩子。

夜间，许多从附近乡间小径上来的农民加入了这撤退大行列，于是行列间有了满载着家具杂物的马车；有些镜子从床垫间撅出来，车子上绑着鸡啊鸭啊。我们前边，有一部车上装着一架缝纫机，在雨中走着。他们抢救下了最宝贵的东西。车子上有的坐有女人，挤做一团避雨，有的跟在车边走着，尽量挨近车子。我们的这个行列中现在也有了狗，它们躲在马车底下行走。道路泥泞，路边的水沟满涨着水，路旁树木后边的田野，望去似乎太潮湿，没法开车穿过。我下了车沿着大路往前走，找一个望得见前边的地方，看看有没有侧路旁道，以便越过田野前进。我原知道小道很多，不过总要找一条可以通到目的地的。这些小道我记不得了，因为过去赶这里过，总是坐着车，顺着公路疾驰而过，看到的小道仿佛条条都是差不多的。现在我知道，倘若要越过这阻塞的行列，非找一条小道不可。没人知道奥军到了什么地方，战况怎么样，但是我看得准只要雨一停，飞机就会前来扫射这个行列，大家就要完蛋。到了那时，只要几个司机丢下卡车跑了，或是几匹马给炸死了，公路上的交通便会完全阻塞。

现在雨不像刚才那么大了，我想，说不定天就要放晴。我沿着大路的边沿往前走，找到一条通北面的小路，正在两块农田之间，路的两边栽有树篱，作为界线。我想这条小路可以走，便赶紧跑回去。我叫皮安尼转弯走那条小路，然后又跑去通知博内罗和艾莫。

"倘若这条路走不通，我们还可以转回来，"我说。

"这些人怎么办？"博内罗。他旁边还坐着那两名上士。他们俩虽则没有刮脸，在这大清早看起来还是很富有军人气概。

"他们俩可以帮忙推推车,"我说。我回去找艾莫,告诉他我们将要越过乡野抄近路。

"我这两个处女家属怎么办?"艾莫说。女孩子们睡着了。

"她们派不上什么用场,"我说。"你该找一两个推得动车子的。"

"她们可以坐到车子的后边去,"艾莫说。"车子里有空地方。"

"你要留她们,就随你的便好啦,"我说。"另找个背脊宽的汉子来推车吧。"

"找意大利狙击兵吧,"艾莫笑着说。"他们的背脊最宽。有人量过的。你好吗,中尉?"

"好。你呢?"

"好。只是很饿。"

"我们走的那条小道上总该有什么地方可以吃东西的吧,我们可以停下来吃一点。"

"你的腿怎么样,中尉?"

"好,"我说。我站在车子的踏板上朝前望,可望见皮安尼的车子正开上那条小路,顺着它开去,车子在路边界树的秃枝间透露出来。博内罗跟着转了弯,接着皮安尼在小路上直朝前开,我们就跟着前边两部救护车在有树篱的窄路上走动。这条路通到一家农舍。我们发现皮安尼和博内罗已在农家的院子里停了车。房子又矮又长,屋前有座棚子,支起葡萄藤垂在门上。院子里有口井,皮安尼正在打水装进他的散热器。开慢车开得这么长久，弄得散热器里的水都开了。农舍里没有人。我回头一望，这农舍原来是盖在平原上一块稍微凸起的高地上，我们望得见乡野、小路、树篱、农田和大路边的那一排树，撤退的队伍就在这大路上。那两名上士在屋子里东张西望。女郎们已经醒来，正在望着院落、井和农舍前的那两部大救护车，三名司机正聚在井边。上士中的一个手里拿着一座时钟走出屋来。

"放回去，"我说。他看看我，走回屋子里，出来时手里没拿时钟。

"你的同伴呢?"我问。

"上厕所去了。"说着，他在救护车的座位上坐了下来。他唯恐我们丢下他。

"吃早饭好不好，中尉?"博内罗问。"我们大可以吃点什么。花不了多少时间。"

"照你想，打这条路走到另外一边去，会不会通到什么地方?"

"当然会的。"

"好。我们就吃吧。"皮安尼和博内罗走进屋子里去。

"来吧，"艾莫对女郎们说。他伸出手去扶她们下车。可是那姐姐摇摇头。她们不愿随便进入没有人的空屋子。她们目送着我们进去。

"她们真难对付，"艾莫说。我们一同走进农舍。屋子又大又暗，给人一种被遗弃了的感觉。博内罗和皮安尼在厨房里。

"没有多少东西吃，"皮安尼说。"人家都带走了。"

博内罗在一张笨重的厨房桌上切一大块白色的干酪。

"干酪在哪儿找到的?"

"在地窖里。皮安尼还找到了酒和苹果。"

"这顿早餐可不赖。"

皮安尼把一只大酒瓮的木塞子拔出来,酒瓮外用柳条筐包着。他把酒瓮一侧,倒满了一铜锅的酒。

"味道还香,"他说。"找几只大口杯来,巴托。"

二位上士走了进来。

"吃点干酪吧,上士们,"博内罗说。

"我们该走啦,"上士中的一个说,他吃干酪,喝了一杯酒。

"我们要走的。甭发愁,"博内罗说。

"行军专靠肚皮饱,"我说。

"什么?"上士问。

"吃是要紧的。"

"是的。但是时间更加宝贵。"

"依我看,这两个龟儿子已经吃过了,"皮安尼说。上士们望望他。他们恨我们这一伙人。

"你认得路吗?"其中的一个问我。

"不认得,"我说。他们俩彼此对看了一下。

"我们最好还是动身吧,"第一个上士说。

"我们就走,"我说。我又喝了一杯红葡萄酒。吃了干酪和苹果后,觉得酒的味道很好。

"把干酪带着走,"我说着走出去。博内罗出来时捧着那一大瓮酒。

"太大啦,"我说。他爱惜地直瞧着那瓮酒。

"恐怕是太大,"他说。"拿行军水壶来装吧。"他把水壶装满了酒,有些酒溢出来,洒在院落的铺石上。随后他捧起酒瓮,把它摆在大门里边。

"这样奥国佬用不到打破门就找得到酒了,"他说。

"我们走吧,"我说。"皮安尼和我领头。"那两位工兵上士已坐在博内罗的身边。女郎们则在吃干酪和苹果。艾莫在抽烟。我们沿着那条狭窄的小道出发了。我回头望望那两部跟着来的救护车和那幢农舍。屋子是上好的石屋,矮矮的,很牢固,井边的铁栏也极好。我们前面的道路又狭窄又泥泞,两边尽是高高的树篱。在后边,其余的车子紧紧地跟随着我们。

第二十九章

中午时分,我们的车子陷在一条泥泞的道路上,再也开不动了。那地方据我们猜想,离开乌迪内约莫有十公里。上午雨停了,我们三次听见飞机飞近来,看着飞机越过头上,飞到左边遥远的地方,我们听见轰炸公路的声响。我们在好些纵横交叉的小路上摸索了好久,走了许多冤枉路,但是经过屡次打倒车找到新路,居然越走越逼近乌迪内了。这时艾莫的车子,从一条绝路上打倒车时,车身陷入路边的软泥,车轮越打转,就陷入泥土越深,到末了前轮入土,分速器箱碰到了地上。补救的办法是把车轮前边的泥土挖掉,砍些树枝塞进去,以便车轮上的链条不致打滑,然后把车子推上路。我们都下到路面上,围在车子四周。那两位上士也望望车子,仔细看看车轮。随即一声不响,拔脚就走。我追了上去。

"来,"我说。"去砍些树枝。"

"我们得走了,"其中一个说。

"赶快去砍些树枝来,"我说。

"我们得走了,"一个上士说。另一个一声不响。他们急于走开。他们俩不愿对我看。

"我命令你们回来砍树枝,"我说。一个上士转过身来对我说:"我们得走了。过一会儿你们就要给人家截断后路。你没资格命令我们。你不是我们的长官。"

"我命令你们去砍树枝,"我说。他们掉转身就上路。

"站住,"我说。他们管自在泥泞的路上走去。路的两边栽有树木作为篱笆。"我命令你们站住,"我喊道。他们反而走得更快了。我打开手枪套,拔出枪来对准那个说话最多的就开枪。第一枪没打中,他们拔脚就跑。我连开三枪,一个中枪倒下。还有一个钻过树篱,看不见了。他越过田野时,我隔着篱笆向他开枪。想不到只是答的一声空响,我赶快再装上一夹子弹。我发现第二个上士已经跑得太远,手枪打不到了。他在田野上跑得远远的,低着头。我开始在空弹夹里装上子弹。博内罗走上前来。

"我去结果他吧,"他说。我把手枪递给他,他走去找那扑倒在路上的上士。博内罗弯下身,把枪口对着那人的脑袋,扳了扳机。枪没打响。

"你得先往上扳,"我说。他往上一扳,连开了两次。他抓住上士的两条腿,把他拖到路旁篱笆边。他走回来,把手枪还给我。

"龟儿子,"他说。他望望那上士。"你看见我打死他的吧,中尉?"

"我们得赶快砍树枝,"我说。"那一个我完全没有打中吗?"

"大概没有吧,"艾莫说。"他已经跑得太远,手枪打不到。"

"王八蛋,"皮安尼说。我们大家都在砍枝条和树枝。车里所有的东西都搬了出来。博内罗在车轮前挖泥土。我们一准备好,艾莫就开动车子。车轮直打转,枝条和泥土四下溅散。博内罗和我拚命推车,推到关节都快要折断了。车子还是不动。

"把车子朝前朝后开开,巴托,"我说。

他先开倒车,又开顺车。车轮只是越陷越深。分速器又碰到地面了,车轮又在挖开的窟窿里直打转。我直起身来。

"拿根绳子来拖拖看吧,"我说。

"那不见得有用处,中尉。你没法笔直地拖。"

"我们只好试一试,"我说。"旁的办法都不能叫它动弹。"

皮安尼和博内罗的车子只能够沿着窄路直直地往前开。我们用绳子绑好这两部车子,叫它们拖。车轮只是往旁边动,紧靠在车辙上。

"没有用,"我喊道。"停手吧。"

皮安尼和博内罗跳下他们的车子,走回来。艾莫也下了车。女郎们坐在四十码外路边的一堵石墙上。

"你看怎么办,中尉?"博内罗问。

"我们再挖一挖,再用枝条试它一次,"我说。我朝路的另一头望去。都是我的错。是我把他们领到这儿来的。太阳差不多从云后边出来了,上士的尸体躺在树篱边。

"我们拿他的军装上衣和披肩来垫一垫,"我说。博内罗去拿了来。我砍树枝,艾莫和皮安尼挖掉车轮前和车轮间的泥土。我把披肩割成两半,铺在车轮底下,然后又垫些枝条在下面，让车轮不致打滑。我们准备好了，艾莫爬上车去开车。车轮转了又转，我们推了又推。结果一点效力都没有。

"他妈的，"我说。"巴托，你车子上还有什么东西要拿没有？"

艾莫拿了干酪、两瓶酒和他的披肩，跟博内罗一起上车。博内罗坐在驾驶盘后面，在检查上士军装的一只只口袋。

"还是把军装丢掉吧，"我说。"巴托那两位处女怎么办？"

"她们可以坐在车子的后部，"皮安尼说。"依我看，我们也是走不远的。"

我打开救护车的后门。

"来吧，"我说。"进去。"两位女郎爬了进去，坐在一个角落里。我们方才开枪的事，她们好像没有注意到。我回头望望来路。上士躺在那儿，只穿着一件肮脏的长袖内衣。我上了皮安尼的车子，我们又出发了。我们要越过一块农田。到了大路穿进农田的地方，我下车在前头走。我们要是能穿过这块田地，田地的那一边就有一条路。我们走不过去，田里的泥土太软太泥泞了，不能开车。最后车子完全困住了，车轮深深陷入烂泥中，一直陷到轮壳，我们只好丢下车子，步行往乌迪内进发。

我们走上那条往后通到原来的公路的小道，我指给两个女孩子看。

"到那边去吧，"我说。"会碰到人的。"她们望着我。我掏出皮夹子，给她们每人一张十里拉的钞票。"到那边去吧，"我指着说。"朋友！亲戚！"

她们听不懂,只是紧紧地捏着钞票,开始往路的另一头走去。她们回过头来看看,仿佛怕我要把钱要回来似的。我看着她们由那条小道走去,把大围巾裹得紧紧的,恐惧地扭过头来望望我们。三位司机纵声大笑。

"如果我也朝那方向走,你给我多少钱,中尉?"博内罗问。

"要是敌人追上来的话,她们还是混在人群里好一点,"我说。

"你给我两百里拉,我就向奥地利一直走回去,"博内罗说。

"人家会把你的钱夺去的,"皮安尼说。

"说不定战争停止了,"艾莫说。我们以最快的速度赶路。太阳想冲出云层来。路旁边有桑树。从桑树间我望得见我们那两部大篷车陷在田野里。皮安尼也掉头去观看。

"他们得先修一条路才能够把车子拖出来,"他说。

"基督啊,但愿我们有自行车,"博内罗说。

"在美国有人骑自行车吗?"艾莫问。

"从前有人骑的。"

"在这儿,自行车可真了不起,"艾莫说。"这东西太好了。"

"基督啊,但愿我们有自行车,"博尼罗说。"我路走不来。"

"那是枪声吗?"我问。我好像听见远方有射击声。

"难说是不是,"艾莫说。他听着。

"大概是吧,"我说。

"我们首先看到的大概会是骑兵,"皮安尼说。

"他们不见得有骑兵队吧。"

"求求基督,但愿没有,"博内罗说。"千万别让天杀的骑兵把我一枪刺死。"

"你倒是向那上士开了枪,中尉,"皮安尼说。我们走得很快。

"是我打死他的,"博内罗说。"这次战争里我还没杀过人,我一辈子就想杀个上士。"

"你是趁人家不动弹时打死他的,"皮安尼说。"你杀他的时候,人家可并不是在飞快地跑。"

"没关系。这是件我终生不会忘记的快事。我杀了一个狗上士。"

"将来忏悔时怎么说呢?"艾莫问。

"我会说,祝福我,神父,我杀了一个上士。"他们都笑起来。

"他是个无政府主义者,"皮安尼说。"他不上教堂的。"

"皮安尼也是个无政府主义者,"博内罗说。

"你们真是无政府主义者吗?"我问。

"不是,中尉。我们是社会主义者。我们是伊摩拉①人。"

"你没到过那地方吗?"

"没有。"

"基督可以证明,那才是个好地方哪,中尉。战后你来好了,我给你看一些好东西。"

---

① 意大利北部波洛尼亚省一古城。

永别了,武器

"你们都是社会主义者吗?"

"人人都是。"

"那座城不错吧?"

"好极了。你从来没见过这样一座城市。"

"你们怎么会成为社会主义者的?"

"我们都是社会主义者。人人都是社会主义者。我们一向就是社会主义者。"

"你来吧,中尉。我们也使你成为社会主义者。"

道路在前头向左转弯,那儿有一座小山,山上有一个苹果园,外面围着一堵石墙。路一上山,他们就停止说话了。我们一齐往前大步赶,努力争取时间。

第三十章

后来,我们走上一条通到河边的道路。路上一直到桥边为止,有一长列被遗弃的卡车和运货马车。一个人影也没有。河水高涨,桥的中部已炸断;桥上的石拱掉在河里,褐色的河水就在上边流过。我们沿着河岸走,找个可以渡河的地点。我知道前头有座铁路桥,我们也许可以打那儿过河。河边小径又湿又泥泞。我们看不到任何军队,只有遗弃下来的卡车和辎重。河岸上除了湿的枝条和泥泞的土地外,什么东西都没有,什么人也没有。我们走到河岸边,终于看到了那座铁路桥。

"一座多么美丽的桥啊,"艾莫说。那是一座普通的长铁桥,横跨在一道通常干涸的河床上。

"我们赶快走过去吧,趁人家还没把它炸断,"我说。

"没人来炸断它啊,"皮安尼说。"他们都走光了。"

"桥上说不定埋有地雷,"博内罗说。"你先走,中尉。"

"你听这无政府主义者讲出这种话来,"艾莫说。"叫他自己先走过去。"

"还是我先走,"我说。"人家埋的地雷不会仅因为一个人而爆炸的。"

"你瞧,"皮安尼说。"这才叫有脑筋。你为什么没脑筋呢,无政府主义者?"

"我有脑筋的话就不会在这儿了,"博内罗说。

"这话很有道理,中尉,"艾莫说。

"有道理,"我说。我们现在贴近桥了。天上又堆满了乌云,下着小雨。那桥看起来又长又坚固。我们爬上铁路的路堤。

"你们一个个分开来走,"我说,开始走过桥去。我细心察看枕木和铁轨,看有没有什么拉发线或者埋有炸药的痕迹,但是看不见。从枕木的空隙间,我看见底下的河水又混浊又湍急。打前头,越过湿淋淋的乡野,我看得见在雨中的乌迪内。过了桥,我回头观看。河上游还有一道桥。我正看着那桥时,有一部黄泥色的小汽车正在过桥。那座桥的两边很高,车一上桥就给遮住了。但是我还看得见司机的头,司机旁边坐着的那人的头,还有车后座上的那两个人的头。他们全戴着德军钢盔。随后车子下了桥,又给路上的树木和遗弃的车辆遮住了。我向正在过桥的艾莫和其他人招招手,叫他们过来。我爬下去,蹲在铁路路堤边。艾莫跟着我下来。

"你看见那部车子吗?"我问。

"没有。我们只在看着你。"

"有一部德国军官座车在那边那道桥上开过。"

"军官座车?"

"是的。"

"圣母马利亚啊。"

其余的人都过来了,大家都蹲在路堤后边的烂泥里,望着铁轨那一边的桥、那一排树、明沟和那条路。

"照你看，我们是不是给切断了，中尉？"

"我不知道。我只知道有一部德国军官座车从那条路上开过。"

"你是不是有点不舒服，中尉？你脑子里不会有什么奇异的感觉吧？"

"别乱开玩笑，博内罗。"

"喝点酒吧？"皮安尼说。"我们要是真的给切断了，索性喝口酒吧。"他解下水壶来，打开塞子。

"看！看！"艾莫说，指着路上。我们看得见石桥顶上有德国兵的钢盔在晃动着。那些钢盔向前倾着，滑溜溜地向前移，简直像是被神奇的力量操纵着。他们下了桥，我们才看见他们。原来是自行车部队。我看见最前面那两个人的脸，又红润又健康。他们的钢盔戴得很低，遮住了前额和脸庞的两边。他们的卡宾枪给扣在自行车车架上。手榴弹倒挂在每人的束身皮带上，弹柄朝下。他们的帽盔和灰色制服都给雨水打湿了，仍旧从容地骑着车子，张望着前头和两边。起先两人一排——接着四人一排，又是两人一排，接着差不多十二个人；接着又是十二个人——最后是单独一人。他们不讲话，反正就是讲话我们也听不见，因为河声喧闹。他们在路上消失了。

"圣母马利亚啊，"艾莫说。

"是德国兵，"皮安尼说。"不是奥国佬。"

"为什么这儿没人拦住他们？"我说。"他们为什么没有把桥炸掉？这路堤上为什么不布置机关枪？"

"你倒来对我们说说看，中尉，"博内罗说。

永别了，武器

我很光火。

"该死,这整个局面都荒唐可笑。下边那座小桥他们炸掉了。这儿大路上的桥却保留了下来。人都躲到哪儿去了?难道他们完全不想拦阻敌人吗?"

"你倒来对我们说说看,中尉,"博内罗说。我于是闭嘴不说了。这本不干我的事;我的职务只是把三部救护车送到波达诺涅。这个任务我没有完成。现在我只要人到达波达诺涅就算了。也许我连乌迪内都走不到。为什么走不到,真见鬼!要紧的是保持镇静,别给人家的枪打中,别给人家俘虏去。

"你不是打开了一个水壶吗?"我问皮安尼。他递给我。我喝了一大口酒。"我们还是动身吧,"我说。"不过也不必匆忙。大家想吃点东西吗?"

"这不是可以多呆的地方,"博内罗说。

"好。我们就走吧。"

"我们就靠这边走吧?免得给人家看见。"

"我们还是到上面去走吧。可能也有敌人从这座桥赶来。我们可别让他们居高临下,先看到我们。"

我们沿着铁路轨道走。我们两边伸展着湿漉漉的平原。平原的前头就是乌迪内的那座小山。山上有座城堡,城堡下才是人家的屋顶,一家家挨过去。我们望得见钟楼和钟塔。田野上有许多桑树。我看见前头有个地方,路轨给拆掉了。枕木也给挖掉,丢在路堤下。

"趴下!趴下!"艾莫说。我们扑倒在路堤边。路上又有一队自行车走过。我从堤顶偷望着他们走过。

"他们看见了我们,但是管自走他们的路,"艾莫说。

"如果在上边走就会给人家打死的,中尉,"博内罗说。

"他们要的不是我们,"我说。"他们另有目标。倘若他们突然撞上我们,那我们就更危险了。"

"我情愿在这人家看不见的地方走,"博内罗说。

"好吧。我们在轨道上走。"

"你看我们逃得出去吗?"艾莫问。

"当然啦。敌军还不很多。我们可以趁着天黑溜过去。"

"那部军官座车是干什么的?"

"基督才知道,"我说。我们继续顺着铁轨走。博内罗在路堤的烂泥里走,后来走得腻了,也爬上来跟我们一起走。铁道朝南走,已与公路岔开,我们再也看不到公路上的情况。有一条运河,上边有条短桥给炸毁了,我们凭着桥墩的残留部分爬了过去。我们听见前头有枪声。

过了运河,我们又在车轨上走。铁道越过低洼的田野,一直入城。我们望得见前头另外有一条火车线。北面是那条我们看见开过自行车队的公路;南面是一条小支路,横贯田野,两边有密密的树木。我想还是抄近路朝南走,绕过城,再横过乡野朝坎波福米奥走,走上通塔利亚门托河的大路。我们走乌迪内城后的那些岔路小道,可以避开撤退的总队伍。我知道有许多小路横贯平原。于是我开始爬下路堤。

"来吧,"我说。我们要走那条支路,绕到城的南边去。这时大家都爬下了路堤。从支路那边嗖的有一枪向我们打来。子弹打进路堤的泥壁。

"退回去,"我喊道。我爬上路堤,脚在泥土里打滑。司机们在我的前头。我尽快爬上路堤。密密的矮树丛里又打出了

永别了,武器 | 241

两枪,艾莫正在跨过铁轨,身子一晃,绊了一下,脸孔朝地跌了下去。我们把他拖到另外一边路堤上,把他翻转身来。"他的头应当朝上面,"我说。皮安尼把他转过来。他躺在路堤边的泥地上,双脚朝下,断断续续地吐出鲜血。在雨中,我们三人蹲在他身边。他脖颈下部中了一枪,子弹往上穿,从他右眼下穿出来。我正设法堵住这两个窟窿时,他死了。皮安尼放下他的头,拿块急救纱布擦擦他的脸,也就由他去了。

"那帮狗崽子,"他说。

"他们不是德国兵,"我说。"那边不可能有德国兵。"

"意大利人,"皮安尼说。他把这个名词当作一种表性形容词。博内罗一声不响。他正坐在艾莫身旁,可是并不望着他。艾莫的军帽已滚到路堤下面去了,皮安尼现在把它捡来遮住艾莫的脸。他拿出他的水壶来。

"喝口酒吧?"皮安尼把水壶递给博内罗。

"不,"博内罗说。他转身对我说:"如果我们在铁轨上走,随时都有这个危险。"

"不,"我说。"人家开枪,是因为我们要穿过田野。"

博内罗摇摇头。"艾莫死了,"他说。"第二个轮到谁啊,中尉?我们现在往哪里走?"

"开枪的是意大利人,"我说。"不是德国人。"

"照我看,要是德国人的话,他们会把我们都打死的,"博内罗说。

"现在意军对于我们的危险比德国人还要大,"我说。"殿后部队对什么东西都害怕。德国部队自有其目的,不会多管我们。"

"你说得头头是道,中尉,"博内罗说。

"现在我们上哪儿去呢?"皮安尼问。

"最好找个地方躲一躲,挨到天黑再说。只要我们走得到南边就没事了。"

"他们为要证明第一次并没有打错,我们再过去准会给他们都打死,"博内罗说。"我才不干哩。"

"我们找个最贴近乌迪内的地方躲一躲,等天黑再摸过去。"

"那么就走吧,"博内罗说。我们从路堤的北边下去。我回头一望,艾莫躺在泥土里,跟路堤成一个角度。他人相当小,两条胳臂贴在身边,裹着绑腿布的双腿和泥污的靴子连在一起,军帽掩盖在脸上。他的样子真像尸首了。天在下雨。在我所认识的人们中,我算是喜欢他的了。他的证件在我口袋里,我准备写信通知他家属。

田野的前头有一幢农舍,周围栽着树,房屋旁边还搭有一些农家小建筑物。二楼有个阳台,用柱子支着。

"我们还是一个个分开些走吧,"我说。"我先走。"我朝农舍走去。田野里有一条小径。

越过田野走过去时,我不知道会不会有人从农舍附近的树木间,或者就从农舍里开枪打我们。我朝农舍走去,越看越清楚。二楼的阳台和仓房联在一起,柱子间撅出着一些干草。院子是用石块铺砌的,所有的树木都在滴着雨水。院子里有一部空空的双轮大车,车杠高高翘在雨中。我走到了院子,穿过去,在阳台下站住了。屋门开着,我便走进去。博内罗和皮安尼也跟着我进去。屋里很暗。我绕到后边厨房去。一个没盖的

永别了,武器

炉子里还有炉灰的余烬。炉灰上方虽则吊有几只锅子，可是都是空的。我找来找去，找不到什么可以吃的。

"我们得到仓房里去躲躲，"我说。"你去找找看可有什么吃的东西，皮安尼，找到就拿上来。"

"我去找好了，"皮安尼说。

"好吧，"我说。"我上去看看仓房。"我在底层的牛栏里找到了一道往上走的石梯。在下雨天，牛栏带着干燥而好闻的气息。牲口都没有了，大概主人走时赶走了。仓房里装着半屋干草。屋顶上有两个窗子，一个上面钉着木板，另一个是狭窄的老虎窗，朝北面开的。仓房里有一道斜槽，以便叉起干草从这儿滑下去喂牲口。地板上通楼下的方孔上架有横梁，运草车开进楼下，就可以把干草叉起送到楼上。我听见屋顶上的雨声，闻到干草的气息，当我下楼时，还闻到牛栏里纯净的干牛粪味。我们可以把南面的窗子撬开一条木板，张望院落里的动静。另外一道窗朝着往北的田野。我们要逃的话，两个窗子都通屋顶，倘若楼梯不能派用场，还可以利用那喂牲口的斜槽滑下去。这个仓房很宽大，一听见有人声，就可以躲在干草堆里。这地方似乎挺不错。我相信，要是方才人家不对我们开枪的话，我们一定已经平平安安到南边了。南边有德国军队是不可能的。他们从北边开过来，从西维特尔赶公路而来。他们不可能从南边绕过来。意军更为危险。他们惊慌失措了，看见任何东西就胡乱开枪。昨天夜里我们撤退时，听见有人说有许多德国兵穿上了意军军装，混在从北方撤退的队伍中。我不相信。战争中这种谣言有的是。打仗时敌人是常常会这样对付你的。你没听说过我们也有人穿上德军军服去跟他们捣蛋的。这种事也许有人做，不过似乎很困难。我不相信德国人会这么做。我不相信他们非这么做不可。我们的撤退根本用不到人家来捣乱。军队这么庞大，路又这么少，撤退必然混乱。根本没人下令指挥，不要说什么德国人。不过，他们还会把我们当作德军而开枪。他们把艾莫打死啦。干草味很香，我躺在仓房里的干草堆上，好像是退回到了年轻的时代。年轻时我们躺在干草堆里聊天，用气枪打歇在仓房的高高的山墙上的麻雀。那座仓房现在已拆掉了，有一年他们把铁杉树林砍了，从前有树林的地方只剩下一些残桩、干巴巴的树梢、枝条和火后的杂草。你往后退是不行的。要是你不往前走，又怎么样呢？你再也不能回到米兰。要是你回到了米兰，又怎么样呢？我听着北方乌迪内那方向的枪声。我只听见机枪声。没有炮声。这才叫人稍微心安。公路边一定还布置着一些军队。我朝下望去，借着这干草仓房内的暗光，看见皮安尼站在下边卸草的地板上。他拿着一根长香肠，一壶什么东西，胁下还挟着两瓶酒。

"上来吧，"我说。"梯子就在那儿。"话出了口我才发觉，我该下去帮他拿东西。我刚才在干草上躺了一会，弄得头脑糊里糊涂。我刚才几乎睡着了。

"博内罗呢？"我问。

"我就告诉你，"皮安尼说。我们走上梯子。我们把食物放在楼上的干草堆上。皮安尼拿出他的刀子，上边带有拔瓶塞的钻子，他用那钻子去开酒瓶。

"瓶口上用蜡封着，"他说。"一定是好酒。"他笑笑。

"博内罗呢？"

皮安尼望着我。

"他走了,中尉,"他说。"他情愿当俘虏去。"

我一声不响。

"他怕我们都会被打死。"

我抓住那酒瓶,一句话也不说。

"你看,我们对这场战争根本就没有信心,中尉。"

"那么你为什么不也走呢?"我说。

"我不愿意离开你。"

"他上哪儿去了?"

"我不知道,中尉。他溜走了。"

"好吧,"我说。"你切香肠好不好?"

皮安尼在半明半暗的光线中看着我。

"我们谈话时我就切好了,"他说。我们坐在干草上吃香肠,喝酒。那酒一定是人家藏起预备举行婚礼用的。年代这么长久,有点褪色了。

"你守着这个窗子望出去,路易吉,"我说。"我过去守那道窗口。"

我们每人各自喝一瓶酒,我就拿了我那一瓶走过去,平躺在干草上,由那窄窄的小窗口望着湿淋淋的乡野。我不知道自己在期待什么,我只看到一片片农田、赤裸的桑树和落着的雨。我喝喝酒,但是酒并不叫我愉快。因为年代太久了,变了质,失去了味道和色泽。我看着外面天黑下来;黑暗来得很快。今天夜里一定是个漆黑的雨夜。天一黑就不必守望了,我于是就到皮安尼那边去。他睡着了,我没叫醒他,只在他旁边坐了一会。他是个大个子,一睡着就不容易醒。过了一会儿,我叫醒他,我们就上路了。

那是个奇异的夜晚。我不知道我期望碰到什么，或许是死亡，或许是在黑暗中打枪并奔跑，但是想不到却什么都没有发生。我们先是趴在公路边的水沟后面，等着一营德国兵开过，等他们走过后，我们才越过公路，一直朝北走。我们有两次贴近德国部队，但是他们并没有看见我们。我们绕着城的北面走过乌迪内，一个意大利人也没碰见，过了一会儿便走进大撤退的基本行列，整夜往塔利亚门托河赶去。我真想不到撤退的规模这么宏大。不但是军队，整个国家都在撤退。我们整夜赶着路，走得比车辆还要快。我的腿发痛，人又疲乏，但是我们还是走得很快。博内罗情愿去当俘虏，真太傻了。其实一点危险都没有。我们穿越两国大军，完全没发生意外。艾莫要是没给打死，我们不会感觉有任何危险。我们沿着铁路大大方方地走，没人来麻烦我们。艾莫的被杀是太突兀而太没理由了。不晓得博内罗正在什么地方。

"你觉得怎么样，中尉？"皮安尼问。路上车辆和军队很拥挤，我们在路的旁边走着。

"我好。"

"我走得发腻了。"

"嗯，我们现在只要走就行了。用不到再操心。"

"博内罗是个傻瓜。"

"他真是傻瓜。"

"他的事你怎么处理呢，中尉？"

"我还不知道。"

"你可以不可以就报告说他被俘虏了？"

"我不知道。"

"你看,要是战争继续下去,上面会给他家属找大麻烦的。"

"战争不会继续下去的,"一个士兵说。"我们正在回家。战争结束了。"

"人人都在回家。"

"我们都在回家。"

"快走,中尉,"皮安尼说。他想越过那些士兵。

"中尉?哪一个是中尉?打倒军官!"

皮安尼挽住我的胳臂。"我还是叫你名字吧,"他说。"他们或许会来寻事。他们已经枪杀了一些军官。"我们赶了几步,赶过了那些部队。

"我不会打一份报告叫他家属吃苦头的。"我继续我们的谈话。

"要是战争真结束了,那就没有关系了,"皮安尼说。"但是我不相信战争已经结束。真这样就太好啦。"

"我们不久就会知道的,"我说。

"我不相信战争结束。他们都这样想,我可不相信。"

"Viva la Pace! ①"一个士兵叫喊起来。"我们回家去啦。"

"倘若我们大家都回家,那太好了,"皮安尼说。"你岂不想回家吗?"

"想的。"

"我们回不了。依我看,战争还没有结束。"

---

① 意语,"和平万岁!"

"Andimo a casa! ①"一个士兵喊道。

"他们丢掉了步枪，"皮安尼说。"他们在走的时候把枪摘下，丢掉。然后就喊口号。"

"他们不应该丢掉步枪。"

"他们以为只要把枪丢掉，人家就没法再叫他们打仗了。"

在黑暗中和雨中，我们沿着路边赶路，我看见许多士兵还挂着步枪。枪在披肩上边撅出来。

"你们是哪一个旅的？"一个军官叫道。

"和平旅，"有人喊道。军官一声不响。

"他说什么？军官说什么？"

"打倒军官。和平万岁！"

"快走吧，"皮安尼说。我们经过两部英国救护车，它们给丢在一大批遗弃的车辆间。

"是哥里察开来的车子，"皮安尼说。"车子我认得。"

"人家倒比我们走得远一些。"

"人家比我们早开车啊。"

"司机们不晓得哪儿去啦？"

"大概就在前头吧。"

"德国军队在乌迪内城外停下了，"我说。"这些人都可以渡河了。"

"是的，"皮安尼说。"我说战争还要打下去，就是这个缘故。"

---

① 意语，"回家去！"

永别了，武器

"德国军队本可以追上来，"我说。"不晓得为什么不追上来。"

"我也不知道。这种战争我什么都不懂。"

"依我看，他们得等待他们的运输供应吧。"

"我不知道，"皮安尼说。他独自一个人，态度就和气得多。和其他司机在一起时，他讲起话来很粗鲁。

"你结了婚没有，路易吉？"

"你知道我是结了婚的。"

"你不想当俘虏就是为了这个吗？"

"这是其中的一个理由。你结了婚没有，中尉？"

"没有。"

"博内罗也没结婚。"

"你没法凭一个人结婚不结婚来说明什么问题。不过，我想结了婚的人总想回去找他妻子的吧，"我说。我很想谈谈关于妻子的事。

"是的。"

"你的脚怎么样？"

"着实疼。"

天亮前，我们赶到了塔利亚门托河的河岸边，便沿着涨满水的河走，走近一条所有的人马要过的桥。

"这条河总该守得住吧，"皮安尼说。在黑暗中，水好像涨得很高。河水打着漩涡，河面宽阔。那座木桥约莫有四分之三英里长，河水通常很浅，只是离桥面很远处的宽阔的石床上的一股窄窄的水道，现在可涨到紧挨着桥板了。我们沿着河岸走，然后挤进了渡桥的人群。我紧紧地夹在人群中慢慢地过桥，上面是雨，下边隔着几尺便是河水，我的前头是一部炮车上的弹药箱，我从桥边探头望望河水。现在我们没法按照我们的速度赶路，反而觉得非常疲乏。过桥一点儿也不叫人兴奋愉快。我只是想，要是在白天，飞机来丢炸弹，那才不晓得是个什么光景呢。

"皮安尼，"我说。

"我在这儿，中尉。"他给挤在前面一点的人群里。没人说话。大家只希望快点过桥，心里就是这么个念头。我们快过去了。木桥的那一头，两边站有一些军官和宪兵，打着手电筒。我看见他们被地平线衬托出的身影。我们走近他们时，我看见有个军官用手指指队伍中的一个人。一名宪兵走进行列，抓住那人的胳膊，拖了出去。宪兵强迫他离开大路。我们快走到军官们的正对面了。他们正仔细察看着行列中的每一个人，有时交谈一声，跨前几步，打手电筒照照一个人的脸。我们刚要走到正对面时，他们又抓去了一个人。我看见那人。是个中校。人家用手电筒照他时，我看见他袖管上有两颗星。他头发灰白，长得又矮又胖。宪兵把他拖到那一排检查行人的军官后面。当我走到那一排军官跟前时，我看到有一两个军官正盯着我。其中有一位指指我，对宪兵说了一声。我看见那宪兵跑过来，挤过队伍的边沿来找我，接着我感到被他抓住了我的衣领。

"你怎么啦？"我说。一拳打到他脸上去。我看见那帽子底下的脸，上翘的小胡子，血从他面颊上淌下来。又有一个宪兵朝我们俩冲过来。

"你怎么啦？"我说。他不回答。他正在寻找机会揪住我。我伸手到背后去解手枪。

"你难道不懂不能碰军官的规矩吗?"

另一个从我身后抓住我,把我的手臂朝上扭,扭得几乎脱了臼。我跟他一起转过身,第一个宪兵狠狠抓住了我的脖子。我踢他的胫骨,用我的左膝撞他的胯部。

"他再抵抗就开枪,"我听见有人在说。

"这是什么意思?"我想大声嚷,但是我的声音并不响亮。他们现在已把我拖到路边来了。

"他再抵抗就开枪,"一个军官说。"押他到后边去。"

"你们是什么人?"

"等一会你就知道。"

"你们是什么人?"

"战场宪兵,"另外一位军官说。

"方才你们为什么不叫我走出来,倒派一架这样的飞机来抓我?"

他们不回答。他们可以不理睬。人家是战场宪兵哩。

"押他到后面那些人那儿去,"第一个军官说。"你看。他讲意大利话,口音不准。"

"你还不是同样口音不准,你这狗崽子,"我说。

"押他到后面那些人那儿去,"第一个军官说。他们押着我绕到这排军官的后边,走往公路下边临河的田野,那儿有一堆人。我们朝那堆人走去时,有人开了几枪。我看见步枪射击的闪光,然后是啪啪的枪声。我们走到那堆人旁边。那边站有四名军官,他们面前站着一个人,一边一个宪兵守着。有一小组人由宪兵看守着。审问者的旁边站着四名宪兵,人人挂着卡宾枪。这些宪兵都是那种戴宽边帽的家伙。押我去的那两个把我推进这等待审问的人群中。我看看那个正在受审问的人。他就是方才从撤退行列中给拖出来的那个灰头发的中校,胖胖的小个子。审问者冷静能干,威风凛凛,操人家生死大权的意大利人大致是这个模样,因为他们光枪毙人家,没有人家枪毙他们的危险。

"你属于哪一旅的?"

他告诉了他们。

"哪一团?"

他又说了。

"为什么不跟你那一团人在一起?"

他把原因说了出来。

"你不知道军官必须和他的部队在一起的规矩吗?"

他知道的。

问话到此为止。另外一个军官开口了。

"就是你们这种人,放野蛮人进来糟蹋祖国神圣的国土。"

"对不起,我不懂你的话,"中校说。

"就是因为有像你这样的叛逆行为,我们才丧失了胜利的果实。"

"你们经历过撤退没有?"中校问。

"意大利永远不撤退。"

我们站在雨中,听着这番话。我们正面对着那些军官,犯人站在他们跟前,稍微靠近我们这边一点。

"要枪毙我的话,"中校说,"就请便吧,不必多问。这种问法是愚蠢的。"他划了一个十字。那些军官会商了一下。其中一个在一本拍纸簿上写了些什么。

"擅离部队，明令枪决，"他宣读。

两个宪兵押着中校到河岸边去。中校在雨中走着，是个没戴军帽的老头儿，一边一个宪兵。我没看他们枪毙他，但是我听见了枪声。现在他们在审问另外一个人了。也是一个与他原来的部队失散了的军官。他们不让他分辩。他们从拍纸簿上宣读判决词时，他哭了，他们把他带到河边去时，他一路大哭大喊，而当人家枪决他时，另外一个人又在受审问了。军官们的工作法是这样的：第一个问过话的人在执行枪决时，他们正一心一意审问着第二个人。这样做表示异常忙碌，顾不到旁的事。我不知道要怎样做，是等待人家来审问呢，还是趁早拔脚逃走。我显然是个披着意军军装的德国人。我看得出他们脑子里是怎样想的；不过还要先假定他们是有脑子，并且这脑子是管用的。他们都是些年轻小伙子，正在拯救祖国。第二军正在塔利亚门托河后边整编补充。他们在处决凡是跟原来部队离散了的少校和校以上的军官。此外，他们对于披着意军制服的德国煽动者，也是从速就地枪决了事。他们都戴着钢盔。我们这边只有两人戴钢盔。有些宪兵也戴钢盔。其余的都戴着宽边帽子。我们叫这种帽子为飞机。我们站在雨中，一次提一人出去受审并枪决。到这时，凡是他们问过话的都被枪决了。审问者们本身全没危险，所以处理起生死问题来利索超脱，坚持严峻的军法。他们现在在审问一个在前线带一团兵的上校。他们又从撤退行列中抓来了三个军官。

"他那一团兵在哪儿？"

我瞧瞧宪兵们。他们正在打量那些新抓来的。其余的宪兵则在看着那个上校。我身子往下一蹲，同时劈开左右两人，低着头往河边直跑。我在河沿上绊了一跤，哗的一声掉进河里。河水很冷，我可竭力躲在水下不上来。虽然感觉到河里的急流在卷着我，我还是躲在下面，自以为再也不会上来了。我一冒出水面，便吸一口气，连忙又躲下去。潜伏在水里并不难，因为我有一身衣服和靴子。我第二次冒出水面时，看见前头有一根木头，就游过去，一手抓住它。我把头缩在木头后边，连看都不敢往上边看。我不想看岸上。我逃跑时和第一次冒出水面时，他们都开枪。我快冒出水面时就听见枪声。现在却没人打枪。那根木头顺着水流转，我用一只手握着它。我看看岸上。河岸好像在很快地溜过去。河中木头很多。河水很冷。我随波逐流，从一个小岛垂在水面上的枝条下淌过去。我双手抱住那根木头，由它把我顺流漂去。现在已看不见河岸了。

第三十一章

我不晓得在河上究竟漂流了多久,因为河流湍急。时间好像很长,又可能很短。河水很冷,在泛滥,水上漂过许多东西,都是河水上涨时从岸上卷来的。我幸而抱住一根沉重的木头,身子躺在冰冷的水里,下巴靠在木头上,双手尽量轻松地抱着木头。我怕的是抽筋,只盼着会漂到岸边去。我漂下河去,划出一条长长的曲线。天开始亮了,我看得见河岸上的灌木丛。前头有一座矮树丛生的小岛,流水带着我朝岸上漂去。我不晓得该不该脱下靴子和衣服,游上岸去,终而决定不这么做。我当时总觉得我一定能上岸的,不管怎样上岸法。如果上岸时光着脚,那就糟了。我总得想法子赶到美斯特列。

我看着河岸在靠近,接着我又漂开去,接着又靠近了一点。我和木头现在漂流得慢一些了。河岸已很近。我看得见柳树丛的嫩枝了。木头慢慢地转动,河岸转到了我的后边,我这才知道我们到了一个漩涡中。我们慢慢地转着。我再看见河岸时,已离得很近,我一手抱住木头,抽出一只胳膊来划水,加上用脚踩水,希望靠拢岸边,但是结果还在老地方。我担心会给漩涡卷出去,还是一手抱住木头,抬起两脚来推木头的边沿，用力往岸边死推。岸上的灌木丛我看得见了，但是尽管有我的动力，并且拼命划水，水流可又把我卷走了。这时我才想起自己可能淹死，因为我的靴子太笨重了，但是我还是划水，死命挣扎，等我抬起头来时，岸正在渐渐靠近，于是我继续拼命划水，双脚笨重，惊慌失措，我终于奋力游到了岸边。我抓住了柳枝，吊在那儿，可是没有气力往上攀，不过心里明白，现在已不至于溺死了。我人在木头上时，始终没想到会淹死。刚才使尽了气力，胸口和胃里都觉得又空又想吐，只好攀住柳枝等待着。恶心过去后，我才爬进树丛，又休息了一下，双臂抱住一棵柳树，双手紧紧地抓住树枝。后来我爬出树丛，穿过树与树之间，爬到了岸上。那时天已半亮，我看不见一个人影。我平躺在河岸上，听着流水声和雨声。

过了一会，我站起身，顺着河岸走。我知道河上这一带没有桥梁，非得到拉蒂沙那不可。我推想我也许正在圣维多的对岸。我开始思量该怎么办。前头有条通河道的水沟。我朝那条沟走去。我至今没见人影，就在水沟边几棵灌木边坐下，脱掉靴子，倒出水来。我脱下军装上衣，从里边口袋里掏出皮夹子，皮夹子里放着我的证件和钞票，全给浸湿了。我拧干军装上衣。我把裤子也脱下来拧干，接着脱衬衫和内衣裤。我用手拍打身体，摩擦一番，再把衣服穿起来。我的军帽可掉了。

我穿上衣之前，先把袖管上的星章割下来，放在里边口袋里，和我的钱放在一起。我的钱虽则湿了，还可以用。我数了一下。一共有三千多里拉。我的衣服又湿又沾，我拍打着臂膀，叫血流通。我穿的是羊毛内衣，只要我人在走动，就不至于受凉。我的手枪已被宪兵在路边夺去了，现在我把手枪套塞进上衣内。我没有披肩，现在雨中很冷。我开始顺着运河的河岸走。已是白天了，乡野又湿又低，好不凄凉。田野光秃濡湿，我看见前面远处有一座钟塔屹立在平原上。我走上一条公路。我看见前头路上有些部队正在走过来。我在路边一拐一拐地往前走，他们走过我身边，没有理睬我。这是开到河边去的一个机枪支队。我顺着公路继续走。

那天我徒步穿越威尼斯平原。这是个又低又平的地带，一落雨，似乎更平凡单调了。靠海边有些盐沼地，道路很少。所有的路都是顺着河口通往海边去的，我要横穿乡野，只好走运河边那些小径。我从北往南走，跨过两条铁路线和许多道路，终于从一条小径的尽头处走上一片沼泽地边的一条铁路线。这是从威尼斯到的里雅斯德去的干线，有坚固的高堤，有坚固的路基，还铺着双轨。铁轨过去不远的地方有个招呼站，我看得见有士兵在防守。铁轨那一端有一座桥，桥下是一条小河，流到一片沼泽地。我看见桥上也有一名守卫。刚才我跨过北边的乡野时，看到一列火车在这条线上走，因为地势平，远远就望得见，于是我想，可能有列火车从波多格鲁罗开来。我眼睛注意着那些守卫，身子趴在路堤上，以便看得见铁轨的两头。桥上的守卫顺着路线向我趴的地方走过来了一点，随即回转身又朝桥走。我饿着肚皮伏在那儿等火车来。我在平原上所望见的那列火车非常长，机车开得非常慢，这样速度的火车我准跳得上去。我等了半天，几乎等得绝望了，终于有一列火车开来了。车头直开过来，慢慢地越来越大。我看看桥上的守卫。他正在桥的这一头走，不过是在路轨的另一边。这样火车开过时，正好能把他遮住。我看着车头开近来。它开得很吃力。原来挂的车皮很多。我知道火车上一定也有守卫，我想看看守卫在什么地方，但是因为我人躲着，还是看不见。车头快开到我趴着的地方了。车头到我面前了——它虽然在平地上开，还是又吃力又喘气——我看见司机过去了，于是站起来，挨近一节节开过去的车厢。万一守卫看见，由于我站在车轨边，嫌疑性反而少一点。几节封闭的货车开过了。随后我看见一节没有遮盖的、车身很低的车厢，他们叫它为平底船，上边罩着帆布。我等它快要过去时，纵身一跃，抓住车后的把手，攀了上去。我爬到"平底船"和后边一节高高的货车的车檐间。大概没有人看见我吧。我抓着把手，蹲着身子，双脚踏在两节车厢间的联轴节上。火车快到桥上了。我想起桥上那个守卫。火车过去时，他望望我。他还是个孩子，他的帽盔太大了。我轻蔑地瞪了他一眼，他赶快掉开头去。他以为我是列车上的什么人员哩。

我们过去了。我看见他还是怪不舒服地瞅着后面的那几节车厢，这时我俯下身去看看帆布是怎么绑牢的。帆布边沿上有扣眼，用绳子穿过绑着。我拿出刀子来，割断了绳子，伸出一条胳臂探进去。帆布下有些硬的东西突出着，那帆布因为给雨打湿了，绷得紧紧的。我抬头望望前面。前头货车上有一名守卫，幸亏他是在往前看。我放开把手，往帆布底下一钻。我的前额碰上一件东西，狠狠地一撞，我觉得脸上出血了，但是我还是爬进去，笔直地躺着。我随后转过身把帆布绑好。

帆布底下原来是大炮。大炮涂抹过润滑油和油脂，闻起来觉得很清新。我躺着倾听帆布上的雨声和列车在路轨上开的轧轧声。有些光线漏了进来，我躺着看看那些炮。炮身还罩着帆

永别了，武器 | 259

布套。我想一定是第三军送来的。我额上那一撞，肿起来了，我躺着不动弹，让伤口止血凝结，随后把伤口四周的干血块一一剥掉。这算不了什么。我没有手帕，只能用手指摸摸，然后蘸着帆布上滴下来的雨水，用袖子揩干净那些血迹。我不想让自己的样子惹人注意。我知道在列车到美斯特列以前，我非下车不可，因为到了那地方，一定有人来接收这些大炮。他们现在正需要大炮，损失不起，准不会忘记。我感到非常饿。

第三十二章

我躺在无顶平板货车的车板上,旁边是大炮,上边是帆布,人又湿又冷又饿。我终于翻转身,头枕着我的臂膀,趴在车板上。我的膝盖虽然僵硬,倒也蛮好。瓦伦蒂尼的手术的确不错。撤退时我有一半时间是步行的,后来还在塔利亚门托河上游了一段,多亏他这膝盖。这膝盖确实是他的。另一只膝盖才是我自己的。你的身体经过医生的手术后,就再也不是你自己的了。头是我的,肚皮里的东西也是我的。肚皮里现在饿坏了。我感觉到饥肠辘辘,正在乱绞乱转。头是我自己的,但是不是供使用的,不是用它来思想的;只用它来记忆,但是也不能记忆得太多。

我可以回忆凯瑟琳,但是我也知道,我这样想她会想得发疯的,因为我还没有再见到她的把握,所以我不敢想她,只是略为想想,只是当列车慢慢地咔答咔答地行驶时,稍微想想她。帆布上漏进一点光来,我仿佛是和凯瑟琳一同躺在火车的车板上。躺在硬板上,不去思想,只是感觉,那太难了,因为离别时间太长久了,现在我衣服既湿,车板又是每次只稍微往前移动一下,内心寂寞,孑然一身湿衣服,权将硬板当夫人。

你说不上喜爱一节平板车的车板,或是罩上帆布套的大炮,或是涂抹过凡士林的大炮的气味,或是漏雨的帆布,不过人在帆布底下,还是蛮好的,和大炮在一起,还是愉快的;但是你所爱的是另外一个人,那人你明知道没有在车里,甚至要假想在车里也不行;你现在很清楚,很冷静——与其说很冷静,不如说很清楚很空虚吧。你趴在车板上,亲身经历一国大军的撤退和另一国大军的进军,现在所看到的只是空虚。你失掉了几辆救护车和人员,好比一个百货店的铺面巡视员,在火灾中损失了他那一部门的货色。不过没有保火险。你现在离开它了。你再也没有什么义务责任了。倘若百货店在火灾后枪毙巡视员,因为他讲话口音向来不纯正,那么百货店再开店复业时,就不能指望巡视员会回来,这是一定的。他们也许会另找职业;只要还有其他职业可找,只要警察抓不到他们。

愤怒在河里被洗掉了,任何义务责任也一同洗掉了。其实我的义务在宪兵伸手抓我衣领时就停止了。我是不拘外表形式的,但我倒很想把这军装脱掉。我已把袖管上的星章割掉,那只是为了便利起见。那与荣誉无关。我并不反对他们。我只是洗手不干了。我祝他们万事如意。世界上还有善良的人,勇敢的人,冷静的人和明智的人,他们是应该得到荣誉的。但是这已经不是我的战争,我只盼望这该死的车早点开到美斯特列,可以吃吃东西,停止思想。我非停止不可。

皮安尼会告诉他们我被枪毙了。枪毙的人他们要搜查口袋,取去证件。人家可没拿到我的证件。他们也许会说我淹死了。美国方面不晓得将接到什么消息。大概是因伤及其他原因而死亡吧。善良的基督啊,我真饿啊。从前在饭堂里一同吃饭的那个教士，现在不晓得怎么样了。还有雷那蒂。他大概在波达诺涅。如果他们没有退得更远的话。嗯，我今后再也看不到他了。他们这些人我都看不到了。这一方面的生活已经结束了。我不相信他得了梅毒。人家说，倘若趁早医治，这病是并不太严重的。但是他还是担心害上了这个病。要是我害上了这病的话，我也会发愁的。谁都会发愁的。

我生来不会多思想。我只会吃。我的上帝啊，我只会吃。吃，喝，同凯瑟琳睡觉。也许今天夜里吧。不，这是不可能的。但是明天夜里，一顿好饭，有床有床单，永不分离，要走就一块儿走。大概还得特别赶快走哩。她是肯走的。我知道她肯走。我们什么时候走？这倒是值得思考的。天在黑下来了。我躺着思考要去的地方。地方倒是多着哩。

第四部

第三十三章

大清早天还没亮时,火车放慢下来,准备开进米兰车站,我赶快跳下了车子。我跨过车轨,穿过一些建筑物之间,走上一条街。有家酒店开着,我便进去喝杯咖啡。酒店里有大清早刚打扫过的气味,咖啡杯里还搁着调羹,台子上还印有酒杯底所留下的圆圈。主人在酒吧后边。两名士兵坐在一张桌子边。我站在酒吧边喝杯咖啡,吃了一片面包。咖啡给牛乳冲淡成灰色,我拿片面包撇掉牛乳的浮皮。主人看着我。

"来杯格拉巴酒吧。"

"不,谢谢。"

"就算我请客,"他说,倒了一小杯,推过来。"前线怎么样?"

"我哪会知道。"

"他们喝醉了,"他说,用手指着那两名士兵。这我相信。他们的确带着醉酒的模样。

"告诉我,"他说,"前线怎么样?"

"前线的事我哪会知道。"

"我看见你翻墙过来的。你刚下火车。"

"前线在大撤退。"

"报纸我是看的。究竟怎么啦?是不是结束了?"

"那不见得吧。"

他从一只矮瓶子里再倒了一杯格拉巴酒。"要是你有什么困难,"他说,"我可以收留你。"

"我没什么困难。"

"倘若你有困难的话,就住在我这里吧。"

"住什么地方呢?"

"就在这屋子里。许多人住在这里。凡是有困难的人,都可以住在这里。"

"有困难的人很多吗?"

"那要看是哪一种困难。你是南美洲人吧?"

"不是。"

"会讲西班牙话吗?"

"一点点。"

他抹抹酒柜。

"出国现在很困难,不过也不是不可能的。"

"我倒没有出国的意思。"

"你想在这里呆多久都行。你呆久了就知道我是哪一种人。"

"今天早上我有事,我把这地址记下,以后再回来。"

他摇摇头。"看你这样讲法,你是不会回来的。我倒以为你着实有难处。"

"我没什么难处。但是我也珍重朋友的地址。"

我放一张十里拉的钞票在柜台上,当做喝咖啡的账。

"陪我喝一杯格拉巴酒吧,"我说。

"这倒不必。"

"来一杯。"

他斟了两杯酒。

"记住了,"他说。"上这儿来。别让别人收留你。这里是安全的。"

"这我相信。"

"真的吗?"

"真的。"

他脸色严肃。"那么我告诉你一件事。别穿这件军装到处走。"

"为什么?"

"袖管上割掉星章的地方,人家看得清清楚楚。况且布的颜色也有了深浅。"

我一声不响。

"你要证件的话,我可以给你弄来。"

"什么证件?"

"休假证。"

"我不需要证件。我自己有。"

"好吧,"他说。"不过要是你需要的话,我可以代办。"

"要多少钱?"

"这要看是哪一种证件。价钱很公道。"

"我现在不需要。"

他耸耸肩。

"我没事,"我说。

我出去时,他说:"别忘记我是你的朋友。"

"不会忘的。"

"再见吧,"他说。

"好,"我说。

上了街,我故意避开车站,因为那儿驻有宪兵。我在那小公园边找到一部马车。我把医院的地址告诉了车夫。到了医院,我先到门房住的地方去。门房的妻子拥抱我。门房握握我的手。

"你回来啦。你平安无事。"

"是的。"

"用了早点没有?"

"吃过了。"

"你好吧,中尉?你好吧?"他妻子问。

"我好。"

"和我们一同吃早饭好吗?"

"不,谢谢你。告诉我,巴克莱小姐现在可在医院里?"

"巴克莱小姐?"

"那个英国护士。"

"他的女朋友啊,"他妻子说。她拍拍我的胳膊,笑笑。

"不在,"门房说。"她走啦。"

我的心往下一沉。"真的吗?我是说那个高高的、金黄头发的英国小姐。"

"我知道。她上施特雷沙去了。"

"她什么时候走的?"

"两天前,同另外那个英国小姐一块儿去的。"

"好,"我说。"我现在要你们做一件事。别告诉任何人说见到过我。这是非常重要的。"

"我不告诉任何人,"门房说。我给他一张十里拉的钞票。他推开了。

"我答应你不告诉人好了,"他说。"钱我不要。"

"有什么事要我们替你做吗,中尉先生?"他妻子问。

"只希望你们不告诉别人,"我说。

"我们装哑巴,"门房说。"有什么事要做,通知我一声好不好?"

"好,"我说。"再会。将来再见。"

他们站在门口,目送着我。

我跳上马车,告诉车夫西蒙斯的住址。西蒙斯是一位学唱歌的朋友。

西蒙斯住在城里好远的地方,在马根塔门①那一头。我进去看他时,他还在床上,睡意蒙眬。

"你好早啊,亨利,"他说。

"我搭早车来的。"

"这撤退究竟是怎么一回事啊?你是不是在前线?抽根烟吧?烟就在桌上那盒子里。"他的卧房是个大房间,一张床靠墙放着,房间的另一边放着一架钢琴、一张梳妆台和一张桌子。我坐在床边的椅子上。西蒙斯靠坐在枕头上抽烟。

"我陷入困境了,西姆,"我说。

---

① 马根塔门是米兰的西门。

"我也是,"他说。"我经常陷入困境。你不抽根烟吗?"
"不,"我说。"到瑞士去要办什么手续?"
"你吗? 意大利人根本不让你出国境。"
"是的。这我知道。但是瑞士人呢。他们怎么样?"
"他们拘留你。"
"这我也知道。不过其中的奥妙是什么?"
"没什么。很简单。你哪儿都可以去。不过得先打个报告什么的。你为什么问? 你是要逃避警察吗?"
"还不大清楚。"
"你不想告诉我就不必说。不过这事一定怪有趣。这里什么事都没有。我在皮阿辰扎演唱,失败得可惨啊。"
"非常抱歉。"
"是啊,我失败得很惨。但我唱得好。我要在这里的丽丽阁再试它一次。"
"我希望去听听。"
"你太客气了。你不是说你搞得一团糟了吗?"
"这还难说。"
"你不想告诉我,就不必说。你怎么离开那该死的前线的?"
"我再也不干了。"
"好小子。我一向知道你是有头脑的。有没有我可以帮你忙的地方?"
"你本来就很忙了。"
"哪里,亲爱的亨利。一点儿不忙。什么事我都乐意做。"
"你身材大小跟我差不多。可否劳驾上街去给我买一套平民服装？我本来有衣服，可是都放在罗马。"

"你果真在罗马住过？那是个脏地方。你怎么会跑到那儿去住？"

"我本来想当建筑师。"

"那儿不是学建筑的地方。你不必买衣服。你要什么衣服，我全给你。我把你好好打扮一下，出去一定大成功。你上那梳妆室去。里边有个衣柜。你要什么尽管拿。老朋友，你用不到买衣服。"

"我看还是买的好，西姆。"

"老朋友，我把衣服送给你，比出去买衣服方便多了。你有护照没有？没有护照可寸步难行啊。"

"有。我的护照还在。"

"那么还是换衣服吧，老朋友，换好了就动身往老赫尔维西亚①去吧。"

"事情并不这样简单。我得先上施特雷沙去。"

"那太理想了，老朋友。只消乘条船过湖就到。要是我不演出的话，我就陪你去。我还是会去的。"

"你可以学唱瑞士山歌。"

"老朋友，我早晚要学唱山歌的。不过我唱歌真的还很行。怪就怪在这里。"

"我敢打赌你是能唱的。"

他躺倒在床上，抽着烟卷。

"你下的赌注可别太大。不过我倒是能唱的。说来怪滑稽

---

① 这是瑞士的拉丁文名称。

的,我还是能唱。我喜欢唱。你听。"他扯开喉咙唱起《非洲女》[①]来,脖子胀得很粗,血管突出。"我能唱,"他说。"不管他们喜欢不喜欢。"我望望窗外。"我下去打发马车走吧。"

"等你回来,老朋友,我们一同吃早饭。"他下了床,伸直身子,来个深呼吸,开始做早操。我下楼付账打发马车走了。

[①] 《非洲女》是德国音乐家梅耶贝尔(1791—1864)所编的五幕歌剧,写葡萄牙探险家达·伽马的事迹。

第三十四章

我穿上平民服装,觉得好像是个参加化装跳舞会的人。军装穿久了,现在身子不再裹得紧紧的,仿佛若有所失。特别是那条裤子,穿在身上,觉得松松垮垮。我在米兰买了一张到施特雷沙去的车票。我还买了一顶新帽子。西姆的帽子我不能戴,他的衣服倒是挺不错的。衣服带有烟草味,当我坐在车厢里望着窗外时,我觉得帽子崭新,衣服很旧。我觉得自己很忧郁,正像车窗外伦巴第区那片濡湿的乡野。车厢里有几个飞行员,他们不大瞧得起我。他们目光避开,不来看我,很藐视我这种年纪的人还在当平民。我倒不觉得受了侮辱。要是在从前,我准会侮辱他们一下,挑动他们干一架。他们在加拉剌蒂下了车,剩下我一个人,也乐得安静。我身边有报纸,但我不看,因为我不想知道战事。我要忘掉战争。我单单媾和了。我觉得异常寂寞,所以车子到施特雷沙时,心中很高兴。

到车站时,我等待旅馆兜揽生意的伙计,但是一个都没有出现。旅游季节早已过了,没人来接火车。我提着小提包下了火车,这小提包是西姆的,提起来很轻,因为里边没有什么东西,只有两件衬衫。我在车站屋檐下躲雨,看着火车开走了。

我在站上找到一个人,问他什么旅馆还在开业。巴罗美群岛①大旅馆还开着,还有几家小旅馆是一年四季都营业的。我提着小提包冒雨上那大旅馆去。我看见有一部马车从街上驶过来,便向车夫打招呼。乘着马车上旅馆,比较有派头。车子赶到大旅馆停车处的入口,门房连忙打着伞出来迎接,非常有礼貌。

我开了一个好房间。房间又大又亮,面临着湖上②。湖上现在罩着云,不过阳光一出来,一定很美丽。我对旅馆的人说,我在等待我的太太。房间里摆有一张双人大床,那种燕尔新婚的大床,上面铺着缎子床罩。旅馆十分奢华。我走下长廊和宽阔的楼梯,穿过几个房间,到了酒吧间。那酒保我本来就认得,我坐在一只高凳上,吃吃咸杏仁和炸马铃薯片。马丁尼鸡尾酒又凉爽又纯净。

"你穿着平民服装在这儿做什么?"酒保给我调好了第二杯马丁尼后,问道。

"休假。疗养休假。"

"这儿一个人都没有。我就不懂旅馆为什么还开着。"

"近来钓鱼吗?"

"钓到了一些很好的鱼。每年这个季节,垂钩钓鱼都可以钓到一些很好的。"

"我送给你的烟草收到没有?"

"收到了。你可曾收到我的明信片?"

---

① 巴罗美群岛是马焦莱湖上的一名胜地的名字。
② 指瑞士与意大利两国边境上的马焦莱湖。施特雷沙就在湖西。

我笑起来。烟草我根本弄不到。他要的是美国板烟丝,但是不晓得是我亲戚不再寄来呢,还是在什么地方给扣留了。无论如何,我没收到,更没法子转寄给他。

"我在什么地方总还能弄到一点的,"我说。"告诉我,你可曾见到过城里来了两位英国姑娘?她们是前天才到的。"

"她们不住这旅馆。"

"两人都是护士。"

"我倒见过两位护士。等一等,我给你打听去。"

"其中有一位是我的妻子,"我说。"我特为上这儿来会她。"

"另外一位是我的妻子。"

"我并不是在说笑话。"

"请原谅我的胡闹,"他说。"我把你的话听错了。"他去了好一会。我吃吃橄榄、咸杏仁和炸马铃薯片,对着酒吧后边的镜子,照照穿着平民服装的我。酒保趸回来了。"她们住在车站附近的小旅馆里,"他说。

"来点三明治吧?"

"我按铃叫他们拿点来。你知道,这里什么东西都没有,因为连客人也没有。"

"真的连一个都没有吗?"

"有。只有几位。"

三明治送来了,我吃了三块,再喝了两杯马丁尼。我从来没有喝过这样凉爽纯净的酒。喝了以后,叫我觉得人都变文明了。我过去吃喝红葡萄酒、面包、干酪、劣质咖啡和格拉巴酒,吃喝得太多了。我坐在高凳上,面对着那悦目的桃花心木的柜台、黄铜装饰和镜子等等,心中全不思想。酒保问了我几个问题。

"不谈战争,"我说。战争离我已很遥远。也许根本并没有战争。这儿并没有战争。随后我发觉,战争对我个人来说,已经结束了。但是我又并不觉得有真正结束了的感觉。我的心情就好比一个逃学的学生,正在思量学校里在某一钟点在搞什么活动。

我到那小旅馆时,凯瑟琳和海伦·弗格逊正在吃晚饭。我站在门廊上,看见她们坐在饭桌边。凯瑟琳的脸背着我,我看得见她头发的轮廓、她的面颊、她那可爱的脖子和肩膀。弗格逊正在说话。她一看见我进来就停了嘴。

"我的上帝啊,"她说。

"你好,"我说。

"原来是你啊!"凯瑟琳说。她的脸孔光亮起来。她快乐得好像不敢相信这是真的。我亲亲她。凯瑟琳红了脸,我就在桌边坐下。

"你这一团糟的,"弗格逊说。"你来这儿做什么?吃了饭没有?"

"没有。"伺候开饭的姑娘进来了,我吩咐她多开一客。凯瑟琳目不转睛地看着我,快乐幸福。

"你为什么穿便服?"弗格逊问。

"我现在入内阁了。"

"你一定出事了。"

"高兴起来吧,弗基。稍微高兴一点。"

"我看见你可不觉得高兴。我知道你给这姑娘找的麻烦。见到你这人可没法子叫我愉快。"

"没有人给我找什么麻烦,弗基。是我自己找的。"

凯瑟琳对我笑笑,在桌下用脚踢了我一下。

"他叫我受不了,"弗格逊说。"他对你一无好处,只是用他那套鬼鬼祟祟的意大利伎俩毁了你。美国人比意大利人更坏。"

"倒是苏格兰人才讲道德呢,"凯瑟琳说。

"我不是这个意思。我是说他那意大利式的鬼鬼祟祟。"

"我鬼鬼祟祟吗,弗基?"

"你鬼鬼祟祟。你比鬼鬼祟祟还要坏。你就像条蛇。披着意军军装的蛇,脖子上披着一件披肩。"

"我现在可没穿意军军装啊。"

"这正是你那鬼鬼祟祟的又一例证。整个夏天你闹恋爱,叫这姑娘怀了孕,现在大概你想溜走啦。"

我对凯瑟琳笑笑,她也对我笑笑。

"我们一块儿溜走,"她说。

"你们俩本是一路货,"弗格逊说。"凯瑟琳·巴克莱,我真替你害臊。你不怕难为情,不顾名誉,而且你就像他一样的鬼鬼祟祟。"

"别这样讲,弗基,"凯瑟琳说,轻轻地拍拍她的手。"别责难我。你知道你我是好朋友。"

"挪开你的手,"弗格逊说。她脸孔涨红了。"要是你知道难为情,还有话说。但是天知道你怀了几个月的孩子,还当做儿戏,还是满脸笑容,无非因为勾引你的汉子回来了。你不知耻,也没有情感。"她开始哭起来。凯瑟琳走过去,用臂膀搂住她。她站着安慰弗格逊的时候,我看不出她身体外形有什么变化。

"我不管,"弗格逊呜咽地说。"我以为这太可怕了。"

"好啦,好啦,弗基,"凯瑟琳安慰她说。"我知耻就是了。别哭,弗基。别哭,好弗基。"

"我不在哭,"弗格逊呜咽地说。"我不在哭。只是因为你闹出了这可怕的乱子。"她看着我。"我恨你,"她说。"她没法叫我不恨你。你这卑鄙鬼祟的美国意大利佬。"她的眼睛和鼻子都哭红了。

凯瑟琳对我笑笑。

"不许你一边抱着我,一边对他笑。"

"你太不讲理了,弗基。"

"我知道,"弗格逊呜咽着说。"你们俩都不要理我。我心里太烦了。我不讲理。这我知道。我要你们俩都快乐幸福。"

"我们现在就快乐嘛,"凯瑟琳说。"你这甜蜜可爱的弗基。"

弗格逊又哭起来。"我要的不是你们这一种快乐。你们为什么不结婚?难道你另有妻子吗?"

"没有,"我说。凯瑟琳大笑。

"这不是可笑的事,"弗格逊说。"有许多人都另有老婆的。"

"我们就结婚好啦,弗基,"凯瑟琳说。"如果这样能叫你喜欢的话。"

"不是为了叫我喜欢。你们本人应该有结婚的要求。"

"我们太忙了。"

"是的。我知道。忙于制造小孩。"我以为她又要哭起来了,想不到她只是改用了一种辛辣的语调。"我看,你今天夜里就会跟他去吧?"

"是的,"凯瑟琳说。"倘若他要我去的话。"

"我怎么办呢?"

"你害怕单独住在这里吗?"

"是,我怕。"

"那么我就陪你好了。"

"不,你还是跟他去。立即跟他去。你们俩都叫我看得厌烦透了。"

"还是先把饭吃完吧。"

"不。立刻就去。"

"弗基,讲点儿道理吧。"

"我说立刻就去。你们俩都走。"

"那就走吧,"我说。弗基叫我讨厌。

"你们真要走啦。你们看,你们甚至想撇下我,让我一个人吃饭。我一直想看看意大利的湖,现在倒落得这个样子。噢,噢,"她呜呜咽咽,随后望一望凯瑟琳,又哽咽起来了。

"我们呆到饭后再说吧,"凯瑟琳说。"倘若你要我陪你,我就不走,我不会丢下你一个人的,弗基。"

"不。不。我要你走。我要你走。"她擦擦眼睛。"我太不讲理了。请不要见怪。"

伺候开饭的姑娘给方才一顿哭弄得怪不舒服。现在她把下

永别了,武器 | 281

一道菜端进来,看来因为情况好转了而心安一点。

那天夜晚在旅馆里,房间外边是一条又长又空的走廊,门外边放着我们的鞋子,房间里铺着厚厚的地毯,窗外下着雨,房间里则灯光明亮,快乐愉快,后来灯灭了,床单平滑,床铺舒服,一片兴奋,那时的心情,好比我们回了家,不再感觉孤独,夜间醒来,爱人仍在,并没有发觉梦醒人去;除了这以外,一切事物都是不真实的。我们疲乏的时候就睡觉,一个醒来,另一个也就醒来,所以不会感觉孤独寂寞。一个男人,或是一个女郎,虽然相爱,却时常想要单独安静一下,而一分开,必然招惹对方妒忌,但是我可以实实在在地说,我们两人从来没有这种感觉。我们在一起的时候,也有孤独的感觉,那是与世人格格不相入的孤独。这种经验我一生中只有过一次。我和好些女人在一起的时候,总感觉孤独寂寞,而且你最寂寞就是在这种时候。但是我和凯瑟琳在一起,从来不寂寞,从来不害怕。我知道夜里和白天是不同的:一切事物都不相同,夜里的事在白天没法子说明,因为那些事在白天根本就不存在,而对于寂寞的人来说,黑夜是极可怕的时间,只要他们的寂寞一开始。但是我和凯瑟琳的生活在夜间和白天几乎没有分别,而夜间只有更美妙些。倘若有人带着这么多的勇气到世界上来,世界为要打垮他们,必然加以杀害,到末了也自然就把他们杀死了。世界打垮了每一个人,于是有许多人事后在被打垮之余显得很坚强。但是世界对打垮不了的人就加以杀害。世界杀害最善良的人,最温和的人,最勇敢的人,不偏不倚,一律看待。倘若你不是这三类人,你迟早当然也得一死,不过世界并不特别着急要你的命。

我记得第二天早晨醒来的情形。凯瑟琳还睡着,阳光从窗口照进房来。雨已停了,我下床走到窗口。窗下有一片花园,虽然现在草木凋零,仍旧整齐美丽,有沙砾小径、树木、湖边的石墙和阳光下的湖,湖的另一边层峦叠嶂。我站在窗边望了一会,当我掉转头来时,凯瑟琳已经醒了,正在看我。

"你好啊,亲爱的?"她说。"天气不是好得可爱吗?"

"你觉得怎么样?"

"很好。我们过了一个可爱的夜晚。"

"你想吃早饭吗?"

她想吃。我也想吃,我们就在床上吃,十一月的阳光从窗外射进来,早饭的托盘搁在我的膝上。

"你要看报吗?你在医院时老是要报看。"

"不,"我说。"现在我不看了。"

"战事果真糟到你连看都不想看吗?"

"我不想看报上登载的消息。"

"我倒希望当初和你在一起,能够多少知道一点消息呢。"

"等我脑子里搞清楚以后再告诉你吧。"

"人家发觉你不穿军装,不会逮捕你吗?"

"大概要枪毙我。"

"那么我们就不要待在这里。我们出国去。"

"这我也多少考虑过。"

"我们还是出国吧。亲爱的,你不该这样胡乱冒险。告诉我，你怎样从美斯特列到米兰的?"

"乘火车。那时候我还穿军装。"

"那时你没危险吗?"

"没多大危险。我本有张旧的调动证。我在美斯特列把日期改了一改。"

"亲爱的，你在这儿随时都有被捕的危险。我不能让你这样。这么做太傻了。倘若人家把你抓了去，我们怎么办呢?"

"这事别去想吧。我已经想得厌倦了。"

"要是人家来逮捕你，你怎么办呢?"

"我开枪。"

"你瞧你多么傻，除非我们真的要走，我不让你走出这旅馆一步。"

"那么我们到哪儿去呢?"

"请你别这样子，亲爱的。你说什么地方，我们就上什么地方去。请你立刻找个可以去的地方。"

"湖的北边是瑞士，我们就上那儿去吧。"

"那好极了。"

外面阴云密布，湖上阴暗下来。

"我希望我们不至于老是过着逃犯的生活，"我说。

"亲爱的，别这样。你过逃犯的生活还没有多久。况且我们不会永远像逃犯般生活的。我们将过快活的日子。"

"我觉得像是个逃犯。我从军队里逃了出来。"

"亲爱的，请你不要乱讲。那不算逃兵。那只是意大利军队。"

我笑了起来。"你是个好姑娘。我们回到床上去吧。我在床上就好过。"

过了一会儿，凯瑟琳说，"你不觉得像逃犯了吧？"
"对，"我说。"同你在一起就不觉得了。"
"你真是个傻孩子，"她说。"但是我会照料你的。亲爱的，我早上并不想吐，这岂不是好消息？"
"好极了。"
"你还不晓得你的妻子多好哩。我也无所谓。我要给你找个地方，人家没法逮捕你，然后我们可以快活幸福地过日子。"
"我们立刻就去吧。"
"我们要去的，亲爱的。随便什么地方，随便什么时候，你要去我就去。"
"我们现在别想任何事吧。"
"好的。"

第三十五章

凯瑟琳沿着湖走,往小旅馆去找弗格逊,我则坐在酒吧间里看报。酒吧间里备有舒服的皮椅,我就坐在一只皮椅上看报,一直到酒保来了。原来意军连塔利亚门托河都没守住。他们正在朝皮阿维河退却。我还记得皮阿维河。上前线去时,火车在圣多那附近跨过这条河。那儿河水又深又慢,相当狭窄。河下边是蚊蚋丛生的沼泽和运河。那儿有些可爱的别墅。战前我有一次上科丁那丹佩佐①去,曾在临河的山间走了几小时。从山上望下去,那河道倒像一条出鳟鱼的溪流,水流得很急,有一段段的浅滩,山岩阴影下有水潭。公路到了卡多雷就和河道岔开了。不晓得山岭上的军队撤退时怎么下来的。酒保来了。

"葛雷非伯爵要找你,"他说。

"谁?"

"葛雷非伯爵。你还记得你上次来这儿碰到的那个老人吧。"

"他在这儿吗?"

"是的,和他的侄女一同来的。我告诉他你来了。他要你和他打弹子。"

"他在哪儿?"

"在散步。"

"他身体怎么样?"

"比从前更年轻啦。昨天夜里晚饭前,他喝了三杯香槟鸡尾酒呢。"

"他的弹子功夫呢?"

"很行。他打败了我。我说你来了,他很高兴。这儿没人跟他打弹子。"

葛雷非伯爵九十四岁了。他是梅特涅②那一辈的人,须发雪白,举止风雅。他当过奥意两国的外交官,他的生日宴会是米兰社交界的大事。他眼看要活到一百岁,打得一手漂亮爽利的好弹子,与他那九十四岁的脆弱身体适成对比。我从前在施特雷沙碰见他,也是在旅游季节以后,我们边打弹子边喝香槟。这打弹子喝香槟的风俗太好了,当时他每百分让我十五分,还赢了我。

"你为什么不早告诉我他在这里?"

"我忘啦。"

"还有谁?"

"没有你认得的人了。旅馆里一共只有六位客人。"

"你现在有事吗?"

"没事。"

---

① 科丁那丹佩佐是意大利北部阿尔卑斯山一冬季运动的胜地。
② 梅特涅(1773—1859),奥地利帝国外交大臣,于拿破仑被打败后,组织"神圣同盟",极力恢复欧洲的封建专制统治,摧残各民族解放运动和进步力量。

"那么钓鱼去吧。"

"我只能走开一个钟头。"

"来吧。把你的钓鱼线拿来。"

酒保披上一件上衣,我们就走出去。我们走到湖边,上了一条船,我划船,酒保坐在船尾放出线去钓湖上的鳟鱼——线的一头有一个旋转匙形的诱饵和一个沉重的铅锤。我沿着湖岸划船,酒保手里扯着线,时而朝前抖它一抖。从湖上看来,施特雷沙相当荒凉,一长排一长排光秃的树木、一座座大旅馆和关闭的别墅。我把船划出去,横跨湖面,划到美人岛①,紧挨着石壁,在那儿,湖水突然变深了,你看见岩壁在晶莹的湖水中低斜下去,接着我们又朝北划往渔人岛。太阳给一朵云遮住了,湖水黑暗平滑,冷气逼人。我们虽然看见水上有鱼上升时的一些涟漪,但是始终没有鱼来上钩。

我把船划到渔人岛对面的地方,那儿靠有几只船,有人在补渔网。

"我们去喝杯酒吧?"

"好的。"

我把船划拢石码头,酒保把钓鱼线收回来,卷好放在船底,把诱饵挂在船舷的上缘。我上了岸,把船拴好。我们走进一家小咖啡店,在一张没铺桌布的木桌边坐下,叫了两杯味美思。

"你船划得累了吧?"

---

① 美人岛原只是湖中的一些大岩石,后来经过17世纪一位巴罗美伯爵加以点缀修建,成为著名胜地。

"不累。"

"回去我划,"他说。

"我喜欢划。"

"也许由你来抓住钓线会转运。"

"好吧。"

"告诉我,战争怎么啦?"

"糟透了。"

"我倒不必去,我年纪太大,像葛雷非伯爵一样。"

"说不定你还去哩。"

"明年要征召我们这一级了。但是我不去。"

"那你怎么办?"

"出国去。我不去作战。我从前在阿比西尼亚①打过一次仗。完全没有意义。你为什么参加进去?"

"我不知道。我太傻了。"

"再来杯味美思吧?"

"好。"

酒保划船回去。我们到施特雷沙后边的湖上钓鱼,接着又划到离岸不远的地方试试。我握着绷紧的渔线,感觉到那旋转中的诱饵在轻微抖动,眼睛望着十一月中的暗淡的湖水和荒凉的湖岸。酒保荡长桨,船每往前一冲,渔线就跳动一下。一次有一条鱼来咬钩,钓线突然扳紧,往后死抖,我用手去拉,感觉到一条活蹦蹦的鳟鱼的分量,随后钓线又是有规则地跳动着。鱼溜啦。

---

① 阿比西尼亚,现名埃塞俄比亚,在非洲东北部。 1896年意军进犯,结果失败。

"是大的吗?"

"相当大。"

"有一次我独自出来钓鱼,我用牙齿咬住钓线,猛不防一条鱼咬钩了,差点把我的嘴巴也扯破。"

"最好的办法还是把钓线绕在你的腿上,"我说。"那样有鱼上钩你既知道,而且用不到掉牙齿。"

我伸手到湖里去。湖水很冷。我们差不多到旅馆的对面了。

"我得进去了,"酒保说,"赶十一点的班。鸡尾酒时间。"

"好。"

我把钓线拉回来,缠在一根棍子上,那棍子两头都有凹槽。酒保把船停放在石墙间的一小片水区中,用铁链和锁锁好。

"你什么时候要用,"他说,"我就把钥匙给你。"

"谢谢。"

我们登岸走到旅馆,走进酒吧间。这天早上天还很早,我不想再喝酒,所以就上楼回房间去。侍女刚刚把房间收拾干净,凯瑟琳还没回来。我往床上一躺,什么事都不想。

凯瑟琳回来后,我们又是怡然自得。弗格逊在楼下,她说。她请她来吃中饭。

"我知道你不会在意的,"凯瑟琳说。

"没关系,"我说。

"怎么啦,亲爱的?"

"我不知道。"

"我知道。你闷得慌。你所有的只是我,而我又出去了。"

"这话不错。"

"对不起,亲爱的。一个人忽然失掉了他的一切,我知道那一定是很痛苦的。"

"我的生活本来是非常充实的,"我说。"现在你一不和我在一起,我在世界上就一无所有了。"

"但是我是要和你在一起的。我只出去了两小时啊。你真的完全没事可做吗?"

"我跟酒保钓鱼去了。"

"好玩吗?"

"好玩。"

"我不在的时候不要想我。"

"我在前线时就是这么办的。不过当时正有事情做。"

"你像个丢了职业的奥赛罗①,"她嘲笑我。

"奥赛罗可是个黑人,"我说。"况且,我并不嫉妒。我只是爱你太深,对于旁的全没兴趣。"

"你做个好孩子,好好招待弗格逊行吗?"

"我待弗格逊一向很好,只要她别咒骂我。"

"要好好待她。想想我们的生活多么丰富。而她却一无所有。"

"我们所有的,她也不见得要吧。"

---

① 奥赛罗是莎士比亚同名悲剧中的主人公,是皮肤黝黑的摩尔人,因为误听了埃古的话,杀害了妻子苔丝蒂蒙娜。奥赛罗的职业是军人。

"你是个聪明人,亲爱的,但你不大懂事。"

"我好好招待她就是啦。"

"我知道你肯的。你太可爱了。"

"饭后她不至于待下去吧?"

"不会的。我想法子叫她走。"

"饭后我们回这儿楼上来。"

"自然啦。难道说我想的还不是这个?"

我们下楼和弗格逊一同吃中饭。弗格逊对这旅馆和饭厅的富丽堂皇,印象很深。我们吃了顿很好的午餐,还喝了两瓶卡普里白葡萄酒。葛雷非伯爵到饭厅里来,对我们点点头。陪着他的是他的侄女,她那模样有点像我的祖母。我把他的来历告诉了凯瑟琳和弗格逊,弗格逊又是印象很深。旅馆又宏大又空旷,但是饭菜很好,酒也很好,大家喝了酒以后愉快起来。凯瑟琳再也没有别的要求了。她很快乐。弗格逊也相当高兴。我也觉得挺不错。饭后弗格逊回她旅馆去了。她饭后要躺一会儿,她说。

那天午后近黄昏时,有人来敲房门。

"谁呀?"

"葛雷非伯爵问你愿意不愿意陪他打弹子。"

我看看表;我临睡前脱下手表,表放在枕头底下。

"你非去不可吗,亲爱的?"凯瑟琳低声问。

"还是去的好。"表上时间是四点一刻。我大声说:"请你告诉葛雷非伯爵,我五点钟到弹子间来。"

四点三刻时,我吻别了凯瑟琳,走进浴间去穿衣服。我照着镜子系领带时,发觉自己穿着平民服装很怪。我得记着去再买几件衬衫和袜子。

"你要去好久吗?"凯瑟琳问。她躺在床上很可爱。"请你把发刷递给我好吗?"

我看着她刷头发,她的头半斜着,头发尽落在一边。外面天已暗了,床头的灯光照在她的头发、脖子和肩膀上。我走过去亲她,握住了她那拿发刷的手,她的头倒在枕头上。我亲着她的脖子和肩膀。我是那么爱她,感到有点昏晕。

"我不想走了。"

"我不想让你走。"

"那么我就不去了。"

"不。去。只是去一会儿,过后就回来。"

"我们就在这儿吃晚饭。"

"快去快来。"

葛雷非伯爵已经在弹子间里。他正在练习打弹子,弹子台顶上的灯光照耀下来,他的身子显得很脆弱。灯光圈外不远的地方有一张打纸牌的桌子,上面摆着一只放冰的银桶,冰块上突出着两瓶香槟酒的瓶颈和瓶塞。我进去往台子走,葛雷非伯爵直起身子朝我迎上来。他伸出手来。"你在这里真是太叫人愉快了。你还赏光和我打弹子,实在太好了。"

"谢谢你的邀请。"

"你完全恢复了没有?人家告诉我,你在伊孙左河上受了伤。我希望你现在好了。"

"我很好。你好吗?"

"哦,我身体一向是好的。但是我越来越老了。我发觉了一些老年的征象。"

"我不相信。"

"我是老了。给你举个实例吧？我讲意大利语比较不费力。我约束自己，避免讲意大利语，但是我人一累，就觉得讲意大利语轻松得多。所以我知道我老了。"

"我们可以讲意大利语。我也有点累了。"

"哦，不过你累的话，该讲英语比较不费力吧。"

"美国语。"

"是的。美国语。请讲美国语。那是一种可爱的语言。"

"现在我很少见到美国人。"

"那你一定若有所失。见不到同胞不好过，尤其是女同胞。我有过这种体会。我们打弹子吧？要不，你觉得太累？"

"我并不是真的累。不过说说笑话罢了。你让我几分？"

"你近来常常打弹子吗？"

"一次也没有。"

"你的技术本来很不错。一百分让十分吧？"

"你过分夸奖我了。"

"十五分。"

"那很好，不过你还是会打败我的。"

"我们赌一点钱怎么样？你打球一向喜欢下注的。"

"我看还是这么办吧。"

"好。我让你十八分，我们算一分一法郎。"

他打得一手好弹子，虽则他让我十八分，到五十分时我只赢了他四分。葛雷非伯爵按按墙上的电铃，喊酒保来。

"请你开一瓶，"他说。随即转对我说："我们来点小刺激吧。"酒冰冷，不带甜味，品质醇良。

"我们讲意大利语好吗？你不大在乎吧？现在这是我最大的偏爱了。"

我们继续打弹子，停手时就喝口香槟，用意大利语交谈，不过话也讲得很少，只专心打弹子。葛雷非伯爵打到一百分时，我还只九十四分。他笑笑，拍拍我的肩膀。

"现在我们来喝另一瓶酒，你对我谈谈战事好啦。"他等我先坐下。

"谈旁的事吧，"我说。

"你不愿意谈它吗？好。最近你看了什么书？"

"没有什么，"我说。"我这人恐怕太愚蠢了。"

"哪里。不过你应当看看书。"

"战时有什么好书？"

"有个法国人巴比塞，写了本书叫做《火线》①。还有《勃列特林先生看穿了》②。"

"他可并没有看穿。"

"什么？"

"他没有真的看穿。这些书医院里都有。"

"这么说你近来是在看书的吧？"

"看一点，但没什么很好的。"

"依我看，《勃列特林先生》这书，对于英国中产阶级的灵魂，是个很好的分析研究。"

"我可不知道什么是灵魂。"

---

① 亨利·巴比塞（1873—1935）参加第一次世界大战时，在战壕中写成本书，揭露战争的罪恶。该书于1916年出版。
② 这是英国作家威尔斯发表于1916年的优秀反战小说。

"可怜的孩子。我们大家都不知道什么是灵魂。你信教吗?"

"只在夜里。"

葛雷非伯爵笑笑,用手指把酒杯转动一下。"我本以为年纪越大,一定更热心信教,但是我并没有这样的变化,"他说。"这真太可惜了。"

"你死后还想活下去吗?"我问,话出了口立即觉得自己太糊涂了,竟提起死字。但是他全不介意。

"那要看你现在的生活怎么样。我这一生过得很愉快。我希望能永远活下去,"他笑笑说。"我也差不多算长寿的了。"

我们坐在深深的皮椅里,香槟放在冰桶里,我们的酒杯放在我们中间的小几上。

"要是你活到我这样老的年龄,一定会发觉许多事情是奇怪的。"

"你一点也不见老。"

"衰老的是身体。有时我害怕,怕我的一个手指会像粉笔那样断掉。至于精神,倒没有老,也没变得更聪明。"

"你倒是聪明的。"

"不,这是个大谬论;说什么老人富有智慧。人老并不增加智慧。只是越来越小心罢了。"

"这也许就是智慧。"

"这是一种很不讨人喜欢的智慧。你最珍重的是什么?"

"我爱的人。"

"我也是。这并不是智慧。你珍重生命吗?"

"珍重的。"

"我也是。因为我所有的只有这个。因此给自己做寿开宴会，"他大笑起来。"你也许比我聪明。你不做寿。"

我们两人都喝一口酒。

"你对战争究竟怎样看法？"我问。

"我认为，是愚蠢的。"

"哪一边会赢呢？"

"意大利。"

"为什么？"

"他们是个比较年轻的国家。"

"年轻的国家必然打胜仗？"

"在相当时期内是这样的。"

"过了那时期又怎么样呢？"

"他们变成老一点的国家了。"

"你还说你没有智慧。"

"好孩子，这不是智慧。这是犬儒主义。"

"我听起来倒是充满智慧。"

"那也并不特别如此。我还可以把反面的例子举出来。不过，这也算不坏就是啦。你的香槟喝完没有？"

"差不多了。"

"要不要再喝一点？过一会儿我就得换衣服去了。"

"我们也许不要再喝了吧。"

"你真的不想再喝了？"

"真的。"他站了起来。

"我希望你运气非常好，非常快乐，身体非常非常健康。"

"谢谢。我则希望你长生不老。"

"谢谢。我已经是如此了。还有,你以后倘若变得虔诚的话,我死后请替我祷告。这事我已经拜托了好几位朋友。我本以为自己会虔诚起来,可是到底不行。"他似乎苦笑了一下,不过到底笑还是没笑,却很难说。他太老了,满脸皱纹,一笑起来,牵动那么多的皱纹,全然分不出层次。

"我可能变得很虔诚,"我说。"无论如何,我为你祷告就是了。"

"我一向以为自己会变得虔诚的。我家里的人,死时都很虔诚。但是我到现在还不热心。"

"是时间太早吧。"

"也许太迟了。我大概已经超过了热心信教的年龄。"

"我只在夜里才有宗教情绪。"

"那时你也是处在恋爱中啊。别忘记恋爱也是一种宗教情绪。"

"你真的这样相信吗?"

"自然啦。"他朝桌子踏前一步。"你肯来打弹子,真太好了。"

"我也很愉快。"

"我们一同上楼去吧。"

第三十六章

当天夜里大风大雨,我被暴雨抽打玻璃窗的声响吵醒。雨从敞开的窗口打进来。有人在敲门。我悄悄地走到门边,不敢惊动凯瑟琳,把门打开。酒保站在外边。他披着大衣,手里拿着湿帽子。

"我可以跟你讲句话吗,中尉?"

"什么事?"

"很严重的事。"

我向四下张望了一下。房间里很暗。我看得见窗口地板上的积水。"进来,"我说。我搀住他的胳膊走进浴间,锁上了门,把灯开了。我坐在浴缸的边沿上。

"什么事,埃米利奥?你出了事吗?"

"不。是你出事了,中尉。"

"真的?"

"他们明儿早上要来逮捕你。"

"真的?"

"我来通知你。我进了城,在一家咖啡店里听见他们在讲。"

"原来是这样。"

他站在那儿,大衣湿淋淋的,手里拿着他那顶湿帽子,一声不响。

"他们为什么要来逮捕我?"

"关于战争中的什么事。"

"你知道是什么事吗?"

"不知道。我只知道他们知道你从前到这儿来是个军官,现在到这儿来没穿军服。这次撤退以后,他们什么人都逮捕。"

我考虑了一会儿。

"他们什么时候来逮捕我?"

"早上。几点钟我不知道。"

"你说我怎么办呢?"

他把帽子放在洗脸盆里。因为帽子很湿,一直在朝地板上滴水。

"要是你当真没事,当然也不怕逮捕啦。但是被捕总是一件坏事——特别是现在。"

"我不愿意被逮捕。"

"那么到瑞士去。"

"怎么去法呢?"

"乘我的船。"

"外边有暴风雨,"我说。

"暴风雨过去了。风浪是有的,不过你们不会有问题的。"

"我们什么时候走呢?"

"就走。他们也许一大清早就来抓人。"

"我们的行李呢?"

"那就收拾吧。你叫尊夫人穿好衣服。行李由我负责。"

"你在哪儿等呢?"

"就在这里等。外边走廊上我怕人家看见。"

我开了门,关好,走进卧房去。凯瑟琳已经醒了。

"什么事,亲爱的?"

"没事,凯特,"我说。"你喜欢不喜欢立即穿好衣服,坐船到瑞士去?"

"你喜欢吗?"

"不喜欢,"我说。"我喜欢回到床上去。"

"出了什么事?"

"酒保说他们明天早晨要来抓我。"

"他发疯了吗?"

"没有发疯。"

"那么请快穿好衣服,亲爱的,我们就走。"她在床边坐了起来。她还是睡意蒙眬的。"酒保在浴间里吧?"

"是的。"

"那我就不梳洗了。请你看另外一边,亲爱的,我一会儿就穿好衣服。"

她脱下睡衣时,我看见她那白皙的背部,我把头扭开去,因为她不要我看。她怀了孩子,肚子有点大,所以不要我看见。我边穿衣服,边听见窗户上的雨声。我并没有多少东西要装进我小提包。

"我箱子里有好多空地方,凯特,如果你需要的话。"

"我差不多收拾好了,"她说。"亲爱的,我很笨,可就是不懂酒保为什么要待在浴间里?"

"嘘——他在等着把我们的行李提下去。"

"他这人真好。"

"他是个老朋友,"我说。"我有一次差一点寄点板烟丝给他。"

我从敞开的窗子望望外边的黑夜。我看不见湖,只有黑暗和雨,风倒比较安静下来了。

"我准备好了,亲爱的,"凯瑟琳说。

"好。"我走到浴间的门边。"行李在这儿,埃米利奥,"我说。酒保接过两只小提包。

"谢谢你帮我们忙,"凯瑟琳说。

"这不算什么,夫人,"酒保说。"我很愿意帮忙,只要我自己不惹出事来。喂,"他转对我说。"我提着这些东西走用人的楼梯,送到船上去。你们从前边出去,装做出去散步的模样。"

"要散步这倒是个可爱的夜晚,"凯瑟琳说。

"的确是个糟透的夜晚。"

"幸亏我还有一把伞,"凯瑟琳说。

我们走到门廊另一端,从铺着厚地毯的宽楼梯上走下去。楼梯底大门边,有个门房正坐在他的桌子后面。

他见到我们,露出惊奇的模样。

"你们不是想出去吧,先生?"他说。

"出去遛遛,"我说。"我们到湖边去欣赏暴风雨。"

"你没有伞吗,先生?"

"没有,"我说。"这大衣可以挡雨。"

他怀疑地打量我的大衣。"我给你拿把伞来吧,先生,"

他说。他去了回来,带来一把大伞。"稍微大一点,先生,"他说。我给他一张十里拉的钞票。"哦,你太好了,先生。多谢多谢,"他说。他拉开大门,我们走到雨里去。他对凯瑟琳笑笑,她也对他笑笑。"别在暴风雨中多耽搁,"他说。"你们会给淋湿的,先生和太太。"他只是门房的副手,他讲的英语是从意大利语逐字翻译出来的。

"我们就回来,"我说。我们撑着那把大伞走下小径,穿过又暗又湿的花园,跨过一条路,走进湖边搭有棚架的小径。风现在由岸上朝湖面刮。这是十一月中的又冷又湿的风,我知道高山上一定在下雪。我们沿着码头走,经过一些用铁链系住的小船,到了酒保的船该在的地方。石码头下边,湖水显得一片漆黑。酒保从一排树边闪了出来。

"行李在船里,"他说。

"我把船的钱给你吧,"我说。

"你身边有多少钱?"

"不太多。"

"那么你以后寄来好啦。没关系。"

"多少钱?"

"随你便。"

"告诉我多少钱。"

"你平安到达那边的话,寄五百法郎给我吧。你平安到了那边,就不会觉得太贵了。"

"好吧。"

"这是三明治。"他递一个小包给我。"酒吧间里所有的我都拿来了。都在这儿。这是一瓶白兰地和一瓶葡萄酒。"我把这些东西放在我的小提包里。"这些东西我现在付账吧。"

"好,给我五十里拉吧。"

我给了他。"白兰地是好的,"他说。"尽管可以放心给尊夫人喝。她还是上船去吧。"船一高一低地撞着石壁,他用手拉住船,我扶凯瑟琳上了船。她坐在船尾,把身上的披肩裹紧。

"去的地方你知道吗?"

"到湖的北边去。"

"你知道多远吗?"

"要过卢易诺①。"

"要过卢易诺、坎纳罗、坎诺比奥、特兰萨诺。你得到了勃里萨哥才算进入瑞士国境。你得穿过塔玛拉山。"

"现在什么时候?"凯瑟琳问。

"还只十一点,"我说。

"倘若你不停地划,早上七点钟应当可以到达那边了。"

"有这么远吗?"

"三十五公里。"

"我们怎么走呢?下这样的雨,我们非有罗盘针不可。"

"用不着。你先把船划到美人岛。随后到圣母岛的另一边,就可以顺着风走了。风会带你到巴兰萨②。你会看见岸上的灯光。然后挨着岸朝北走。"

"也许风会转向的。"

"不会,"他说。"这风将这样连刮三天。是从马特龙

---

① 卢易诺是马焦莱湖畔的工业城镇。
② 巴兰萨在马焦莱湖上,对着巴罗米岛,是春秋二季游客游玩的地方。

峰①直接刮下来的。船上有只罐子可以舀水。"

"我现在付一点船钱给你吧。"

"不,我还是冒个险吧。倘若你平安到了那边,你就照你的能力付给我好了。"

"好的。"

"依我看,你们不至于淹死的。"

"这倒是个安慰。"

"顺着风从湖上朝北走。"

"好的。"我跨进船去。

"旅馆的房钱你留下没有?"

"留下了。放在房中的一只信封里。"

"好吧。祝你运气好,中尉。"

"祝你运气好。我们俩多多感谢你。"

"如果淹死就不会谢我了。"

"他说什么?"凯瑟琳问。

"他说运气好。"

"好运气,"凯瑟琳说。"非常感谢你。"

"你们准备好了没有?"

"好了。"

他弯下身把船推离岸边。我把双桨往水里一划,随即抬起一只手来招招。酒保摇摇手表示不赞许。我看见旅馆的灯光,赶快把船直划出去,直到灯光看不见了。湖上波涛汹涌,不过我们正是顺风。

---

① 马特龙峰是施特雷沙附近的高峰,有缆车直达山巅,俯瞰七个湖和米兰附近城镇。

永别了,武器 | 305

第三十七章

我在黑暗中划船,使风一直刮着我的脸,以免划错方向。雨已停止了,只是偶尔一阵阵地洒下来。天很黑,风又冷。我看得见坐在船尾的凯瑟琳,但是看不见桨身入水的地方。桨很长,把柄上没有皮套,时常滑出手去。我往后一扳,一提,往前一靠,碰到了水面,于是一划,往后一扳,尽量轻松地划着。我并不摆平桨面①,因为我们顺风。我知道我手上会起泡,不过我希望尽可能慢点起泡。船身很轻,划来不吃力。我在黑暗的湖面上划船。我看不见什么,只希望早一点到达巴兰萨的对面。

我们始终没看到巴兰萨。风在湖面上刮着,我们在黑暗中错过了遮蔽巴兰萨的小岬,所以根本没看见巴兰萨的灯火。等我们最后在湖上更朝北而近岸的地方看到灯光时,已是印特拉了。但是未到印特拉以前,我们在黑暗中摸索了许久,既不见灯光又不见岸,只好在黑暗中顺风破浪,不断划桨。有时我的桨碰不到水面,因为有个浪头把船抬高了。湖上浪很大;浪打在上面,激得很高,又退回来。我连忙用力扳右桨,拿左桨倒划,退到湖面上;小岬看不见了,我们继续朝北划。

"我们过了湖了,"我对凯瑟琳说。

"我们不是要先看见巴兰萨吗?"

"我们错过了。"

"你好吧,亲爱的?"

"我好。"

"我来划一会儿吧。"

"不,我能行。"

"可怜的弗格逊,"凯瑟琳说。"今天早晨她上旅馆来,可找不到我们了。"

"这我倒不大操心,"我说。"怕的是在天亮前进入瑞士国境内的湖面时被税警撞见。"

"还远吗?"

"离这儿有三十来公里。"

我整夜划船。到后来我的手疼极了,几乎在桨柄上合不拢来。我们好几次差一点在岸边把船撞破。我让船相当挨近岸走,因为害怕在湖中迷失方向,耽误时间。有时我们那么挨近岸,竟看得见一溜树木、湖滨的公路和后边的高山。雨停了,风赶开云儿,月亮溜了出来;我回头一望,望得见那黑黑的长岬卡斯达诺拉、那白浪翻腾的湖面和湖后边雪峰上的月色。后来云又把月亮遮住,山峰和湖又消失了,不过现在天已比从前亮得多,我们看得见湖岸。岸上的景物看得太清楚了,我连忙又往外扳桨,因为巴兰萨公路上可能有税警,免得他们看到。

---

① 举桨出水面时把桨面摆平,避免空气的阻力。

永别了,武器 | 307

月亮再出来时,我们看得见湖滨山坡上白色的别墅和一排排树木间所透露出来的白色公路。我时时都在划船。

湖面越来越宽了,对湖山脚下有些灯光,那地方该是卢易诺。我望得见湖对岸高山间有个楔形的峡谷,我想那地方准是卢易诺无疑了。倘若猜想得对,那我们的船算划得快的了。我收起桨来,在座位上往后一靠。我划得非常非常疲乏了。我的胳膊、肩膀和背部都发痛,我的手也疼痛。

"我可以打着伞,"凯瑟琳说。"我们拿它当帆使吧。"

"你会把舵吗?"

"大概行的。"

"你拿这根桨放在胁下,紧挨着船边把舵,我来撑伞。"我走到船尾,教她怎样拿着桨。我提起门房给我的那把大伞,面对船头坐下,把伞撑开。雨伞拍拉一声张开了。伞柄勾住了座位,我双手拉住伞的两边,横跨伞柄坐下。满伞是风,我感觉到船猛然挺进了,便尽力地抓紧伞的两边。风把伞扯得很紧。船冲得好快。

"我们驶得太好了,"凯瑟琳说。我只看得见雨伞的伞骨。雨伞被风绷得紧紧的,直往前拖,我只觉得我们正跟着雨伞在前进。我用两脚死命撑住,拖住了它,猛不防伞被吹弯了;我觉得一条伞骨折断了,打在我的前额上,当我伸手去抓那被风刮歪的伞顶时,它一捺,整个儿翻转过去,本来我是满帆而行的,现在弄得骑着一把完全翻转的破伞的柄了。我把勾在座位下的伞柄解下来,把伞撂在船头上,回到船尾凯瑟琳那儿去拿桨。她正在大笑。她抓住我的手,笑个不停。

"什么事啊?"我接过桨来。

"你抓住那东西太滑稽了。"

"大概是吧。"

"别生气,亲爱的。真滑稽。你看样子有二十英尺宽,非常亲密地抓住了伞的两边——"她笑得喘不过气来。

"我来划船。"

"休息一下,喝一口酒。这真是个良宵,我们已经赶了不少路啦。"

"我得不让船陷进大浪间的波谷。"

"我给你倒杯酒来。然后休息一下,亲爱的。"

我举起双桨,我们靠划船前进。凯瑟琳在打开小提包。她把白兰地瓶递给我。我用怀刀挑开瓶塞,喝了一大口。酒味醇厚,热辣辣的,热气透过全身,叫我觉得温暖愉快。"这是很好的白兰地,"我说。月亮又躲在云后边,但是我看得见湖岸。前头好像又有个小岬,深深伸入湖面。

"你身体够暖和吗,凯特?"

"我挺好。只是稍微有一点僵硬。"

"把水舀出去,这样你的脚就可以往下伸了。"

随后我再划船,听着桨架声、划水声和船尾座位上白铁罐子的舀水声。

"罐子递给我好吗?"我说。"我想喝口水。"

"罐子脏得很呢。"

"没关系。我来洗一洗。"

我听见凯瑟琳在船边洗罐子的声音。随后她汲满了一罐子水递给我。我喝了白兰地后,口很渴,可是湖水像冰一样冷,冷得叫我牙齿酸痛。我望望岸上。我们离那长岬更近了。前面湖湾上有灯光。

"谢谢,"我说,把白铁罐子递回去。

"何必客气,"凯瑟琳说。"你要这里多的是。"

"你不想吃点东西吗?"

"不。我要等一会儿才会觉得饿。我们到那时候再吃吧。"

"好的。"

前头那个看起来像是小岬的地方,原来是个又长又高的地岬。我把船朝湖心划得远远才绕了过去。现在湖面狭窄多了。月亮又出来了,倘若湖上税警真在守望的话,一定看得见水面上我们这一条黑糊糊的船。

"你好吧,凯特?"我问。

"我很好。我们到哪儿了?"

"照我想,顶多还有八英里路了。"

"划起来路可不少啊,可怜的宝贝。你累死了吧?"

"不。我还行。只是手痛罢了。"

我们继续在湖上朝北划。右岸高山间有一个缺口,成为一条低下去的湖岸线,那地方大概就是坎诺比奥吧。我把船划得离岸远远的,因为从现在起最有碰上税警的危险了。前头对岸有座圆顶的高峰。我疲乏了。划起来距离其实不远,但是人一虚弱就显得远了。我知道我必须过了那座高山,再朝北划五英里才能进入瑞士水域。现在月亮快要下去了,但在落下之前,阴云又遮住了天,成为一片黑暗。我把船划得离岸远远的,划一会,歇一会,抬起双桨,让风刮着桨身。

"我来划一会儿吧,"凯瑟琳说。

"我想你不该划。"

"胡说。这对我有好处。划划可以使我的身体不至于太僵硬。"

"你不该划,凯特。"

"胡说。适度的划船对于怀孕的妇人很有好处。"

"好,你就适度地划一会儿吧。我先回船尾,你再过来。你过来时双手抓牢船舷。"

我坐在船尾,披上大衣,翻起衣领,看凯瑟琳划船。她划得很好,只是双桨太长,很不顺手。我打开小提包,吃了两块三明治,喝一口白兰地。这一来精神为之一振,我又喝了一口酒。

"你累了就说一声,"我说。过了一会儿,我又说,"当心桨,别撞在肚子上。"

"倘若撞上了,"——凯瑟琳在划桨的间歇间说——"人生就可能简单多了。"

我又呷了一口白兰地。

"你划得怎么样?"

"很好。"

"你要歇时说一声。"

"好。"

我又喝了一口白兰地,然后抓住两边的船舷,走向前去。

"不。我正划得挺好。"

"回到船尾去。我好好休息过了。"

借着白兰地的力量,我轻松而稳定地划了一会儿。随后我开始乱了章法,不是划桨入水过深,便是未入水中,不久我只是乱划一阵,口里涌起淡淡的褐色胆汁味,因为喝了白兰地后划船划得太用力了。

"给我点水喝,行吗?"我说。

"这太方便了,"凯瑟琳说。

天亮前下起毛毛雨来。风不晓得是停了呢,还是因为被弯曲的湖岸边的高山遮住了。我一发觉天快要亮了,就认真地划起船来。我不知道我们到了什么地方,只求进入瑞士水域。天开始亮时,我们相当贴近湖岸。我望得见多岩石的湖岸和树木。

"那是什么?"凯瑟琳说。我歇桨倾听。原来是一艘小汽艇在湖上开的咔咔声。我赶忙划船近岸,静悄悄地伏在那儿。咔咔声越来越近了;我们随即看见那汽艇在雨中行驶着,离我们的船尾不远。汽艇尾部有四名税警,阿尔卑斯山式的帽子拉得低低的,披肩的领头往上翻,背上斜挂着卡宾枪。在这样的大清早,他们看上去都还昏昏欲睡。我看得见他们帽子上的黄色和他们披肩领子上的黄色徽号。汽艇咔咔地开过去,在雨中隐没了。

我把船朝湖中划。如果我们离边境很近了,我就不愿让湖滨公路上的哨兵来喝住我们。我把船划到刚刚望得见岸的地方,在雨中划了三刻钟。我们又听见汽艇声,我连忙把船歇下来,一直等到引擎声在湖的那一边消失。

"我们大概已在瑞士了,"凯瑟琳说。

"真的?"

"这也难说,除非我们看到了瑞士的陆军部队。"

"或者瑞士的海军。"

"瑞士海军对我们倒不是好玩的。我们最后一次听到的汽艇声，可能就是瑞士海军。"

"我们如果真的到了瑞士，就来好好地吃一顿早餐吧。瑞士有非常好的面包卷、黄油和果子酱。"

现在天色大亮了，又在下着纷纷细雨。湖的北部还刮着风，我们望得见滔滔白浪正打我们这边翻腾地朝北往湖上卷去。现在我有把握的确到达瑞士了。湖滨树木后边有许多房屋，离岸不远还有一个村子，村子里有些石头房屋，小山上有些别墅，还有一座教堂。我细心张望绕着湖滨的公路，看看有没有卫兵，但没有看到。公路现在离湖很近，我看到一名士兵从路边一家咖啡店走出来。他身穿灰绿色的军装，帽盔像是德国兵的。他长着一张看来很健康的脸，留着一簇牙刷般的小胡子。他望望我们。

"对他招招手，"我对凯瑟琳说。她招招手，那士兵怪不好意思地笑笑，也招招手。我放慢了划船的速度。我们正经过村前的滨水地带。

"我们一定已深入瑞士境内了，"我说。

"我们得有相当的把握才行，亲爱的。可不要让人家把我们从边境线上押回去。"

"边境线早已过了。这大概是个设有海关的小城。我相信这就是勃里萨哥。"

"会不会同时也驻有意大利军警？在有海关的边城，通常驻有两国的军警。"

"战时可不同。照我想，他们不会让意大利人过边境来的。"

那是个相当好看的小城。沿着码头泊着许多渔船,渔网摊在架子上。虽则下着十一月的细雨,小城看起来还是很愉快干净。

"那我们上岸去吃早点吧?"

"好。"

我用力划左桨,贴近湖岸,当船挨近码头时,我把船打横,靠上码头。我收起桨来,抓住码头上的一个铁圈,脚往湿淋淋的石码头上一踏,算是踏上了瑞士的国土。我绑好船,伸手下去拉凯瑟琳。

"上来吧,凯特。这太愉快了。"

"行李呢?"

"留在船上好啦。"

凯瑟琳走了上来,我们两人都在瑞士了。

"一个多么可爱的国家啊,"她说。

"岂不是挺好吗?"

"我们走,吃早点去!"

"这不是个非常好的国家吗?我脚底下踩的泥土都给我快感。"

"我人太僵硬了,脚底下感觉不大灵。但是我觉得这正是个很不错的国家。亲爱的,你是不是体会到我们到了这儿,已经离开了那该死的地方了?"

"我体会到了。我真的体会到了。我从来没有过这种体会。"

"瞧瞧那些房屋。这岂不是个很好的广场?那边有个地方我们可以吃早点。"

"你不觉得这雨下得真好吗?意大利从来没有这种雨。这是一种愉快的雨。"

"而我们到这儿了,亲爱的!你可体会到我们到达这儿了?"

我们走进咖啡店,在一张干净的木桌边坐下来。我们兴奋得如醉如痴。一位神气十足、模样干净、围着围裙的妇人前来问我们要吃什么。

"面包卷、果酱和咖啡,"凯瑟琳说。

"对不起,我们暂时没有面包卷。"

"那么面包吧。"

"我可以给你们烤面包。"

"好。"

"我还要几个煎蛋。"

"先生要多少煎蛋?"

"三个。"

"四个吧,亲爱的。"

"四个。"

那妇人走开了。我亲亲凯瑟琳,紧紧地握住她的手。我看她,她看我,我们看看咖啡店。

"亲爱的,亲爱的,这岂不是挺美吗?"

"太好啦,"我说。

"没有面包圈我也不在意,"凯瑟琳说。"我整夜都在想念面包圈。但是我不在意。完全不在意。"

"大概人家快来逮捕我们了。"

"不要紧,亲爱的。我们先吃早点。吃了早点,就不在乎被逮捕了。况且人家也不能拿我们怎么样。我们是英美两国的好公民。"

"你有护照,对吧?"

"当然有。哦,这事我们别谈吧。我们只要快乐。"

"我真是再快乐也没有了,"我说。一只胖胖的灰猫,竖起了翎毛似的尾巴,走到我们桌下来,弓身挨在我的腿上,每次擦着我的腿便哼叫一声。我伸手抚摸它。凯瑟琳快快活活地对我笑笑。"咖啡来了,"她说。

早点后,人家逮捕了我们。我们先上村子里散了一会步,然后回到码头去拿行李。有名士兵正守着我们的小船。

"这是你们的船吗?"

"是的。"

"你们从哪儿来?"

"从湖上来。"

"那我得请你们跟我一块儿去了。"

"行李怎么办?"

"小提包可以带上。"

我提着小提包,凯瑟琳走在我旁边,士兵在后边押着我们上那古老的海关去。海关里有一名尉官,人很瘦,很有军人气派,他盘问我们。

"你们是什么国籍?"

"美国和英国。"

"护照给我看看。"

我给他我的护照,凯瑟琳从她皮包里掏出她的。

他查验了好久。

"你们为什么这样划着船到瑞士来?"

"我是个运动家,"我说。"划船是我所擅长的运动。我一有机会就划船。"

"你为什么上这儿来?"

"为了冬季运动。我们是游客,我们想玩冬季运动。"

"这儿可不是冬季运动的地方。"

"我们知道。我们要到那有冬季运动的地方去。"

"你们在意大利做什么?"

"我在学建筑。我表妹研究美术。"

"你们为什么离开那边呢?"

"我们想玩冬季运动。现在那边在打仗,没法子学建筑。"

"请你们在这里等一等,"尉官说。他拿着我们的护照到里面去。

"你真行,亲爱的,"凯瑟琳说。"你就这样子讲下去好啦。你尽管说你想玩冬季运动。"

"美术的事你知道一些吧?"

"鲁本斯[①],"凯瑟琳说。

"画的人物又大又胖,"我说。

"提香[②],"凯瑟琳说。

"提香画上的橙红色头发,"我说。"曼坦那[③]怎么样?"

---

① 鲁本斯(1577—1640)是佛兰德斯的名画家。
② 提香(1477—1576)是意大利文艺复兴盛期威尼斯派最有名的画家。
③ 曼坦那(1431—1506)为意大利画家,名画有《哀悼基督》。

"别问我那些难的，"凯瑟琳说。"这画家我倒知道——很苦。"

"很苦，"我说。"许多钉痕①。"

"你看，我会给你做个好老婆的，"凯瑟琳说。"我可以跟你的顾客谈美术。"

"他来了，"我说。那瘦削的尉官拿着我们的护照从海关屋子的那一头走过来。

"我得把你们送到洛迦诺去，"他说。"你们可以找部马车，由一名士兵和你们一块儿去。"

"好，"我说。"船呢？"

"船没收了。你们的提包里有什么东西？"

两只提包他都一一检查过，把一夸特瓶装的白兰地擎在手里。"赏光喝一杯吧？"我问。

"不，谢谢，"他挺直身子。"你身上有多少钱？"

"二千五百里拉。"

他听了印象很好。"你表妹呢？"

凯瑟琳有一千二百里拉多一点。尉官很高兴。他对我们的态度不像方才那么傲慢了。

"倘若你想玩冬季运动，"他说。"文根可是个好地方。家父在那儿开了一家上好的旅馆。四季营业。"

"好极了，"我说。"你可否告诉我旅馆的名字？"

"我给你写在一张卡片上吧。"他很有礼貌地把卡片递给我。

---

① 指他在基督的尸体上画出钉十字架的钉痕，极其逼真动人。

"士兵将把你们送到洛迦诺。你们的护照由他保管。对于这，我很抱歉，不过手续上非这么办不可。我相信到了洛迦诺，会给你一张签证或者发给你一张警察许可证。"

他把两份护照交给士兵，我们拎着提包到村子里去叫马车。"喂，"尉官叫那士兵道。他用德国土语给士兵讲了些什么。士兵把枪背上，过来替我们拿行李。

"这是个伟大的国家，"我对凯瑟琳说。

"非常实际。"

"非常感谢，"我对尉官说。他挥挥手。

"敬礼！"他说。我们跟着士兵上村子里去。

我们乘马车到洛迦诺，士兵和车夫一同坐在车前座位上。到了洛迦诺，人家待我们还好。他们盘问了我们，可是客客气气，因为我们有护照又有金钱。我们所答的话他们大概全不相信，我觉得全是胡闹，不过倒很像在上法庭。根本不谈什么合理不合理，只要法律上有所根据，那你就坚持下去，不必加以解释。不过我们有护照，又愿意花钱。他们于是给了我们临时签证。这种签证随时可以吊销。我们随便到什么地方，都得向警察局报到一下。

我们随便什么地方都可以去吗？是的。我们要上哪儿去呢？

"你想到哪儿去，凯特？"

"蒙特勒①。"

"那是个很好的地方，"官员说。"我想你们一定会欢喜那

---

① 瑞士西南部一疗养城市，位于日内瓦湖东端。

地方的。"

"这儿洛迦诺也很好,"另外一位官员说。"我相信你们一定会喜欢洛迦诺这地方的。洛迦诺是个很吸引人的胜地。"

"我们想找个有冬季运动的地点。"

"蒙特勒没有冬季运动。"

"对不起,"另外一位官员说。"我是蒙特勒人。在蒙特勒-伯尔尼高原铁路沿线当然有冬季运动。你要否认就错啦。"

"我并不否认。我只是说蒙特勒没有冬季运动。"

"我不同意这句话,"另外一位官员说。"我不同意你这句话。"

"我坚持我这句话。"

"我不同意你这句话。我本人就曾乘小雪橇①进入蒙特勒的街道。并且不是一次,而是好几次。乘小雪橇当然是一种冬季运动。"

另外一位官员转对我。

"请问,先生的冬季运动就是乘小雪橇吗?我告诉你,洛迦诺这地方很舒服。气候有利健康,环境幽美迷人。你一定会很喜欢的。"

"这位先生已经表示要到蒙特勒去。"

"乘小雪橇是怎么回事?"我问。

"你瞧,人家连乘小雪橇都没听见过哩!"

第二位官员听了我的问话,觉得对他很有利。他非常高兴。

---

① 原文为 luge,是瑞士供比赛用的一种仰卧滑行的单人小雪橇。

"小雪橇,"第一位官员说,"就是平底雪橇①。"

"对不起,"另外一位官员摇头说。"我可又得提出不同的意见。平底雪橇和小雪橇大不相同。平底雪橇是在加拿大用平板做成的。小雪橇只是普通的雪车,装上滑板罢了。讲求精确是有相当道理的。"

"我们乘平底雪橇行吗?"我问。

"当然行,"第一位官员说。"你们大可以乘平底雪橇。蒙特勒有上好的加拿大平底雪橇出售。奥克斯兄弟公司就有得卖。他们的平底雪橇是特地进口的。"

第二位官员把头掉开去。"乘平底雪橇,"他说,"得有特制的滑雪道。你无法乘平底雪橇进入蒙特勒的市街。你们现在住在这里什么地方?"

"我们还不知道,"我说。"我们刚从勃里萨哥赶车来。车子还停在外边。"

"你们上蒙特勒去,包你没有错儿,"第一位官员说。"那儿的天气又可爱又美丽。离开冬季运动的场地又不远。"

"你们当真要玩冬季运动的话,"第二位官员说,"应当上恩加丁或穆伦去。人家叫你们上蒙特勒去玩冬季运动,我必须提出抗议。"

"蒙特勒北面的莱沙峰可以进行各种很好的冬季运动。"蒙特勒的拥护者瞪起眼睛瞧着他的同事。

"长官,"我说,"我们可得走了。我的表妹很疲乏。我们暂定到蒙特勒去吧。"

---

① 原文为toboggan,是一种平底长橇,通常有低扶手。

"恭喜你们，"第一位官员握握我的手。

"你们离开洛迦诺会后悔的，"第二位官员说。"无论如何，你们到了蒙特勒，得向警察局报到。"

"警察局不会有什么麻烦的，"第一位官员安慰我。"那儿的居民非常客气友好。"

"非常感谢你们二位，"我说。"承你们二位的指点，我们十分感激。"

"再会，"凯瑟琳说。"非常感谢你们二位。"

他们鞠躬送我们到门口，那个洛迦诺的拥护者比较冷淡点。我们下了台阶，跨上马车。

"天啊，亲爱的，"凯瑟琳说。"难道我们没法子早点离开吗？"我把那个瑞士官员介绍的旅馆名字告诉了车夫。车夫把马缰绳拉起来。

"你忘记陆军了，"凯瑟琳说。那士兵还站在马车边。我给他一张十里拉钞票。"我还没调换瑞士钞票，"我说。他谢谢我，行个礼走了。马车朝旅馆驶去。

"你怎么会挑选蒙特勒呢？"我问凯瑟琳。"你果真想到那儿去吗？"

"我当时第一个想得起来的就是这个地名，"她说。"那地方不错。我们可以在高山上找个地方住。"

"你困吗？"

"我现在就睡着了啊。"

"我们好好睡它一觉吧。可怜的凯特，你熬了又长又苦的一夜。"

"我觉得才有趣呢，"凯瑟琳说。"尤其是当你用伞当帆行驶的时候。"

"你体会到我们已经在瑞士了吗?"

"不,我只怕醒来时发现不是真的。"

"我也是。"

"这是真的吧,不是吗,亲爱的? 我不是在米兰赶车子上车站给你送行吧?"

"希望不是。"

"别这么说。说来叫我惊慌。那也许就是我们正要去的地方。"

"我现在昏头昏脑,什么都不知道,"我说。

"让我看看你的手。"

我抽出双手。两手都起泡发肿。

"我胁旁可没钉痕①,"我说。

"不要亵渎。"

我非常疲乏,头脑昏昏沉沉。初到时那种兴奋现在都消失了。马车顺着街道走。

"可怜的手,"凯瑟琳说。

"不要碰,"我说。"天知道我们究竟在什么地方。我们上哪儿去啊,车夫?"车夫拉住马。

"上大都会旅馆。难道你不想去吗?"

"要去,"我说。"没事了,凯特。"

"没事了,亲爱的。你别烦恼。我们要好好睡一觉,你明

---

① 耶稣被钉十字架后复活,来到门徒们中间,有一位门徒多马不相信,说"我非看见他手上的钉痕,用指头探入那钉痕,又用手探入他的胁旁"。后来耶稣果然向多马显现了。见《圣经·约翰福音》第20章。

永别了,武器 | 323

天就不会头昏了。"

"我相当糊涂了,"我说。"今天真像是场滑稽戏。也许是我肚子饿了的关系。"

"你不过是身体疲乏罢了,亲爱的。过些时候就会好的。"马车在旅馆前停下了。有人出来接行李。

"我觉得没事,"我说。我们下车踏上人行道,往旅馆里走。

"我知道你会没事的。只是身体疲乏罢了。你好久没有睡觉了。"

"我们总算到这儿了。"

"是的,我们真的到这儿了。"

我们跟着提行李的小郎走进旅馆。

第五部

第三十八章

那年秋天的雪下得很晚。我们住在山坡上松树环绕的一幢褐色木屋里,夜间降霜,梳妆台上那两只水罐在早上便结有一层薄冰。戈丁根太太一大早就进房来,把窗子关好,在那高高的瓷炉中生起火来。松木啪啪地爆裂,喷射火花,不久炉子里便火光熊熊,而戈丁根太太第二次进来时,就带来一罐热水和一些供炉火用的大块木头。等房间里暖和了,她把早餐端进来。我们坐在床上吃早点时,望得见湖①和湖对面法国境内的山峰。山峰顶上有雪,湖则是灰蒙蒙的钢青色。

在外边,我们这农舍式别墅前,有一条上山的路。车辙和两边隆起的地方被冰霜冻结得铁一样坚硬,山道不断地一路上坡,穿过森林,上了高山,盘来绕去,到了有草地的地方;草地那儿的树林边有些仓房和木屋,俯瞰着山谷。山谷很深,谷底有一条溪水流进湖中,有时风从山谷那边吹来,我们能听见岩石间的琤琮水声。

我们有时离开山道,转上穿过松林的小径。森林里边的地走起来软绵绵的;冰霜还没把它凝结得像山路那么坚硬。但是我们不大在乎山道的坚硬,因为我们靴子的前后跟都钉有铁钉,而后跟的铁钉扎进冰冻的车辙,所以穿着钉靴在山道上走,很是惬意,而且还能激发精神。而在森林里走也美得很。

在我们屋前,高山峻峭地倾落到湖边的小平原,我们坐在门廊的阳光下,看着山道弯曲地顺着山坡延伸下去,还有低一点的山坡上的梯田形的葡萄园,现在因为是冬季,葡萄藤早已凋谢,园地中间有石墙隔开,而葡萄园底下便是蒙特勒的房屋。那城建在一条狭窄的平原上,沿着湖岸。湖中有个小岛,上面有两棵树,远远望去,真像一条渔船上的双帆。湖对面的山峰险峻峭立,而在湖的尽头就是罗纳河[②]河谷,那是夹在两道山脉间的一片平原;河谷南端给山峰切断的地方,就是唐都米蒂[③]。那是座积雪的巍巍高山,俯视着整个河谷,不过距离太远,没有投下阴影。

阳光明亮时,我们在门廊上吃中饭,否则就在楼上一间小房间里吃。那房间四面是素色的木壁,角落里有只大炉子。我们在城里买了书籍杂志,还有一本《霍伊尔氏纸牌戏大全》,学会了许多两人玩的纸牌戏。这个装炉子的小房间就是我们的起居室。里边有两张舒服的椅子和一张放书籍杂志的桌子,饭桌收拾干净后我们就可以玩纸牌。戈丁根夫妇住在楼下,我们有时在傍晚听得见他们的谈话声,他们过着很快乐幸福的生活。男的原是旅馆的茶房领班,女的当过同一旅馆的侍女,他们积了钱,买下了这个地方。他们有个儿子,正在学习当茶房

[①] 蒙特勒在日内瓦湖的东端。本章以后所提的湖,都是指日内瓦湖。
[②] 罗纳河从日内瓦湖的东南端注入该湖,再从西南端流进法国,朝南注入马赛西面的狮子湾。
[③] 瑞士高山,在蒙特勒南,高达 10690 英尺。

领班。学习的地点在苏黎世①一家旅馆。楼底下还有个客厅，夫妇俩在里面卖葡萄酒和啤酒，夜晚有时候我们听得见外边路上有车子停下，有人走上台阶到客厅里去喝酒。

我们起居室外边的走廊上放有一箱子木头，我用来使炉火不灭。但是我们睡得并不太晚。在那大卧房里，我们在黑暗中上床，我脱了衣服，便去打开窗子，看夜色、寒冷的星星和窗下的松树，接着赶快上床。空气是这么寒冷清新，窗外有这么的夜景，躺在床上实在太美了。我们睡得很好，夜里倘若醒来的话，我知道那只是出于一个原因，于是我把羽绒被揭开，干得轻手轻脚，免得惊醒凯瑟琳，接着又睡着了，温温暖暖，因为盖的被子少了一点，更为轻松。战争似乎离得很远，好比是别人的大学里举行的足球比赛。但是我从报上看到，他们还在高山间作战，因为雪还没落下来。

有时我们下山走到蒙特勒去。本来有一条下山的小径，可是太陡峭，所以通常我们还是走山道，由山道往下走到田野间那条坚硬的宽路上，接着又往下在葡萄园的石墙间走，再往下便在村子的房屋间走了。那儿一共有三个村子：瑟涅，封达尼凡，还有一个我忘了。再往前走，我们经过一座古老的方形石头城堡，它在山坡边一个崖架上，山坡上有一层层的葡萄园，每棵葡萄都绑在一根杆子上，以免它倒塌下来，葡萄树早已干枯，呈褐色，泥土在等着落雪，底下的湖面平平的，色灰如钢。下山的路在城堡下成为一段很长的坡路，向右拐弯，路改

---

① 苏黎世是瑞士北部主要工业城市。

用圆石子铺了，险峻地转入蒙特勒。

我们在蒙特勒一个人也不认识。我们沿湖溜溜，看看天鹅，还有许多鸥和燕鸥，有人走近来便成群飞走，一边俯视着水面，一边尖声啼叫。湖中有一群群䴙䴘，又小又黑，在湖上游水时，后面留下一道道水痕。我们在城里的大街上走走，望望橱窗。城里有好些大旅馆，现在都关门了，不过大部分的店铺都还开着，人们也喜欢见到我们。那里有家很好的理发店，凯瑟琳总是在那儿做头发。开这店的是个女人，人很愉快，我们在蒙特勒只认得这个人。凯瑟琳理发的时候，我就到一家啤酒店去喝喝慕尼黑黑啤酒，看看报。我看意大利的《晚邮报》和从巴黎转来的英美报纸。报上所有的广告都用黑墨水涂掉了，据说是预防奸细和敌军私通消息。报纸读起来不愉快。处处地方的情况糟透了。我靠坐在一个角落里，对着一大杯黑啤酒和一包已打开的光面纸包的椒盐卷饼，一边吃带咸味的卷饼来下啤酒，一边看报上悲惨的战事新闻。我本以为凯瑟琳会来的，但结果没有来，只好把报纸放回架子上，付了啤酒账，上街去找她。那天天冷，天气又暗，一片寒冬景象，连房屋的石头看起来也是寒冷的。凯瑟琳还在理发店里。那女人正在给她烫头发。我坐在小间里旁观。看着真叫人兴奋。凯瑟琳对我笑笑，还和我谈话，我因为人很兴奋，话音有点口齿不清。卷发的铁钳发出悦耳的嗒嗒声，我可以从三面镜子里看到凯瑟琳，而我那小间又温暖又舒服。接着理发师把凯瑟琳的头发向上梳好，凯瑟琳照照镜子，修改了一下，在有些地方抽掉发针，有些地方插上发针；然后站起身来。"对不起，累你等得这么久。"

"先生很感兴趣。不是吗，先生？"女人笑着问。

"是的，"我回答。

我们出门走上街头。街上又寒冷又冷落，又刮起了风。"哦，亲爱的，我太爱你了，"我说。

"我们不是过着快活的日子吗？"凯瑟琳说。"喂，我们找个地方去喝啤酒，不要喝茶。这对小凯瑟琳很有好处。能叫她长得细小。"

"小凯瑟琳，"我说。"那个小浪荡鬼。"

"她一直很乖，"凯瑟琳说。"她简直没给你什么麻烦。医生说啤酒对我有益，同时能叫她长得细小。"

"你这么叫她长得细小，倘若是个男孩的话，将来也许可以当骑师。"

"我们果真要把这孩子生下来的话，总得结婚吧，"凯瑟琳说。我们坐在啤酒店角落里的桌子边。外边天在黑下来。其实时间还早，只是天本来阴暗，暮色又降临得早。

"我们现在就结婚去，"我说。

"不，"凯瑟琳说。"现在太窘了。我这样子太明显了。我这样子站在谁面前结婚都太难堪了。"

"我倒希望我们已经结了婚。"

"结了婚也许是好一点吧。但是我们什么时候可以结婚呢，亲爱的？"

"我不知道。"

"我只知道一件事。在这像奶奶太太般的大腹便便的情况下，我不结婚。"

"你哪里像个奶奶太太。"

"哦,我像得很,亲爱的。理发师问我这是不是我的头胎。我撒谎说不是,我说我们已经有了两个男孩和两个女孩。"

"我们什么时候结婚呢?"

"等我身体瘦下来,随时都行。我们来个好好的婚礼,叫人人称赞你我是一对多么漂亮的少年夫妻。"

"你不忧愁吗?"

"亲爱的,我为什么要忧愁?我只有一次不好过,那是在米兰,我觉得自己像个妓女,不过那难受也只有七八分钟,还不都是因为旅馆房间内的陈设的关系。难道我不是你的好妻子吗?"

"你是个可爱的妻子。"

"那就不要太拘泥形式了,亲爱的。我一瘦下来就和你结婚。"

"好的。"

"你想我应该再喝一杯啤酒吗?医生说我的臀部太窄,所以最好叫我们的小凯瑟琳长得细小。"

"他还说什么啊?"我担心起来。

"没什么。我的血压很奇妙,亲爱的。他非常称赞我的血压。"

"关于你的臀部太窄,他说了什么?"

"没什么。什么都没说。他说我不可以滑雪。"

"很对。"

"他说我滑雪没学过的话。现在来学可太晚了。他说我可以滑雪,只要我不摔跤。"

"他真会开玩笑。"

"他人倒是挺好的。我们将来就请他接生吧。"

"你可曾问他我们该不该结婚?"

"没有。我告诉他我们已结婚四年了。你瞧,亲爱的,我要是嫁给你,我便成为美国人,所以我们随便什么时候根据美国法律结婚,孩子就是合法的。"

"你从哪儿打听出来的啊?"

"从图书馆里的一部纽约的《世界年鉴》上。"

"你真行。"

"我很喜欢做美国人,我们以后到美国去,好吗,亲爱的? 我要去看看尼阿加拉瀑布①。"

"你是个好姑娘。"

"还有一件东西我要看,但我一时想不起来了。"

"屠场②?"

"不是。我记不得了。"

"伍尔沃思大厦③?"

"不是。"

"大峡谷④?"

"不是。不过这我也想看看。"

"那么是什么呢?"

---

① 尼阿加拉瀑布在纽约州西北端和加拿大接壤的尼阿加拉河上,是美国男女的蜜月胜地。
② 指芝加哥市的宰牛场。美国作家厄普顿·辛克莱曾根据这地方的内幕写成长篇小说《屠场》,于1906年出版,轰动一时。
③ 纽约市的一家百货公司,当时是世界上最高的建筑物。
④ 在美国亚利桑那州北部,是科罗拉多河所冲毁的河谷,气象宏伟。

"金门①！这就是我要看的。金门在哪儿？"

"旧金山。"

"那我们就上那儿去吧。我本来就想观光旧金山的。"

"好。我们就上那儿去。"

"现在我们就回山上去。好吧？我们赶得上登山缆车吗？"

"五点过一点有一班车子。"

"我们就赶这一班车子。"

"好的。等我再喝一杯啤酒。"

我们出了酒店，走上街，爬上到车站去的台阶，天气异常寒冷，一股寒风从罗纳河河谷直刮下来。街上的店窗里点着灯，我们爬上陡峭的石阶到了上边一条街，又爬了一段石阶，才到车站。电气火车在那儿等着，车里的灯都开着。那里有个钟面，指明开车的时间。钟面上的长短针指着五点十分。我再看看车站里的时钟，五点零五分。我们上车时，我看见司机和卖票员正从车站酒店里出来。我们坐下了，打开窗子。火车上用电气设备取暖，很是气闷，不过窗子外有新鲜的冷空气送进来。

"你疲倦吗，凯特？"我问。

"不。我感觉良好。"

"路程并不远。"

"我喜欢乘这车子，"她说。"你不必替我操心，亲爱的。我感觉良好。"

---

① 金门是旧金山湾西通太平洋的海峡，风景极佳，当时尚未架上大桥。

雪到圣诞节前三天才落下来。有一天早晨，我们醒来才知道在下雪。房间里的炉子火光熊熊，我们呆在床上，看着外边在纷纷下雪。戈丁根太太端走了早餐的托盘，在炉子里添了些木柴。那是一场大风雪。她说雪是半夜左右开始下的。我走到窗边望出去，看不清楚路对面。风刮得呼呼响，雪花乱舞。我回到床上，我们躺下来交谈。

"我很希望能够滑雪，"凯瑟琳说。"不能滑雪真太糟了。"

"我们找部连橇到路上走走去吧。那就像乘普通车子一般，没什么危险。"

"颠动得厉害吗？"

"我们等着瞧吧。"

"希望不要颠动得太厉害。"

"等一会儿我们到雪上溜溜去。"

"中饭前去吧，"凯瑟琳说，"散步可以开开胃口。"

"我总是肚子饿。"

"我也是。"

我们到外面去踏雪，但是风刮着积雪，我们没能走多远。我在前头走，打开一条路来，一直走到车站就再也走不下去了。雪花乱舞，我们看不见前面的东西，只好走进车站旁边的一家小酒店，拿把刷帚，彼此扫去身上的雪，坐在一条长凳上喝味美思。

"这是场大风雪，"女招待说。

"是的。"

"今年雪下得很晚。"

"是的。"

"我可以吃条巧克力吗?"凯瑟琳问。"也许太近午饭时间了吧? 我总是肚子饿。"

"吃一条好啦,"我说。

"我要吃一条有榛子的,"凯瑟琳说。

"是很好吃的,"女招待说。"我最喜欢吃这一种。"

"我再来杯味美思,"我说。

我们出了酒店往回走,方才用脚踩出来的那条小径现在又被雪遮没了。原来踩出的脚印只有微凹的痕迹了。雪扑打着我们的脸,我们几乎什么都看不见。我们掸掉身上的雪,进屋去吃中饭。戈丁根先生端上中饭。

"明天可以滑雪,"他说。"你滑雪吗,亨利先生?"

"我不会。倒是想学学。"

"学起来很便当。我儿子回来过圣诞节,由他来教你吧。"

"好极了。他什么时候来?"

"明天夜晚。"

饭后我们坐在小房间的炉子边,望着窗外的飞雪,凯瑟琳说,"亲爱的,你不想一个人到什么地方去跑一趟,跟男人们一起滑滑雪吗?"

"不。我为什么要去?"

"我想你有时候,除了我以外,也会想见见其他人。"

"你可想见见其他人?"

"不想。"

"我也是。"

"我知道。但你是不同的。我因为怀着孩子,所以不做什么事也心安理得。我知道我现在十分笨拙,话又噜苏,你应当到外面溜达溜达去,才不至于讨厌我。"

"你要我走开吗?"

"不。我不要你走。"

"我本来就不想走。"

"上这儿来,"她说。"我要摸摸你头上那块肿块。这是个大肿块。"她用手指在上边抚摸了一下。"亲爱的,你喜欢留胡子吗?"

"你要我留吗?"

"也许很有趣。我喜欢看看留起胡子来的你。"

"好的。我就留。现在就开始。这是个好主意。可以给我点事情做做。"

"你在愁着没事做吗?"

"不。我喜欢这种生活。这是一种很好的生活。你呢?"

"我觉得这生活太可爱了。我只是怕我现在肚子大了,也许会惹你厌烦。"

"哦,凯特。你就是不晓得我爱你爱得发疯了。"

"是爱着这样子的我吗?"

"就爱着这样子的你。我生活得很好。我们岂不是过着一种很好的生活吗?"

"我过得很好,不过就怕你有时想动动。"

"不。我有时也想知道前线和朋友们的消息,但是我不操心。我现在什么都不大想。"

"你想知道谁的消息呢?"

"雷那蒂，教士，还有好些我认得的人。但是我也不大想他们。我不愿想起战争。我和它没有关系了。"

"现在你在想什么？"

"没什么。"

"你正在想。告诉我。"

"我正在想，不晓得雷那蒂有没有得梅毒。"

"只是这件事吗？"

"是的。"

"他得了梅毒吗？"

"不晓得。"

"幸喜你没有得。你得过这一类的病没有？"

"我患过淋病。"

"我不喜欢听。很痛吗，亲爱的？"

"很痛。"

"我倒希望也得。"

"不，别胡说。"

"我讲真话。我希望像你一式一样。我希望你玩过的姐儿我都玩过，我就可以拿她们来笑话你。"

"这倒是一幅好看的图画。"

"你患淋病可不是一幅好看的图画。"

"我知道。你瞧现在在下雪了。"

"我宁愿看你。亲爱的，你为什么不把头发留起来？"

"怎么个留法？"

"留得稍微长一些。"

"现在已经够长了。"

"不,还要长一些,这样我可以把我的剪短,你我就一式一样了,只是一个黄头发一个黑头发。"

"我不让你剪短。"

"这一定有趣。长头发我已经厌烦了。夜里在床上时非常讨厌。"

"我喜欢你的长头发。"

"短的你就不喜欢吗?"

"也许也喜欢。你现在这样子正好。"

"剪短也许很好。这样你我就一式一样了。哦,亲爱的,我这样的需要你,希望自己也就是你。"

"你就是我。我们是一个人。"

"我知道。夜里我们是的。"

"夜里真好。"

"我要我们的一切都混合为一体。我不要你走。我只是说说罢了。你要去,就去好了。不过要赶快回来。嘿,亲爱的,我一不和你在一起,就活得没有劲。"

"我永远不会走开的,"我说。"你不在的时候我就不行啦。我再也没有任何生活了。"

"我要你有生活。我要你有美好的生活。但是我们要一同过这生活,不是吗?"

"现在你要我不留胡子还是留胡子?"

"留。留起来。一定会叫人高兴的。也许新年时就留好了。"

"你现在想下棋玩吗?"

"我宁愿玩玩你。"

"不。我们还是下棋吧。"

"下了棋我们再玩。"

"是的。"

"那么好吧。"

我把棋盘拿出来,摆好棋子。外边还在落着漫天大雪。

有一次我夜里醒来,知道凯瑟琳也醒了。月亮照在窗户上,窗玻璃上的框子在床上投下黑影。

"你醒了吗?亲爱的?"

"是的。你睡不着吗?"

"我刚刚醒来,想到我第一次见你时,人差不多疯了。你还记得吗?"

"当初你是稍微有一点疯。"

"我现在再也不是那样子了。我现在挺好。你说挺好说得真好听啊。说挺好。"

"挺好。"

"哦,你真可爱。而我现在已经不疯了。我只是非常、非常、非常的快乐幸福。"

"睡去吧,"我说。

"好的。我们同时同刻睡去。"

"好的。"

但是我们并没有同时同刻睡去。我还醒了好久,东想西想,看着凯瑟琳,月光照在她脸上。后来我也睡着了。

第三十九章

到了正月中旬，我的胡子留成了，这时冬季气候已很稳定，天天是明亮寒冷的白昼和凛冽的寒夜。我们又可以在山道上行走了。路上的积雪被运草的雪橇、装柴的雪车和从山上拖运下来的木材压挤得又结实又光滑。山野四下全给白雪遮盖，几乎一直遮盖到了蒙特勒。湖对面的高山一片雪白，罗纳河河谷的平原也给雪罩住了。我们到山的另一边去长途散步，直走到阿利亚兹温泉。凯瑟琳穿上有铁钉的靴子，披着披肩，拄着一根尾端有尖尖的钢包头的拐杖。她披着披肩，肚子看上去并不大，不过我们并不走得太快，她一疲乏，就在路边木材堆上休息休息。

阿利亚兹温泉的树丛间有家小酒店，是樵夫们歇脚喝酒的地方，我们也去坐在里边，一边烤炉子一边喝热的红葡萄酒，酒里面放有香料和柠檬。他们管这种酒叫格鲁怀因，拿这酒来取暖和庆祝取乐，那是再好也没有了。酒店里很暗，烟雾弥漫，后来一出门，冷空气猛然钻入胸腔，鼻尖冻得发麻。我们回头一望，看见酒店窗口射出来的灯光和樵夫们的马匹，那些牲口正在外边蹬脚摆头，抵御寒冷。马的口鼻部的汗毛结了霜，它们呼出的空气变成了一缕缕白气。回家上山的道路先是平整而滑溜，冰雪给马匹践踏成为橙黄色，这样一直到拖运木材的路与山道相交的地方。然后走到了盖着干干净净的白雪的山道上，穿过一些树林。傍晚回家的途上，我们两次见到了狐狸。

山居的景致很好，我们每次出去，都是尽兴而归。

"你现在胡子长得相当好看了，"凯瑟琳说。"跟樵夫们一式一样。你看到那个戴着小小的金耳环的男子没有？"

"他是个打小羚羊的猎人，"我说。"他们戴耳环，据说可以听得清楚一点。"

"真的？我不相信。依我看，戴耳环的目的只在于要人家知道他们是打羚羊的。附近有没有小羚羊？"

"有的，就在唐都贾蒙山后。"

"看到狐狸真有趣。"

"狐狸睡的时候，用尾巴缠住了身体取暖。"

"那一定是一种美好的感觉。"

"我老是想要有这么一条尾巴。我们要是有狐狸尾巴，岂不是怪有趣吗？"

"穿衣服可很困难。"

"我们定做特别的衣服，或者到一个不受拘束的国家去居住。"

"我们现在这个地方就一点也不受人家的拘束。我们什么人都不见，岂不是挺好吗？你不想见人，对吧，亲爱的？"

"不想。"

"我们就坐在这儿休息一下好吗？我有点儿累了。"

我们就互相偎依着坐在木材上。山道向前穿过森林，往下面延伸。

"她不至于叫我们隔膜的吧？那个小淘气鬼。"

"不会的。我们不让她使我们有隔膜。"

"我们的钱怎么样？"

"我们有的是。他们承兑了我最近那张见票即付的支票。"

"你现在人在瑞士，家里人知道了不会想法子找你吗？"

"也许吧。我要给他们写封信去。"

"你还没有写过吗？"

"没有。我只是开了张见票即付的支票。"

"谢天谢地，我不是你家里的人。"

"我发个电报给他们吧。"

"你跟他们完全没有感情吗？"

"本来还好，不过吵架吵得多，感情就淡薄了。"

"我想我会欢喜他们的。我大概会非常喜欢他们的。"

"别谈他们吧，一谈起来我就会操心啦。"过了一会我说，"我们走吧，要是你休息好了的话。"

"我休息好了。"

我们又在山道上走。现在天黑了，靴底下的雪吱吱作响。夜里又干又冷，非常清朗。

"我爱你的胡子，"凯瑟琳说。"这是个大成功。看起来又硬又凶狠，其实很软，非常好玩。"

"你更喜欢留胡子的我？"

"大概是吧。你知道，亲爱的，我要等到小凯瑟琳出生后再去剪发。我现在肚子太大,太像太太奶奶了。等她出生后,我人又瘦下来,我就去剪发,那时我会成为你的一个新奇而不同的女郎。我剪发时我们一起去,不,还是我独自个儿去,回来让你惊奇一下。"

我没说什么。

"你不会说我不可以剪发的吧?"

"不会的。一定很叫人兴奋。"

"哦,你太可爱了。到了那时,也许我又长得好看,亲爱的,又纤瘦又讨人欢喜,弄得你重新爱上了我。"

"该死,"我说。"我现在爱你已很够了,你要把我怎么样?毁坏我?"

"是的。我是要毁坏你。"

"好,"我说,"我要的正是这个。"

第四十章

我们度着幸福的日子。我们度过了正月和二月，那年冬天天气非常好，我们生活得非常美满。偶尔有暖风吹来，短期间冰雪融解，空气中颇有春意，但是晴朗凛冽的寒风常常再度袭来，又是冬天季节了。到了三月，冬天的季节首次发生变化。夜里落起雨来。第二天上午还是下个不停，使雪化成了雪水，搞得山坡景色黯然无趣。湖上和河谷上都罩着云。高山上在下雨。凯瑟琳穿着笨重的大套鞋，我穿上戈丁根先生的长统雨靴，两人同撑一把雨伞，越过那些把路上冰块冲洗得干干净净的雪水和流水，往车站走去，找家小酒店歇歇脚，喝一杯午饭前的味美思。我们听得见店外边的雨声。

"依你看，我们要不要搬进城？"

"你觉得怎么样？"凯瑟琳问。

"倘若冬天过了，雨季开始，山上生活就未免单调乏味。小凯瑟琳还有多少时间出生？"

"还有一个月吧。也许更长一些。"

"我们不如搬下山住在蒙特勒。"

"为什么不索性上洛桑①去？医院就在那儿啊。"

"好的。不过我想那城市也许太大一点。"

"我们在大城市仍旧可以过我们独自的生活,况且洛桑可能是个好地方。"

"我们什么时候去呢?"

"我无所谓。你哪天要去都行。倘若你不想离开这里,我也不离开。"

"我们看天气再说吧。"

雨连下了三天。车站下边的山坡上,现在雪都融化了。山道成为一股子泥泞的雪浆。外边太湿,雪水泛滥,不好出去。下雨的第三天早上,我们决定下山搬进城去。

"这没有关系,亨利先生,"戈丁根说。"你用不着先通知我。现在坏天气开始了,我早就在想,你们不会待下去的。"

"因为夫人的关系,我们反正总得住在靠近医院的地方,"我说。

"我明白,"他说。"将来孩子生了下来,你们会回来住住吧?"

"好的,只要你们还有空房间的话。"

"春天天气好,你们再来住住,享受一下这里的春景。小家伙和保姆可以安置在那个现在关着的大房间里,先生和夫人可以照旧住在临湖的老房间里。"

"我来前会先写信的,"我说。我们收拾好了行李,赶午

---

① 洛桑是瑞士的重要大城市,在蒙特勒西北,日内瓦湖北岸。它历史悠久,15世纪就建有学院,于19世纪末改为大学,有医学院。

饭后那班车子进城。戈丁根夫妇上车站来送行,戈丁根先生还用一部雪橇,穿过雪水给我们运行李。他们俩站在车站边,在雨中向我们挥手告别。

"他们俩很和气,"凯瑟琳说。

"他们待我们真好。"

我们从蒙特勒搭火车到洛桑。从车窗望望我们住过的地方,但是山都给云遮住了。火车在韦维停了一停又朝前开,一边是湖,另一边是淋湿的褐色田野、光秃秃的树林和湿淋淋的房屋。我们到了洛桑,拣了一家中型旅馆。我们的马车在街上走时,天还在下雨,车子一直赶进旅馆停马车处的入口。门房衣襟上挂有一串铜钥匙,屋子里有电梯,地板上铺着地毯,还有白色盥洗盆配有一些亮晶晶的水龙头,铜床和舒舒服服的大卧房,这一切比起山居的简陋简直是富丽堂皇的了。房间的窗户朝着一个淋湿的花园,花园里有围墙,墙顶上装有铁栅。街道的坡度很陡,对街另有一家旅馆,也有同样的围墙和花园。我望着雨落在花园里的喷水池上。

凯瑟琳开了所有的电灯,开始打开行李。我叫了一杯威士忌苏打,躺在床上看车站上买来的报纸。那时是一九一八年三月,德军在法国的总攻击已经开始了①。我边喝威士忌苏打边读报,凯瑟琳收拾着打开的行李,在房里走来走去。

"你知道我有些东西得准备起来了,亲爱的,"她说。

"什么?"

---

① 指德军于3月21日发动的总攻击,旨在分裂英法联军,个别击破,结果英军被逼撤退25英里。

"婴孩的衣服。到我这时期还不预备的人是很少的。"

"去买好了。"

"我知道。我明天就去买。我得打听该备些什么。"

"你应当知道。你是个护士啊。"

"但是医院里可很少有士兵生小孩的。"

"我倒是要生。"

她扔枕头打我,把威士忌苏打打泼了。

"我再给你叫一杯,"她说。"打泼了,对不起。"

"本来快喝完了。上床来吧。"

"不。我得把这房间整理得像个样子。"

"像什么样子?"

"像我们的家。"

"索性连协约国①的旗子都挂起来吧。"

"哦,闭嘴。"

"再讲一遍。"

"闭嘴。"

"你讲得那么小心,"我说,"好像怕得罪人似的。"

"我是不想得罪人。"

"那么上床来吧。"

"好吧。"她走过来坐在床上。"我知道我现在没味道了,亲爱的。我就像个大面粉桶。"

"不,你不是的。你又美又甜。"

---

① 协约国指第一次世界大战爆发时与德奥土保四国对抗的英法俄,后来也包括意大利、美国等。

"我只是你讨来的黄脸老婆。"

"不,你不是的。你越来越美丽了。"

"不过我还会瘦下去的,亲爱的。"

"你现在就是瘦的。"

"你喝醉了。"

"只喝了一杯威士忌苏打。"

"还有一杯快来啦,"她说。"然后我们就吩咐把饭送上来吃好吗?"

"好的。"

"那么我们就不出去了,行吗?今天夜里我们就待在这里。"

"还要玩,"我说。

"我要喝点酒,"凯瑟琳说。"这不会伤我的。也许我们可以要一点我们喝惯的卡普里白葡萄酒。"

"可以要到的,"我说。"这样规模的旅馆,一定备有意大利酒。"

茶房敲敲门。他端着一只盘子进来,上面放着一杯放有冰块的威士忌,旁边还有一小瓶苏打水。

"谢谢,"我说。"放在那儿吧。请开两客饭上来,再拿两瓶不带甜味的卡普里白葡萄酒,用冰冰好。"

"要不要第一道先来个汤?"

"你要汤吗,凯特?"

"要的。"

"拿一客汤来。"

"谢谢,先生。"他出去把门带上了。我回头看报,看报上的战事消息,把苏打水从冰块上慢慢地倒进威士忌里。我本该盼咐他们别把冰块放在酒里。冰要另外放。只有这样你才能知道威士忌有多少,免得苏打水冲下去,忽然发觉冲得太淡了。我要叫他们拿整瓶的威士忌来,冰和苏打水另外放。这办法最妥当。好的威士忌喝起来非常痛快。是人生快事之一。

"你在想什么,亲爱的?"

"想威士忌。"

"威士忌怎么啦?"

"想它多么好。"

凯瑟琳做了个鬼脸。"好吧,"她说。

我们在这家旅馆住了三星期。过得还算不错;餐厅里通常没什么人,我们夜饭多半在房间里吃。我们在城里溜达,乘齿轮车到欧契①,在湖边走走。天气相当暖和了,竟像春天一样。我们懊恼没在山上住下去,但是春季的气候只有几天,残冬的苦寒忽然又来到了。

凯瑟琳上城里买了孩子应用的东西。我跑到拱廊商场一家体育馆去练拳击。我通常是早上去的,那时凯瑟琳还躺在床上,很晚才起来。假春天那几天很不错,打拳后冲一个淋浴,在街上走时闻到春天的气息,上家咖啡店歇歇脚,坐下看看人,读读报,喝一杯味美思;然后回旅馆和凯瑟琳一同吃中饭。拳击体育馆那位教练留着小髭,拳法谨严,动作急促,但

---

① 欧契是洛桑城南的一个村子,在日内瓦湖湖滨,所谓齿轮车,其实就是用铁索升降的缆车。

如果你果真回他几拳，他可就整个垮下来了。不过那地方倒很愉快。空气光线都好；我相当下苦功，跳绳，对着假想对手练拳，躺在地板上，在从敞开的窗外射进的一摊阳光里作腹部运动；和教练对打的时候偶尔吓吓他。起初对着一面窄窄的长镜子练习打拳，我好不习惯，因为看着一个留胡子的人在打拳，太不像个样子。到了后来，只当它好玩就是了。我开始练拳的时候，本想剃掉胡子的，但是凯瑟琳不答应。

有时凯瑟琳和我乘马车到郊外去兜风。在天气晴朗的日子，驱车郊游很是有趣，我们还找到了两个可以吃饭的好地方。现在凯瑟琳不能走得很远了，我也乐于陪她赶车子在乡间道路上跑跑。碰到天气好，我们总是尽兴而归，从来不觉得沉闷。我们知道孩子快要出生，两人都觉得有件什么事在催促我们尽情作乐，不要浪费我们在一起的任何时间。

第四十一章

有一天早晨,我三点钟左右醒来,听见凯瑟琳在床上翻来覆去。

"你好吗,凯特?"

"有点痛,亲爱的。"

"是不是有规则的阵痛?"

"不,不太有规则。"

"要是有规则的话,我们上医院去。"

当时我很困,就又睡着了。过了一会儿,我又醒过来。

"你最好还是打电话给医生吧,"凯瑟琳说。"我想这次也许是真的了。"

我打电话找医生。"每次疼痛相隔多少时间?"医生问。

"多少时间痛一次,凯特?"

"大概是一刻钟一次吧。"

"那么应当上医院去了,"医生说。"我穿上衣服,马上就去。"

我挂断了,另打个电话给车站附近的汽车行,叫一部出租汽车。好久没人来接电话。最后,总算有个人答应即刻开部车子来。凯瑟琳正在穿衣服。她的拎包已经收拾好，里边放着她住院的用品和婴孩的东西。我到外边走廊上去按电铃喊电梯。没有回音。我走下楼去。楼下一个人都没有，只有一个夜班警卫员。我只好自己开电梯上去，把凯瑟琳的拎包放进去，她走进电梯，我们便朝下开。警卫给我们开了门，我们走出去，坐在通车道的台阶旁的石板上，等汽车来。夜空无云，满天星星。凯瑟琳很兴奋。

"我真高兴，这可开始了，"她说。"过一会儿，一切就会过去的。"

"你是个勇敢的好姑娘。"

"我不害怕。不过我倒希望汽车早一点来。"

我们听见车子在街上开来，看见车前灯的灯光。车子转入车道，我扶凯瑟琳上了车，司机把拎包放在前面的座位上。

"往医院开，"我说。

我们出了车道，开始上山。

到了医院，我们走进去，我提着拎包。有个女人坐在一张桌子边，她在一本簿子上写下凯瑟琳的姓名、年龄、地址、亲属、宗教信仰等等。她说她没有宗教信仰，那女人就在那个词后边的空白处打了一条杠子。她报的姓名是凯瑟琳·亨利。

"我带你到你的房间去，"她。我们乘电梯上去。那女人停了电梯，领着我们走下一条走廊。凯瑟琳紧紧地抓住我的胳臂。

"就是这房间，"那女人说。"请你脱衣服上床吧？这里有件睡衣给你换。"

"我有睡衣，"凯瑟琳说。

"你还是穿这一件吧,"那女人说。

我走出去,坐在走廊上一张椅子上。

"你现在可以进来了,"那女人站在门口说。凯瑟琳躺在一张窄床上,穿着一件方领的朴素的睡衣,看上去好像是粗布被单改成的。她对我笑笑。

"我现在在好好的疼痛了,"她说。那女人抓着她的手腕,看着表计算阵痛的时间。

"刚才痛得好厉害,"凯瑟琳说。从她脸上我看得出疼痛的程度。

"医生呢?"我问那女人。

"他正躺着睡觉。用得着他时他就会来的。"

"我现在得给夫人做件事,"护士说。"请你再出去一趟好不好?"

我到走廊上去。廊上空无一物,有两个窗户,长廊上所有的门都关闭着。这儿有医院的气味。我坐在椅子上,眼睛望着地板,为凯瑟琳祷告。

"你可以进来了,"护士说。我就进去。

"哈啰,亲爱的,"凯瑟琳说。

"怎么样?"

"现在来得相当勤了。"她的脸扭成一团。过后她笑笑。

"方才真痛得厉害。护士,你能不能再把你的手放在我背上?"

"只要对你有帮助,"护士说。

"你去吧,亲爱的,"凯瑟琳说。"到外边去吃点什么吧。护士说我还要拖好久哩。"

"初次分娩通常是拖得很长的，"护士说。

"请出去吃点东西吧，"凯瑟琳说。"我真的很好。"

"我再待一会儿。"

产痛相当经常了，接着缓解了。凯瑟琳很兴奋。痛得厉害的时候，她说痛得好。痛一减轻她就觉得失望，怪不好意思的。

"出去吧，亲爱的，"她说，"你在这儿，反而叫我不自在。"她的脸扭曲起来。"来了。这次好一点。我很想做个好妻子，好端端地生下这孩子。请你出去吃些早点，亲爱的，然后回来。我没你也行。这位护士待我很好。"

"你有很充分的时间吃早点，"护士说。

"那我就走吧。再会，亲爱的。"

"再会，"凯瑟琳说，"同时也替我吃一顿好好的早点。"

"这儿什么地方可以吃早点？"我问护士。

"顺着街走下去，广场上有家咖啡店，"她说。"现在总该开门了吧。"

外边天在亮了。我顺着空空的街道走到咖啡店。店窗上有灯光。我走进去，站在白铁的酒吧前，有个老头儿给了我一杯白葡萄酒和一只奶油蛋卷。蛋卷是昨天剩下来的。我拿它泡在酒里吃，过后又喝了一杯咖啡。

"你这么早做什么？"老头儿问。

"我妻子在医院里生孩子。"

"原来这样。祝你运气好。"

"再给我一杯酒。"

他拿起酒瓶来倒，溢出了一些酒，淌到白铁面上去了。我喝完这杯酒，付了账，跨出店去。沿街家家门口摆着个垃圾桶，等着倒垃圾的来。有一条狗正冲着一只垃圾桶在嗅。

"你要找什么？"我问，看看垃圾桶里有什么东西可以拉出来给它吃；垃圾桶的上面只有些咖啡渣、尘埃和几朵凋谢了的花朵。

"什么都没有啊，狗，"我说。狗走过街去了。到了医院，我由楼梯走到凯瑟琳躺着的那一层，顺着长廊走到她的房门口。我敲敲门。没有回音。我推开门；房间里空无一人，只有凯瑟琳的拎包还搁在一张椅子上，她的睡衣挂在墙上的一只钩子上。我走出房去，顺着走廊找人。我找到了一名护士。

"亨利太太在哪儿？"

"有位夫人刚进接生间去。"

"接生间在什么地方？"

"我指给你看。"

她领我走到走廊的尽头。那房间的门半开着。我看见凯瑟琳躺在一张台子上，盖着一条被单。护士站在台子的一边，另一边站着医生，医生的旁边有些圆筒。医生手里拿着一个一头通一根管子的橡皮面罩。

"我给你件白大褂，你可以进去，"护士说。"请上这儿来。"

她给我披上一件白大褂，在脖子后边用只别针扣住。

"你现在可以进去了，"她说。我走进去。

"哈啰，亲爱的，"凯瑟琳用一种勉强的声调说。"我没有什么进展。"

"你就是亨利先生吗？"医生问。

"是的。情况怎么样,医生?"

"情况很好,"医生说。"我们上这儿来,为了上麻醉药,减轻产痛,比较方便。"

"我现在要了,"凯瑟琳说。医生把橡皮面罩往她脸上一罩,转动一只刻度盘上的指针,我看着凯瑟琳在急促地深呼吸。她随即把面罩推开。医生关掉小龙头。

"这次并不痛得厉害。方才有一次痛得很厉害。医生使我完全失去了知觉,可不是吗,医生?"她的声调很怪。说到"医生"这两字时调门特别高。

医生笑笑。

"我又要了,"凯瑟琳说。她抓住橡皮面罩紧紧地按在脸上,急促地呼吸着。我听见她微微呻吟着。接着,她把面罩推开,微笑起来。

"这次可痛得厉害,"她说。"这次痛得真厉害。你别担心,亲爱的,你去吧。去再吃一顿早饭。"

"我要待在这里。"我说。

我们上医院是早上三时左右。到了中午,凯瑟琳还在接生间里。产痛又消退了。看她样子非常疲乏,但是情绪还是好的。

"我一点也不中用,亲爱的,"她说。"很对不起。我本以为很便当的。现在——又来了——"她伸手抓住面罩,捂在脸上。医生转动刻度盘,注视着她。过一会儿,疼痛过去了。

"这次不算什么,"凯瑟琳说。她笑笑。"我太痴爱麻药了。它真奇妙。"

"将来我们家里也装它一个吧，"我说。

"又来了，"凯瑟琳急促地说。医生转动刻度盘，看着他的表。

"现在每次相隔多久？"

"一分钟左右。"

"你要吃中饭吧？"

"我等一会就去吃，"他说。

"你得吃点东西，医生，"凯瑟琳说。"真对不起，我拖得这么久。可不可以叫我丈夫给我上麻药。"

"如果你愿意的话，"医生说。"你拨到二字上。"

"我明白，"我说。刻度盘上有个指针，可以用个把手转动。

"我现在要了，"凯瑟琳说。她抓住面罩，紧紧罩在脸上。我把指针拨到二字上，等凯瑟琳一放下面罩，我就关掉。医生让我做点事真好。

"是你输放的吗，亲爱的？"凯瑟琳问。她抚摸我的手腕。

"当然。"

"你多么可爱。"她吸了麻药，有点醉了。

"我上隔壁房间端个托盘吃东西，"医生说。"你可以随时喊我。"时间就这么过去了，我看着医生吃饭，过了一会儿，看见他躺下来抽根烟。凯瑟琳已经非常疲乏了。

"你看这孩子可生得出来吗？"她问。

"当然生得出来的。"

"我拼命想生。我把孩子往下挤，但是它溜开了。 又来了。给我上麻药啊。"

午后二时,我出去吃中饭。咖啡店里有几个人坐着喝咖啡,桌上还放着一杯杯樱桃白兰地或者苹果白兰地。我拣了一张桌子坐下。"有东西吃吗?"我问侍者。

"午饭时间过了。"

"你们没有什么常备的菜吗?"

"你可以吃酸泡菜。"

"就拿酸泡菜和啤酒来好了。"

"小杯还是大杯?"

"一小杯淡的。"

侍者端来一盘酸泡菜,上边放有一片火腿,另有一根腊肠埋在这烫热的酒浸的卷心菜里。我边吃菜边喝啤酒。我肚子很饿。我看看咖啡店里的人。有张桌边有人在打牌。我旁边那张桌子有两个男人在抽烟谈话。咖啡店里烟雾腾腾。我吃早饭的那个白铁面的酒吧的后面,现在有三个人了:那老头儿,一个穿黑衣服的胖女人,坐在一个柜台后边计算客人的酒菜点心,还有一个围着一条围裙的孩子。我不晓得那女人生过多少孩子,生的时候又怎么样。

吃完了酸泡菜,我回医院去。现在街上已经打扫干净了。放在门口的垃圾桶都拿掉了。天阴多云,但是太阳还是想冲出来。我乘电梯上楼,跨出电梯,顺着走廊往凯瑟琳的房间走,因为我的白大褂放在那里。我穿上大褂,在脖子后边扣好。我照照镜子,觉得自己很像一个留胡子的冒牌医生。我顺着走廊往接生间走。接生间的门关着,我敲敲。没有回音,我便转动门把手走进去。医生坐在凯瑟琳的旁边。护士在房间的尽头做些什么。

"你先生回来了，"医生说。

"哦，亲爱的，我有个最奇妙的医生，"凯瑟琳用一种很怪的声音说。"他讲给我听最奇妙的故事，当我痛得太难过时，他便叫我完全失去知觉。他好极了。你好极了，医生。"

"你醉了，"我说。

"我知道，"凯瑟琳说。"但是你用不着说出来。"过后又是"快给我，快给我"。她抓住面罩，喘吁吁地吸气，又短促又深入，弄得面罩答答响。接着她一声长叹，医生伸出左手拿走面罩。

"这次可真痛得厉害，"凯瑟琳说。她的声音非常怪。"我现在不会死了，亲爱的，我已经过了死的关口。你不高兴吗？"

"你可别再往那儿闯。"

"我不会的。但我已经不怕它了。我不会死的，亲爱的。"

"你当然不会做这种傻事情，"医生说。"你不会丢下你的先生就走的。"

"哦，对。我不愿死。我不会死。死太傻了。又来了。快给我。"

过了一会儿，医生说："亨利先生，你出去一会儿，我要检查一下。"

"他要看看我究竟怎么样，"凯瑟琳说。"你等一会儿回来，亲爱的，可以吗，医生？"

"可以，"医生说。"他可以回来的时候我就叫人请他进来。"

我走出门,顺着走廊走到凯瑟琳产后要呆的房间。我坐在一把椅子上,看看房间四下。我上衣口袋里有份报,是我出去吃中饭时买来的,现在就拿出来翻看。外边天开始黑下来。我开了电灯看报。过了一会儿,我不看了,便熄了灯,看着外边黑下来。不晓得为什么医生不叫人来喊我。也许我不在场好一点吧。他也许要我走开一会儿。我看看表。十分钟内他再不来喊我,我自己看看去。

可怜又可怜的好凯特啊。这就是你同人家睡觉的代价。这就是陷阱的尽头。这就是人们彼此相爱的结果。谢谢上帝,总算有麻药。在有麻药之前,不晓得还该怎么苦。产痛一开始,女人就投入了运转水车的流水中。凯瑟琳怀孕的时期倒很顺利。没什么不好过的。简直很少呕吐。她到了最后才感到十分不舒服。到末了她还是逃不了惩罚。世界上没有什么侥幸的事。绝对没有!我们就是结婚五十次,结果还会是一样。倘若她死去怎么办?她不会死的。现在女人分娩不会死的。所有的丈夫都是这样想的。是的,可倘若她死去呢?她不会死的。她只是难受一阵子罢了。生头胎通常是拖得很久的。她不过是难受一阵子罢了。事后我们谈起来,说当时多么苦,凯瑟琳就会说并不真的那么苦。但是倘若她死去呢?她不能死。是的,不过倘若她死去呢?她不能死,我告诉你。不要傻里傻气。只是受一阵子罪罢了。只是"自然"在使她活受罪罢了。只是因为是头胎,生头胎差不多总是拖得很久的。是的,不过倘若她死去呢?她不能死。她为什么要死?她有什么理由要死?只是一个孩子要生出来,那是米兰夜夜欢娱的副产品。孩子引起麻烦，生了下来，然后你抚养他，说不定还会喜欢他。但是倘若她死去呢？她不会死的。但是倘若她死去呢？她不会死的。她没事。但是倘若她死去呢？她不能死。但是倘若她死去呢？嗨，那怎么办呢？倘若她死去呢？

医生走进房来。

"有什么进展，医生？"

"没有进展，"他说。

"你这话什么意思？"

"就是这个意思。我检查过了——"他把检查的结果详尽地讲给我听。"从那时候起我就等着看。但是没有进展。"

"你看应当怎么办？"

"有两个办法。一种是用产钳，但是会撕裂皮肉，相当危险，况且对婴孩可能不利，还有一种就是剖腹手术。"

"剖腹手术有什么危险？"倘若她死去呢！

"危险性并不比普通的分娩大一点。"

"你亲自动手术吗？"

"是的。我大约要用一小时作准备，请几个人来帮忙。或许不到一小时。"

"你的意思怎么样？"

"我主张剖腹手术。要是这是我自己的妻子，我也采用这种手术。"

"手术后会有什么后遗症吗？"

"没有。只有开刀的刀疤。"

"会不会有感染？"

"危险性不比用产钳那么大。"

"倘若不动任何手术呢?"

"到末了还是得想个办法。亨利夫人的精力已经大大消耗了。越趁早动手术就越安全。"

"那么趁早动手术吧,"我说。

"我去吩咐作准备。"

我走进接生间。护士陪着凯瑟琳。凯瑟琳正躺在台子上,被单下肚子高突出来,人很苍白疲惫。

"你告诉他可以动手术吧?"她问。

"是的。"

"这多好啊。这样一小时内就全能解决了。我快垮了,亲爱的。我不行了。 请给我那个。不灵了。 唉,不灵了!"

"深呼吸。"

"我是在深呼吸。唉,再也不灵了。不灵了!"

"再拿一筒来,"我对护士说。

"这筒就是新的。"

"我真是傻瓜啊,亲爱的,"凯瑟琳说。"但是那东西再也不灵了。"她哭起来。"哦,我多么渴望生下这个孩子,不要招麻烦,现在我可完了,完全垮了,而它不灵了。哦,亲爱的,它完全不灵了。我只要止痛,死也不顾了。哦,亲爱的,请止住我的痛。 又来了。哦哦哦!"她在面罩下呜呜咽咽地呼吸着。"不灵了。不灵了。不灵了。你不要在意,亲爱的。请你别哭。不要在意。我不过是完全垮了。你这可怜的宝贝。我多么爱你,我要努力。这次我要熬一下。 他们不可以再给我点什么吗?但愿他们再给我个什么。"

"我一定使它灵。我把它全开到头。"

"现在给我吧。"

我把指针转到了头,她用力作深呼吸,抓在面罩上的那只手放松下来。我关掉麻药,拎起面罩。她慢慢苏醒过来,好像从遥远的地方回转来似的。

"这好极了,亲爱的。哦,你待我太好了。"

"你勇敢一点,因为我不能老是这么做。这会要你命的。"

"我再也不是勇敢的了,亲爱的。我全垮了。人家已经把我打垮了。这我现在知道了。"

"人人都是这样的。"

"但是这太可怕了。疼痛来个不停,直到使你垮掉为止。"

"一小时内就都解决了。"

"这岂不是太好吗?亲爱的,我不会死吧?"

"不会。我包管你不会。"

"因为我不想丢下你死去,只是我给弄得累死了,而且我觉得就要死了。"

"瞎说。人人都有这种感觉的。"

"有时候我知道我就要死了。"

"你不会的。你不可以。"

"但是倘若我死呢?"

"我不让你死。"

"赶快给我。 给我!"

过后她又说:"我不会死的。我不愿让自己死去。"

"你当然不会的。"

"你陪着我吧?"

"我不看手术。"

"我的意思是你别走开。"

"当然。我始终不会走开的。"

"你待我真好。又来了,给我。多给我一些。它不灵了!"

我把指针拨到三字,然后拨到四字。我希望医生早点回来。拨过了二字,我心里就慌张。

终于另一位医师来了,带来了两名护士,把凯瑟琳抬上一个有车轮的担架,我们就顺着走廊上走去。担架迅速地在走廊上前进,被推进一部电梯,人人都得紧贴着墙,才能容纳这担架;电梯往上开,接着打开一道门,出了电梯,这橡皮车轮的担架顺着走廊往手术间。医生戴上了帽子和口罩,我几乎认不得了。此外还有一位医生和一些护士。

"他们得给我一点什么,"凯瑟琳说。"他们得给我一点什么。哦,医生,求求你,多给我一点,叫它有效!"

有一位医生拿个面罩罩住她的脸,我从门口望进去,看见手术间附有梯形座位的小看台,灯光明亮。

"你可以从那道门进去,坐在上边看,"一名护士对我说。手术间的上边摆着几条长凳,用栏杆隔开。俯瞰着白色的手术台和那些灯。我望望凯瑟琳。面罩罩在她脸上,现在她很安静。他们把担架往前推。我转身走上走廊。有两名护士正往看台的入口处匆匆赶来。

"是剖腹手术啊,"一个说。"他们要做剖腹手术了。"

另外一个笑起来。"我们刚刚赶上。岂不是好运道?"她们走进通看台的门去。

又一名护士走进来了。她也在匆匆赶来。

"你直接进去吧。进去吧,"她说。

"我呆在外边。"

她赶紧进去了。我在走廊上踱来踱去。我怕进去。我望望窗外。天已黑了,但是借着窗内的灯光,我看得出外面在下雨。我走进走廊尽头的一个房间,看看一只玻璃柜里那些瓶子上的签条。接着我又走出来,站在没有人的走廊上,望着手术间的门。

一位医生出来了,后面跟着一名护士。医生双手捧着一件什么东西,好像是只刚刚剥了皮的兔子,跨过走廊,走进另外一道门。我走到他刚走进去的门前,发现他们正在房间里对付一个新生的婴孩。医生提起孩子来给我看。他一手提着孩子的脚后跟,一手拍他。

"他没事吧?"

"他好极啦。该有五公斤重。"

我对他没有感情。他跟我好像没有什么关系似的。我没有当父亲的感觉。

"这儿子你不觉得骄傲吗?"护士问。他们在洗他,用什么东西包着他。我看见那张小黑脸和一只小黑手,但是没见到他动或听到他哭。医生又在给孩子做些什么。看医生样子有点不安。

"不,"我回答。"他差一点儿要了他妈的命。"

"那可不是这小宝贝的错。你不是要个男孩吗?"

"不要，"我说。医生正在忙着对付他。他倒提起他的双脚，拍打他。我并不等着看结局。我走到走廊上。现在我可以进去看看了。我进了通看台的门，从看台上朝下走了几步。护士们坐在底下栏杆边，招手叫我下去。我摇摇头。我那地方也看得够清楚的了。

我以为凯瑟琳已经死了。她那样子像个死人。她的脸孔，就我看得到的那部分而言，是灰色的。在下面的灯光下，医生正在缝合那道又大又长、被钳子扩张的、边沿厚厚的切口。另有一位医生，罩着面罩，在上麻药。两名戴面罩的护士在传递用具。这简直像张"宗教裁判"①的图画。我现在看着，知道我刚才能把全部手术都看到，不过还是没看的好。人家起初怎么动刀，我想我是看不下去的，但是我现在看着他们把那切口缝合成一条高高隆起的线，手法迅速熟练，好像鞋匠在上线，看得我心里高兴。切口缝好后，我又回到外面走廊上去踱来踱去，过了一会儿，医生出来了。

"她人怎么样？"

"她没事。你看了没有？"

他神情疲惫。

"我看你缝好的。切开的口子看来很长。"

"你这么想吗？"

"是的。疤痕会不会平下来？"

"哦，会的。"

---

① 宗教裁判是欧洲中世纪的一种残酷的审判，用苦刑逼口供，惨无人道。封建势力利用它来镇压人民。

过了一会儿,他们把有轮的担架推出来,迅速推下走廊,进了电梯。我也跟了进去。凯瑟琳在哼叫。到了楼下,她们把她放在她那房间的床上。我坐在床脚边一把椅子上。房间里有名护士。我站起来站在床边。房间里很暗。凯瑟琳伸出手来。"哈啰,亲爱的,"她说。她的声音细弱疲乏。

"哈啰,亲爱的。"

"婴孩是男是女?"

"嘘——别讲话,"护士说。

"是个男孩。又长又宽又黑。"

"他没事吧?"

"没事,"我说。"他很好。"

我看见护士奇怪地望着我。

"我非常疲乏,"凯瑟琳说。"而且方才痛得要命。你好吧,亲爱的?"

"我很好。别讲话了。"

"你待我真好。哦,亲爱的,我方才可痛极了。他长得怎么样?"

"像只剥了皮的兔子,蹙起脸来的老头儿。"

"你得出去了,"护士说。"亨利夫人不应当讲话。"

"我在外边等吧,"我说。

"出去搞点东西吃。"

"不。我就在外边等。"我吻吻凯瑟琳。她人很灰白,很衰弱,很疲乏。

"我可以同你讲句话吗?"我对护士说。她陪我到外边走廊上。我朝走廊另一端走了几步。

"婴孩怎么啦？"我问。

"难道你不知道？"

"不知道。"

"他没活下来。"

"他死了吗？"

"他们没法子叫他开始呼吸。大概是脐带缠住了脖子还不知怎么的。"

"原来他死啦。"

"是的。说来太可惜了。这么大的一个好孩子。我本以为你知道了。"

"我不知道，"我说。"你还是回去陪夫人吧。"

我找张椅子坐下，椅前有张桌子，护士们的报告用大夹子夹好挂在桌子的一边。我望望窗外。什么也看不见，只有一片黑暗，只见到窗内射出的灯光中的雨丝。原来是这么一个结局。孩子死了。所以医生的样子非常疲倦。但是在那房间里，医生和护士又何必那么对付那婴孩呢？他们大概以为孩子会醒过来，开始呼吸。我没有宗教信仰，但是我知道那孩子应当受洗礼。但是倘若他根本从未呼吸过呢？他没有呼吸过。他根本没有活过。只有在凯瑟琳肚子里才是活的。我时常感觉到他在里边踢着。最近一星期来可没感觉到他在动。可能早闷死了。可怜的小孩子。我真希望自己也这样早闷死算了。不，我没有这么希望过。不过，早闷死了倒也爽快，免得现在要经历这长期的死的折磨。现在凯瑟琳要死了。这是你造成的。你死啦。你不知道这是怎么回事。你连学习的时间也没有。他们把你扔进棒球场去，告诉你一些规则，人家乘你一不在垒上就抓住你，即刻杀死你。① 或者无缘无故地杀死你，就像艾莫死去那样。或者使你患上梅毒，像雷那蒂那样。但是到末了总归会杀死你的。这一点是绝对靠得住的。你等着吧，他们迟早也会杀死你的。

我有一次野营，加一根木柴在火上，这木柴上爬满了蚂蚁。木柴一烧起来，蚂蚁成群地拥向前，起先往中央着火的地方爬，随即掉头向木柴的尾端爬。蚂蚁在木柴尾端聚集得够多了，就掉到火里去。有几只逃了出来，身体烧得又焦又扁，不晓得该爬到什么地方去。但是大多数还是朝火里跑，接着又往尾端爬去，挤在那还没着火的尾端上，到末了还是全部跌在火中。我记得当时曾想，这就是世界的末日，我大有机会做个救世主，从火中抽出木柴，丢到一个蚂蚁可以爬到地面上的地方。但是我并没有做什么，只是把白铁杯子里的水倒在木柴上，因为那杯子我要拿来盛威士忌。然后再掺水在内。那杯水浇在燃烧的木柴上无非使蚂蚁蒸死吧。

我就是这么坐在走廊上，等待听凯瑟琳的消息。护士并没有出来，所以过了一会儿我便走到门边去，悄悄地开了门，探进头去。起初我什么也看不见，因为走廊上灯光明亮，房间里一片黑暗。随后我看清护士坐在床边，凯瑟琳的头靠在枕头上，她那被单下的身体全部平平的。护士把手指放在嘴唇上，然后站起身走到门边来。

"她怎么样？"我问。

---

① 作者借棒球戏来象征人生的残酷，也就是资本主义社会的残酷。棒球戏中一个基本活动是偷垒，如偷不成就被逼出局。

"她没事，"护士回答。"你该去吃晚饭，饭后你要来再来吧。"

我走下长廊，下了楼梯，出了医院的门，走上雨中的黑暗街头，找那咖啡店。咖啡店里灯光明亮，一张张桌子边有很多客人。我看不见可以坐的地方，一名侍者走过来，接过淋湿的外衣和帽子，给我在一个老头儿的对座找到了一个位子。老头儿正在喝啤酒，看晚报。我坐下了，问侍者今天晚上的客菜是什么。

"红烧小牛肉——可是卖光了。"

"有什么东西可以吃呢？"

"火腿蛋，干酪鸡蛋，或者酸泡菜。"

"我中午已经吃过酸泡菜了，"我说。

"对啦，"他说。"对啦。中午你吃了酸泡菜。"他是个中年人，头顶上秃了，旁边有些头发遮在上面。他的脸很和气。

"你吃什么呢？火腿蛋还是干酪鸡蛋？"

"火腿蛋吧，"我说，"还有啤酒。"

"一小杯淡的？"

"是的，"我说。

"我记得你中午也喝了一杯淡的，"他说。

我吃火腿蛋，喝啤酒。火腿蛋盛在一个圆盘子里——火腿在下，鸡蛋在上。菜很烫，我吃了一口，赶紧喝些啤酒，凉凉嘴巴。我肚子饿，叫侍者再端一客来。我喝了好几杯啤酒。我什么都不想，只是看对座客人的报。报上说英军阵地给突破了。那人一发觉我在读他那份报纸的反面，就把报纸折了起来。我本想叫侍者去拿份报纸，可是思想不能集中。咖啡店里很热,空气浑浊。桌子边的客人,大多彼此认识。有几桌在打纸牌。侍者忙着从酒吧那边端酒到桌上来。两个客人走进来,找不到位子坐。他们就站在我那张桌子的对面。我又叫了一杯啤酒。我还不想走哩。回医院太早。我努力什么都不想,保持十分镇静。那两个人站了一会,看不见有人要走,只好走了出去。我又喝了一杯啤酒。我的面前已经堆积了不少碟子。我对座那人脱下眼镜,把它放进眼镜盒子,然后把报纸折好,放进口袋,现在双手捧着酒杯,望着店里的人们。忽然间我知道我得回去了。我叫侍者来付了账,穿上外衣,戴上帽子,就往门外走。我在雨中赶回医院。

到了楼上,我碰见护士正在走廊上走过来。

"我刚打电话到旅馆去找你,"她说。我心里好像有样什么东西沉了下去。

"出了什么事?"

"亨利夫人刚出过血。"

"我可以进去吗?"

"不,还不可以。医生在里边。"

"有危险吗?"

"很危险。"护士走进房去,把门关上。我坐在外边走廊上。我心里万念俱灰。我不思想。我不能想。我知道她就要死了,我祈祷要她别死。别让她死。哦,上帝啊,求求你别让她死。只求你别让她死,我什么都答应。亲爱的上帝,求求你,求求你,求求你别让她死。亲爱的上帝,别让她死。求求你,求求你,求求你别让她死。上帝啊,求求叫她别死。只要你别让她死,你说什么我都做。婴孩你已经拿走了,但是别让她死。孩子没有关系，但是别让她死。求求你，求求你，亲爱的上帝，别让她死。

护士开了门，用手指示意叫我进去。我跟她进入房间，我进去时，凯瑟琳并没有抬眼来望。我走到床边。医生站在床的另一边。凯瑟琳望着我，笑了一下。我俯伏在床上哭起来。

"可怜的宝贝，"凯瑟琳悄悄地说。她脸色灰白。

"你没事吧，凯特，"我说。"你会好起来的。"

"我就要死了，"她说；等了一会儿，又说，"我憎恨死。"

我抓住她的手。

"别碰我，"她说。我放开她的手。她笑笑。"可怜的宝贝。你要碰就碰吧。"

"你会没事的，凯特。我知道你会没事的。"

"我本想写封信留给你，以防万一，可是没有写。"

"要不要找个教士或者什么人来看看你？"

"有你在就够了，"她说。过了一会儿，又说，"我不害怕。我只是憎恨死。"

"你话别讲得太多，"医生说。

"好的，"凯瑟琳说。

"你有什么事要我做的，凯特？有没有什么要我给你拿来的？"

凯瑟琳笑笑，"没有。"过了一会儿，又说，"我们做的事你不至于再和别的女人做吧？不会把我们的话又重复一遍的吧？"

"永远不会。"

"不过，我还是要你接近女人。"

"我不要她们。"

"你讲得太多了，"医生说。"亨利先生应当出去了。他可以等一会儿再来。你不会死的。别傻了。"

"好的，"凯瑟琳说。"我会夜夜来陪你的，"她说。她讲话非常吃力。

"请你出去吧，"医生说。"你不可以讲话。"凯瑟琳对我眨眨眼，她脸色灰白。"我就在门外边，"我说。

"别担心，亲爱的，"凯瑟琳说。"我一点也不害怕。人生只是一场卑鄙的骗局。"

"你这亲爱、勇敢而可爱的人儿。"

我在外边走廊上等待。我等了好久。护士出门来，向我走来。"恐怕亨利夫人很严重了，"她说。"我替她害怕。"

"她死了？"

"没有，不过失去了知觉。"

看来她是一次接连一次地出血。他们没法子止血。我走进房去，陪着凯瑟琳，直到她死去。她始终昏迷不醒，没拖多久就死了。

在房外走廊上，我对医生说，"今天夜里，有什么事要我做吗？"

"没什么。没什么可做的。我能送你回旅馆吧？"

"不，谢谢你。我想在这里再待一会儿。"

"我知道没有什么话可以说。我没办法对你说——"

"不必说了，"我说。"没有什么可说的。"

"晚安,"他说。"我不能送你回旅馆吗?"

"不,谢谢你。"

"手术是唯一的办法,"他说。"手术证明——"

"我不想谈这件事,"我说。

"我很想送你回旅馆去。"

他顺着走廊走去。我走到房门口。

"你现在不可以进来,"护士中的一个说。

"不,我可以的,"我说。

"目前你还不可以进来。"

"你出去,"我说。"那位也出去。"

但是我赶了她们出去,关了门,灭了灯,也没有什么好处。那简直像是在跟石像告别。过了一会儿,我走出去,离开医院,在雨中走回旅馆。

Ernest Hemingway

A FAREWELL TO ARMS

图书在版编目（CIP）数据

永别了，武器/（美）海明威（Ernest Hemingway）著；林疑今译. —上海：上海译文出版社，2024.5
（译文经典）
书名原文：A Farewell to Arms
ISBN 978 - 7 - 5327 - 9569 - 7

Ⅰ.①永… Ⅱ.①海…②林… Ⅲ.①长篇小说—美国—现代 Ⅳ.①I712.45

中国国家版本馆CIP数据核字（2024）第052863号

永别了，武器
[美]海明威 著 林疑今 译
责任编辑/宋 玲 装帧设计/张志全工作室

上海译文出版社有限公司出版、发行
网址：www.yiwen.com.cn
201101 上海市闵行区号景路159弄B座
苏州工业园区美柯乐制版印务有限公司印刷

开本787×1092 1/32 印张12.25 插页5 字数166,000
2024年5月第1版 2024年5月第1次印刷
印数：0,001—8,000册

ISBN 978 - 7 - 5327 - 9569 - 7/I • 5996
定价：58.00元

本书中文简体字专有出版权归本社独家所有，非经本社同意不得转载、摘编或复制
如有质量问题，请与承印厂质量科联系。T：0512 - 67606001